Länger als sonst ist nicht für immer

Das Buch

Lew und Ira sind um die vierzig und stecken in ihrem Leben aus unterschiedlichen Gründen fest: Ira, weil sie nicht wagt, den übersichtlichen Quadranten ihres wohlgeordneten Lebens zu verlassen, denn sie fürchtet, draußen in der Welt nicht bestehen zu können. Und Lew, weil er ständig in Bewegung ist und auf der Flucht vor den Konsequenzen der Entscheidungen, die andere getroffen haben, und vor der Liebe zu Ira. Denn sie weckt Gefühle in ihm, die er nicht zulassen kann, weil sie gefährlich nahe bei denen liegen, mit denen er sich noch nicht auseinandersetzen will: der Ohnmacht angesichts der Flucht seiner Eltern aus Ost-Berlin und damit verbunden dem Verlust jeglicher Sicherheit. Alles scheint festgefahren, bis eine überraschende Nachricht aus Indien die Dinge in Bewegung bringt. Längst Vergangenes kommt ans Licht, und in der Gegenwart tun sich neue Wege auf. Vielleicht ist ein Ankommen für sie, die sie so lange weggelaufen und ausgewichen sind, doch noch möglich?

Die Autorin

Pia Ziefle, geboren 1974, lebt als Autorin mit ihrer Familie in der Nähe von Tübingen. Ihre Themen sind Identität und Herkunft, und der Einfluss der Familiengeschichte auf vermeintlich individuelle Lebensentscheidungen.
www.piaziefle.de

In unserem Hause ist von Pia Ziefle bisher erschienen:

Suna

PIA ZIEFLE

Länger als sonst ist nicht für immer

ROMAN

List Taschenbuch

Besuchen Sie uns im Internet:
www.list-taschenbuch.de

Handlung und Figuren in diesem Roman
sind frei erfunden. Jede Ähnlichkeit mit lebenden
Personen ist unbeabsichtigt.

Die Kommasetzung folgt teilweise dem Rhythmus des
Textes und wurde von der Autorin bewusst so gewählt.

Die Autorin dankt dem Förderkreis
deutscher Schriftsteller in Baden Württemberg e.V.
für die freundliche Unterstützung ihrer Arbeit
an diesem Roman.

Lizenzausgabe im List Taschenbuch
List ist ein Verlag der Ullstein Buchverlage GmbH, Berlin.
1. Auflage März 2016
© Arche Literatur Verlag AG, Zürich – Hamburg
Umschlaggestaltung: bürosüd° GmbH, München
Titelabbildung: Arcangel/Mark Owen
Satz: Greiner & Reichel, Köln
Gesetzt aus der Sabon
Druck und Bindearbeiten: CPI books GmbH, Leck
Printed in Germany
ISBN 978-3-548-61225-6

Für die Liebe

Wenn niemand bei dir is' und du denkst,
   daß keiner dich sucht,
und du hast die Reise ins Jenseits vielleicht
   schon gebucht,
und all die Lügen geben dir den Rest:
Halt dich an deiner Liebe fest.

Wenn der Frühling kommt und deine Seele brennt,
du wachst nachts auf aus deinen Träumen,
aber da is' niemand, der bei dir pennt,
wenn der, auf den du wartest,
dich sitzen läßt:
Halt dich an deiner Liebe fest.

Wenn der Novemberwind deine Hoffnung verweht,
und du bist so müde, weil du nicht mehr weißt,
   wie's weitergeht,
wenn dein kaltes Bett dich nicht schlafen läßt:
Halt dich an deiner Liebe fest.

Rio Reiser, 1975

1

Vierzig Grad im Schatten. Wind streicht träge über die Wasseroberfläche, saugt die Elf-Uhr-Hitze aus den Häuserschluchten der Stadt, zieht zwischen ausgedörrten Büschen hindurch die Hügel herauf und hüllt den Europäer in flimmernd heiße Feuchtigkeit.

Lew Bergmann schließt die Augen und wischt sich den Schweiß von der Stirn. Er sitzt auf einer kleinen Bank vor dem wahrscheinlich einzigen Laden an diesem Ort, starrt auf das Meer hinunter und fragt sich, ob seine Mutter dort oder an einem anderen Strand verunglückt ist.

Die Deutsche Botschaft in Delhi hatte nur wenige Worte für ihn gehabt. Bedauern über den Verlust und die vielen Wochen, die man benötigt habe, um ihn ausfindig zu machen. Seither trägt Lew die Anschrift eines Mannes bei sich, der an einem Sommertag vor neunundzwanzig Jahren aus seinem Leben verschwunden ist.

Werner Jarnick. Ein rundlicher Mann, die Zahnarzthände weich und weiß, ganz anders als die der anderen Väter. Väter, die Schlosser waren oder draußen vor der

Stadt in den LPGs Arbeit hatten. Väter, die abends an den Fenstern standen und die Namen ihrer Kinder in den Hof hinunterriefen, weil es Abendbrot gab oder Schlafenszeit war.

Werner Jarnick rief nicht. Er kam die vier Stockwerke herunter, gesellte sich lächelnd zu seinen Söhnen, sah ihnen beim Klettern zu und beim Fußballspielen. Stets hatte er dabei die Hände in die Taschen geschoben, so dass seine Hosenbeine ein klein wenig nach oben rutschten und den Blick auf die Socken freigaben, die aus den Paketen des Großvaters in Heidelberg stammten. Manchmal rochen sie noch nach dem Kaffeepulver, das den Weg in die Küche der Eltern nicht gefunden hatte. Die Socken hingegen fehlten nie. Bunt waren sie, und *aus dem Westen.*

Fünfundsechzig wird er heute sein, und Lew, der auf seiner Bank sitzt und versucht, der indischen Hitze standzuhalten, ist siebenunddreißig und damit nur ein Jahr älter als der Vater im Sommer seines Verschwindens.

Schweiß rinnt ihm in die Augenwinkel, er reibt mit einer staubigen Hand und verflucht im selben Augenblick seine Unbedachtheit.

»You need water«, hört er eine Kinderstimme sagen, und schon hält ihm jemand eine geöffnete Wasserflasche hin. Dankbar wäscht Lew sein Gesicht, gibt dem wartenden Jungen die leere Flasche zurück und lächelt ihn an. Rajesh. Seit gestern sein Verbündeter.

Müde und benommen war Lew Bergmann am Vortag aus dem Bus gestiegen und hatte als Erstes den etwa Zwölfjährigen vor einem Tankstellenshop gesehen. Er hatte ihn nach der Straße gefragt, in der Werner Jarnick heute lebt, aber der Junge kannte sie nicht und hatte noch nie von diesem Ashram gehört.

Nach einem gemeinsamen Blick auf den Stadtplan erkannte Lew, dass er am Flughafen in den falschen Bus gestiegen war, und es gab keinen Ashram in diesem Dorf und offenbar am selben Tag auch keinen Bus mehr zurück in die Stadt, denn als Lew auf die Haltestelle vor dem Laden zeigte, da lachte der Junge und wies nach oben in Richtung Tempel und erklärte dem Reisenden mit Händen und Füßen, wie das ging mit den Bussen, dass sie Pilger brachten und warteten und dann weiterfuhren zum nächsten Tempel und erst nach sieben Tagen zurück waren in der Stadt.

Lew verstand schließlich, dass es keine andere Möglichkeit gab, als ein Ticket für die Pilgerfahrt zu lösen oder auf den nächsten Bus in die Stadt zu warten, vielleicht morgen, vielleicht übermorgen.

»You wait?«, sagte der Junge, und: »My name is Rajesh.«

Als er sah, dass sein neuer Gast auf den Kühlschrank neben dem Eingang starrte, holte er rasch ein kaltes Bier und stellte es vor Lew auf den Tisch.

»You wait.«

Mit dem ersten Bier verschwand der Durst. Mit dem zweiten setzte er sich in den Schatten vor den Shop. Das dritte brachte Rajesh, als es dunkel wurde. Zusammen mit dem Vorschlag, im Guesthouse gegenüber nach einem Zimmer für die Nacht zu fragen.

Die Dinge entscheiden sich von ganz allein, wenn man ihnen nur genügend Zeit lässt. Und wenn man nach ein paar Stunden Schlaf keinen anderen Einfall hat, als zurückzukehren an den einzigen Ort, der einem ein klein wenig vertraut ist, zu einem Jungen, der einen überschwänglich begrüßt, über einen gut gefüllten Kühlschrank verfügt und einen Sitzplatz im Schatten hat.

Rajesh setzt sich neben ihn und schlägt vorsichtig ein nagelneues Comicheft auf.

My secret, wenn der *uncle* nicht da ist.

Lew versucht herauszufinden, wann der *uncle* wieder vorbeikommt, aber Rajesh weiß es nicht. Mal so, mal so, vielleicht heute, vielleicht morgen. Lew sieht dem Jungen zu, wie er liest, mit dem Finger zwischen den Zähnen, und er fragt sich, warum Rajesh nicht in der Schule ist.

Aber dann sieht er über das Meer und sucht den Himmel nach einer Wolke ab. Blau, denkt Lew, immer nur Blau. An den Rändern ein wenig lichter, aber das ist nur Einbildung, Flimmern in der Hitze. Endloses Blau lässt die Erde flach aussehen, Hügel und Berge genauso wie Meer oder Sandstrand.

Lew hört ein Motorengeräusch. Auch der Junge sieht auf, lauscht, und wie der Blitz verschwindet das Kind samt Comicheft im Nebeneingang. Wenig später hält eine Enfield vor dem Eingang, und Rajesh taucht wieder auf und begrüßt einen misstrauisch blickenden älteren Mann.

Der Junge deutet auf Lew und den Shop, dann macht er eine Handbewegung, die international ist – Geld bedeutet sie, und offensichtlich bringt Lew genügend davon, denn der Mann sieht sofort ein wenig freundlicher aus.

Der *uncle*, denkt er und steht auf. Rajesh sagt etwas, was Lew nicht versteht, zeigt auf die Bushaltestelle und dann nacheinander Richtung Stadt, auf Lew und auf das Guesthouse.

Der Onkel nickt und scheint über etwas nachzudenken – und dann führt er ihn zu einem Schuppen hinter der Tankstelle, öffnet ein Vorhängeschloss an einer verstaubten Kette und zieht ein Rolltor auf.

Rajesh schlüpft an seinem Onkel vorbei in den Schuppen und beginnt, Staub von Lenkern und Tachometern zu wischen. Der Onkel lächelt und bietet Lew an, sich eine Maschine auszuleihen. Er könnte damit in die Stadt fahren oder für ein paar Tage in die Berge, *would you like*?

Bis zum nächsten Morgen könnte er eine herrichten für den Reisenden, ein bisschen nach dem Motor sehen, tanken natürlich, Kleinigkeiten.

Lew fragt nach dem Preis. Und nach der Rückgabe.

»No problem«, sagt der Onkel, ein Cousin lebe in der Nähe des Ashrams, zu dem er wolle. Und schon streckt er ihm eine Hand entgegen, und Lew schlägt verwundert ein.

»Tomorrow«, sagt der Onkel zufrieden, schließt das Tor und nimmt den Jungen wieder mit in den Shop.

Durch die geöffnete Ladentür sieht Lew, wie Rajesh die Regale abschreitet und offenbar die Artikel zählt, während der Onkel sich Notizen macht und ab und zu einen Blick nach draußen wirft.

»Tomorrow!«, ruft er seinem Gast noch einmal zu und lacht.

Lew lehnt sich zurück. Neben dem Eingang entdeckt er eine Eiskarte mit einem Logo, das er aus Deutschland kennt, eine einzige rostige Öse hält sie an der Wand. Die Plastikbeschichtung hat sich vom Papier gelöst und rollt sich an den Rändern auf, und wenn der Wind kommt und die Karte erfasst, entsteht ein schleifendes Geräusch.

In so einem indischen Dorf, da geht ein Zwölfjähriger offenbar nicht zur Schule, sondern hat Arbeit bei seinem Onkel und belohnt sich selbst, indem er sich heimlich Comichefte nimmt. Pilger fahren hier herauf, bleiben ein paar Stunden und verschwinden wieder. Der Wind weht, heiß und feucht, die Sonne brennt, Kunden kommen und gehen, schieben ihre Motorräder auf den Hof, tanken, kaufen ein Getränk. Sie grüßen den fremden Mann im Schatten und freuen sich, wenn er ein paar Stunden später noch immer da ist. Dann wenden sie sich wieder ihren eigenen Angelegenheiten zu – und es gibt nichts weiter zu tun, als mit einem Nicken oder einer winzigen Handbewegung zurückzugrüßen und auf den nächsten Tag zu warten.

2

Dunkelgrau und träge fließt der Neckar an diesem eisigen Aprilmorgen durch die Stadt, die Sonne ist noch kaum hinter den Hügeln zu erahnen. Die Straßen um den kleinen Park mit dem Spielplatz in der Mitte liegen friedlich und verlassen. Nur in *Evis Backstube*, direkt an der Ecke, da brennt um diese Zeit schon Licht. Vor dem Laden stehen bereits die Schilder mit den Angeboten des Tages, dunkle Pfützen um die reichlich früh bepflanzten Waschbetontröge zeigen an, dass die Blumen in ihren Nestern soeben gegossen wurden.

Eine halbe Stunde vor Ladenöffnung legt Ira ein letztes Mal ihre Hände an den Ofen, so wie es der alte Tadija früher getan hat. Zufrieden betrachtet sie die glänzenden Maschinen und die Arbeitsflächen, die um diese Tageszeit gereinigt sind von den Spuren der Nacht, bis der Mittag kommt und Evi sich an die Arbeit machen wird, die Zuckerkuchen zu verzieren, mit Mandelstiften und reichlich Streusel.

Noch eine Minute schenkt Ira sich, eine einzige ruhige Minute, bevor die Ladenglocke bimmeln wird, genau zwei Mal beim Öffnen der Tür und zwei Mal beim Schließen, also acht Mal insgesamt für einen einzigen Kunden. Schulkinder sind es am frühen Morgen, und Handwerker auf dem Weg zu den Baustellen die Straße hinunter. Die alten Genossenschaftshäuser mit den langgezogenen gelben Fronten und den kleinen Fenstern, die aussehen wie Schießscharten, sie werden saniert, überall sieht man jetzt die schmalen silbernen Außenkamine wachsen, Heizölhändler finden in diesem Viertel schon lange keine Kunden mehr.

Zweihundert Mal wird es gebimmelt haben, bis die Schulglocke die hungrigen Kinder an ihre Pflichten gemahnt hat, gestern ist Ira sogar auf zweihundertachtundzwanzig gekommen.

Noch eine Minute, nur noch eine.

»Du musst immer in genau dieser einen Minute leben, die dein Herz braucht, um das Blut in deinem Körper einmal im Kreis herumzupumpen, kleine Ira, vergiss das nicht«, hatte Tadija oft zu ihr gesagt, während er selber am frühen Morgen hier stand, die Hände am selben Ofen, vielleicht ein klein wenig höher als Iras jetzt.

»Das Blut braucht keineswegs exakt eine Minute«, antwortete sie, als sie älter wurde und zu ahnen begann, dass Tadijas Sätze manchmal an Orten geboren wurden, die aus Wünschen gebaut waren und Sehnsucht.

Im Laden ruhen bereits die Brezeln und Brötchen in den großen Körben, und die Brotlaibe warten darauf, in Papier eingeschlagen und in Einkaufstaschen nach Hause getragen zu werden.

Bei Evi gibt es seit dreißig Jahren nur ein kleines Sortiment, vor leeren Auslagen hat sie keine Angst. »Es muss schmecken, was wir anbieten, Ira. Morgens Brot, nachmittags Kuchen. Beste Zutaten, fertig.«

Supermärkte haben inzwischen aufgemacht, und eine Fußgängerzone ist in der Nähe entstanden. Seit ein paar Jahren gibt es einen Brötchenservice für die umliegenden Schulen, aber Evis kleinen Laden gibt es noch immer. Wegen Evis Brot, und wegen Tadijas serbischen Zuckerkuchen.

Ira mag Evi nicht sagen, dass ihre Hilfe an manchen Tagen keine Hilfe mehr ist, und sie denkt schon eine ganze Weile darüber nach, was werden soll, wenn sie allein sein wird, allein mit John, ihrem Sohn, und einer Bäckerei, die mehr Hände braucht als nur zwei, auch wenn sie klein ist und nicht viel mehr bietet als Brezeln und Brot und Kuchen und handgemahlenen Kaffee. Aber Ira sagt nichts, macht weiter und ist schon am Vormittag müde, und am Abend schläft sie ein, noch bevor Johns Gutenachtgeschichte zu Ende ist.

»Wir müssen Fido zurückholen«, sagt Evi in letzter Zeit öfter. Fido ist Tadijas Enkel, und er ist bei Evi aufgewachsen, nachdem er mit Tadija nach Deutschland gekommen war. Fido kennt die Handgriffe besser als Ira, besser als jeder, der ihnen je geholfen hat über all die Jahre. Aber Ira lacht dann nur und fragt, ob Evi ihn anbinden will in der Bäckerei? Oder wie will sie das anstellen, einen Zugvogel zu zähmen? Niemand kann Fido an einem Ort festhalten, in ein Haus zwingen schon gar nicht. Eine Arbeit kann das nicht, Evi kann das nicht, eine Frau nicht, und auch ein Kind kann das nicht. Und Ira wahrscheinlich am allerwenigsten.

»Zerbrich dir nicht den Kopf über meine Kräfte«, sagt sie dann zu Evi, aber sie sieht, dass Evi es dennoch tut, wenn sie gemeinsam hinter der Theke stehen und die eine zwei Butterbrezeln schmiert und die andere Bestellungen aufnimmt fürs Wochenende.

Noch immer kennt Evi jedes der Schulkinder beim Namen, die älteren, die auf dem Weg zum Gymnasium sind, hinten am Park, und die Grundschüler, die nur wenig später und ebenso hungrig in den Laden stürmen. In Windeseile hat sie für jedes Kind bereitgelegt, was es gerne mag, und immer findet sie ein kleines Wort, einen Satz oder wenigstens einen aufmunternden Blick.

Früher ist Ira genau so ein Kind gewesen. Direkt aus dem Haus ihrer Eltern kam sie gelaufen, manchmal noch mit Schlaf in den Augen und nur mit einem Arm in der Jacke, die Schuhe offen. Stets war sie die Letzte, rasch eine Brezel und eine Apfeltasche, bezahlt mit klebrigwarmen Münzen, und immer stand Tadija mit Fidos Schultasche in der Hand vor der Tür und warf lange serbische Sätze ins Treppenhaus, liebevolle, schnurrende oder laute – meistens vergeblich.

Weil Fido morgens nie fertig war. Weil Fido nicht in die Schule wollte. Weil Fido schon längst aus dem Fenster geklettert war und über die Dächer davongesaust und die Stimme seines Großvaters überhaupt nicht mehr hören konnte. Einmal hatte Ira ihn entdeckt, im Zwetschgenbaum vor Evis Haus, einen Finger auf den Lippen, als er Tadijas Rufen hörte, und Ira sah seine blauen Augen und sein fröhliches Lachen und sein lockiges Haar, und sie sagte nichts, als Tadija um die Ecke bog und sie fragte, ob sie Fido gesehen habe, der müsse sich auf den Weg machen, und zwar schneller als der Wind in der Wüste.

Sie war nicht rot geworden und hatte nicht nach oben gesehen, sondern sehr angestrengt in die vollkommen falsche Richtung.

Seit jenem Tag hatte Ira immer gewusst, wo Fido sich gerade versteckte, und sie wusste auch, er hatte seine Aufgaben nicht gemacht und seine Blätter nicht eingeheftet und fast alle seine Stifte irgendwo absichtlich verloren. Sie nahm seine Schultasche, fand ihn, setzte sich zu ihm und kramte einen Kugelschreiber hervor, las ihm die Aufgaben vor und schrieb mit ungelenker Schrift und spiegelverkehrten Buchstaben die Ergebnisse in Fidos Hefte. Wenn er nicht lesen musste, was er rechnen sollte, war Fido schnell. Wenn er nicht aufschreiben musste, wie ein Wolf überwintert, wusste er jedes Detail über das Tier.

Wenn er Ferien hatte, dann stand er nachts mit Tadija an der Teigmaschine und merkte sich jeden Handgriff, und sein Großvater hatte sich nicht nur ein Mal gefragt, wie wohl alles gekommen wäre, wenn er nicht fünf Jahre zuvor, an einem Tag im Juli 1976, nach Deutschland gefahren wäre.

Zu Hause hätte er wohl keine Briefe bekommen, mit Wappen und feierlicher Anrede, weil Fido bald zehn wurde und trotzdem nur mit Mühe in die dritte Klasse versetzt werden würde.

»Du könntest dir ein wenig von Iras Klugheit abschneiden«, hatte Evi gesagt, wenn die Kinder sich an ihr vorbei zur Tür hinausdrückten und zusammen losrannten, der eine zur Schule, die andere für ein paar Wochen noch in den Kindergarten.

Nachmittags trafen sie sich auf dem Spielplatz im Park zwischen Iras Elternhaus und Evis Bäckerei.

»Genau in der Mitte«, hatte Fido einmal behauptet, und Ira hatte gefragt: »Woher weißt du, dass es die Mitte ist?«

Fido hatte gesagt: »Einfach so«, und Ira wollte es messen.

»Wie denn?«, hatte Fido gefragt, aber da lief Ira schon zum Gartentor vor ihrem Elternhaus.

»Du musst rüber zur Bäckerei!«, rief sie ihm zu, und dann gingen sie beide gleichzeitig los und zählten ihre Schritte, und als sie sich trafen, standen sie auf dem Spielplatz, genau vor der Krokodilschaukel.

»Die Mitte«, hatte Fido gesagt, »du hättest es einfach glauben können.«

Ira lehnt die Stirn an die warmen Kacheln, nur ganz kurz, und schließt für einen Moment die Augen. Ein Mann taucht in ihren Gedanken auf und ein buntes Haus, das aussieht wie eine Tankstelle aus den fünfziger Jahren.

Der Mann sitzt auf einer Bank davor und schaut auf ein Meer hinaus, er trägt helle Urlaubskleidung und auf dem Kopf einen Sonnenhut. Das Gesicht darunter kann

Ira nicht erkennen, aber als sie aufsieht und wieder zurück ist am Ofen und den leisen Schmerz in den Schultern wahrnimmt, der von der Schlaflosigkeit kommt und der Arbeit in der zurückliegenden Nacht, da ist es, als hätte der Fremde mit dem Hut sie angesehen und seine Hände ausgestreckt und sie zart berührt.

Ira löscht das Licht in der Backstube und schließt leise die Tür. Sie will John nicht wecken und ist dankbar für jede Minute, die er morgens schläft.

Im Flur brennt eine Neonröhre und beleuchtet den zweifarbigen Boden. Viele der Fliesen haben kleine Risse unter der Glasur, auf den hellen sieht man sie besonders gut. Ira und Fido haben Wettbewerbe veranstaltet, wer von ihnen im haarfeinen Geäst die meisten Gesichter finden würde, die meisten Lebewesen, die meisten Geschichten. Mit wie wenig sie zufrieden waren, ein paar Muster im Boden haben sie an Regentagen stundenlang beschäftigt.

Dieselbe honigfarbene Holztreppe führt noch immer nach oben in die Wohnung, daneben die weiß gestrichene Tür zum Keller, gegenüber die Glastür zum Laden und ganz hinten, im Halbschatten, der gekühlte Vorratsraum.

Oben knarzt die Tür zum Schlafzimmer, oder sind das Schritte auf der Treppe? Ist John doch schon auf? Ira horcht, aber da ist nichts. Das alte Holz ächzt, denkt sie. Im Sommer wegen der Hitze, im Winter wegen der trockenen Heizungsluft.

Im Vorratsraum hört sie Evi rumoren. Hoffentlich steigt sie nicht wieder auf die Leiter. Ich sollte hingehen und sie davon abhalten. Aber sie weiß schon, was Evi dann sagen wird: »Wer soll denn sonst am Morgen nach den Einkaufslisten sehen? Willst du dich in drei Teile teilen, kleine Ira?«

Sie wird irgendwann stürzen, wenn sie nicht endlich Rücksicht nimmt auf ihre Knie. Die biegen sich nämlich schon lange nicht mehr so leicht, wie Evi das gern hätte. Das sieht nicht nur Ira, das sehen auch die Kunden, aber Evi ist stur.

Da ist es schon, das Klackern der kleinen Leiterrädchen, dumpfer als sonst. Langsamer auch. Ein Schaben, dann ein leises *Plock-plock*, eine Pause, *plock plock*. Ein Geräusch wie von jemandem, der versucht, kein Geräusch zu machen. Keine Schritte, keine Gespenster. Nur die bald fünfundsiebzigjährige Evi, die sich nichts sagen lässt.

Ira seufzt und verscheucht den leisen Ärger über Evis Leichtsinn. *Plock plock*, eine Pause, *plock plock*. Sie steigt rauf und wieder runter, das ist es, was sie tut. Sie will nicht wahrhaben, dass sie alt geworden ist. Seit John auf der Welt ist noch weniger.

Und eigenwillig ist sie schon immer gewesen, denkt Ira, während sie im Laden die Lampen anmacht und das Wechselgeld in die Kasse zählt.

»Du brauchst ein Nest«, hatte Evi damals gesagt, als Ira zu ihr in den Laden kam, schwanger und allein. »Wenn nicht für dich, dann für das Kind. Wir rücken zusammen, Ira.«

»Bis er krabbelt«, sagte Ira nach der Geburt, und Evi nickte.

»Bis er läuft«, sagte Ira später, als sie entschieden hatte, ihr Studium nicht wieder aufzunehmen, und Evi flickte abends die Hosen, die John an den Knien durchgescheuert hatte.

»Bis er in den Kindergarten geht«, hatte Ira zuletzt gesagt, und Evi hatte die Teigmaschine geputzt und geschwiegen.

Inzwischen ist John vier Jahre alt, und Ira hat nicht vor wegzugehen, obwohl das Haus drüben genügend Platz bietet. Sie tastet nach dem ungewohnten Schlüsselbund in ihrer Hosentasche, und ihr Blick geht hinaus auf den Platz, wo gegenüber ihr Elternhaus im schwachen Laternenlicht steht.

Direkt vor dem Gartentor parkt ein weißer Kleinwagen, auf der Fahrertür das Logo des Pflegedienstes. Später, wenn John im Kindergarten sein wird und der erste Kundenansturm vorbei ist, wird sie hinübergehen, alle Zimmer durchlüften und ihrem Vater, dem ehemaligen Lateinlehrer Cornelius Keppler, aus der Zeitung vorlesen oder aus einem seiner unzähligen Bücher.

Die *Metamorphosen* mag er am liebsten, und Ira kämpft sich durch die Metrik, bis er flüstert, es sei gut, und sie den Band zurücklegen kann auf einen der Bücherstapel neben seinem Bett. Man könnte meinen, sie wachsen über Nacht. Manchmal merkt sie sich, wenn sie abends geht, die zuoberst liegenden Titel und findet sie am nächsten Morgen unverändert dort vor.

Manchmal aber ist sie sich sicher, sie hätten am Abend in einem anderen Buch gelesen, und dann scherzt sie mit ihrem Vater und fragt ihn, ob er nachts heimlich am Bücherregal gewesen ist oder im Weinkeller oder drüben im Arbeitszimmer, und er lacht kurz sein heiseres, fast stimmloses Lachen, sinkt wieder in sein Kissen und schläft eine Stunde oder zwei.

Sein Zustand hat sich in den letzten beiden Wochen verschlechtert, aber er besteht darauf, nicht noch einmal ins Krankenhaus zu gehen. »Zu Hause sterben zu dürfen, das ist alles, worum ich euch bitte.«

Ira ist dankbar für Evis Entschlossenheit, Cornelius seinen letzten Wunsch zu erfüllen. »Er hat dieses Haus sein ganzes Leben lang nicht verlassen, wie soll er woanders in Frieden gehen, wenn er sich im eigenen Haus schon so schwertut. Und nur weil einer ein paar Hundert Bücher über den Tod gelesen hat, ist das Sterben nicht leichter für ihn.«

Und außerdem, außerdem ist da noch etwas, was ihn hält. Es steckt in diesem Haus, in den Wänden, den vollgestopften Regalen. Es ist das, was es mir unmöglich macht, dort zu leben, denkt Ira, während sie die warmen Brotlaibe in geraden Reihen exakt in die Regale stapelt, die dunkler gebackenen nach hinten, die helleren nach vorne, jeweils sieben Stück hintereinander, und die Transportkörbe heftiger ausklopft als nötig.

Sie schließt die Ladentür auf und dreht das Schild mit den Öffnungszeiten nach außen. Die Morgenluft ist noch immer frostig. Die ersten Schulkinder gehen die Straße hinunter, ein Lieferwagen hält vor dem Gemüsegeschäft nebenan.

»Ich kann nicht mehr schlafen«, sagt eine leise Stimme, und Ira sieht ihren Sohn in der Tür stehen, mit nachtmüden Augen und seinem Bär im Arm.

»Geh wieder ins Bett, John«, sagt sie, »es ist viel zu früh für dich.«

Der Junge rührt sich nicht und betrachtet die Körbe und Wannen. Ira nimmt ihn in den Arm und setzt ihn auf die Theke.

»Soll ich dir was zeigen?«, fragt sie. »Siehst du, wie die kleinen Brötchen nebeneinander in ihren Regalen liegen und sich nicht bewegen? Sie schlafen noch. Wenn wir ganz leise sind, hören wir sie atmen.«

John lauscht. Ira lächelt. Sie liebt seine Kinderphantasie, in der Brötchen so lebendig sind wie beinahe alles andere um ihn herum. Sie liebt seine Haare, seine Augen, seinen Duft, ein klein wenig nach Weihrauch. Sie liebt es, wenn er tagsüber auf der Treppe spielt und ihr zwischendurch bei der Arbeit zusieht, wenn er nachmittags auf dem Kassentisch sitzt und die Münzen in ihre Fächer sortiert, sie liebt es, wenn er singt, und nicht nur Evi sagt, man könnte meinen, er habe seine Stimme von Fido.

»Ich höre nichts«, sagt er entschieden, und Ira denkt, lange kann ich ihm so etwas nicht mehr erzählen.

Evi kommt aus dem Vorratsraum und knöpft die graue Strickjacke auf. Ihr Gang ist schwer, sie zieht ihr linkes Bein ein klein wenig nach.

»Ich bin noch nicht tagweich«, sagt sie zu John, der lacht und sie nachmacht.

»Guten Morgen«, sagt Evi, aber Ira schüttelt den Kopf.

»Du bist ein Dickschädel«, sagt sie, und es klingt schärfer als beabsichtigt. »Was ist, wenn du fällst, und ich bin nicht da? Soll ich dann zwei alte Dummköpfe pflegen und nebenher für ein Kind sorgen, hast du dir das so vorgestellt?«

Evi setzt zu einer Antwort an, aber sie hält Iras Blick nicht stand.

3

Schon eine Weile ist kein Bus mehr an Lew vorbeigefahren. Die letzte dunkelgraue Dieselwolke hat er vor einer halben Stunde über der Dorfstraße gesehen. Er könnte allmählich rüber ins Guesthouse gehen und hoffen, dass die Air-Condition in seinem Zimmer dieses Mal auf Anhieb funktioniert. Er könnte versuchen, ihren Lärm zu ignorieren und für eine Stunde den Jetlag aus den Knochen zu schlafen, bevor er sich bei Simran an der Rezeption eine Schale Reis zum Abendessen bestellt und ein allerletztes kaltes Bier.

Aber er bleibt und sieht Rajesh zu, wie er lacht, als er seinen wahrscheinlich letzten Kunden an diesem Abend begrüßt, wie er die Einkäufe für ihn verpackt und noch eine Tüte Obst dazulegt. Wie er immer noch lacht, als der Mann auf die Straße hinausgeht, stehen bleibt, die Münzen und Scheine in der Hand nachzählt und wieder hineingeht – weil Rajesh sich beim Herausgeben womöglich verrechnet hat?

Sätze perlen an sein Ohr, die freundlich klingen und lang sind, niemand ärgert sich, keiner wird laut, der Kunde nicht, Rajesh nicht. Gemeinsam packen sie den Einkauf wieder aus, ohne Eile und ohne Hast. Rajesh hat einen Zettel und einen Stift in der Hand, er addiert Zahlenreihen und vergleicht mit dem Bon, und so wie der Junge seine Stirn dabei in Falten legt, scheint es ein kleiner und schwieriger Fehler zu sein, den sie da suchen und schließlich auch finden. Die beiden strahlen vor Freude, und Rajesh packt die Waren in neue Plastiktüten, zählt neues Wechselgeld auf den Zahlteller und winkt dem Mann nach, bis er hinter der nächsten Ecke verschwunden ist.

Fröhlich sind Rajeshs Augen, unbeschwert seine Gesten. Alles an ihm wirkt zufrieden. Leicht und behände nimmt der Junge die unverkauften Zeitungen aus den Regalen, auf den Titelseiten die Schlagzeilen, die morgen niemand mehr lesen will. Wie der Wind bündelt er sie und trägt die Pakete hinaus vor die Tür.

Lew erkennt nur die Bilder, ein Sportereignis, offenbar Fußball. Er springt auf, bietet dem Jungen seine Hilfe an, trägt schwere Körbe von draußen nach drinnen, deckt Obstkisten ab und wartet vor der Tür, bis Rajesh den Laden von innen verriegelt hat und aus dem Nebeneingang schlüpft.

Er freut sich, als er auf der stiller gewordenen Straße steht und im unbeleuchteten Hof die Umrisse des Jungen erkennt. Und als er ihm zusieht, wie er die schmale Tür abschließt und den Schlüsselbund in eine Tüte steckt, da überlegt er, wohin Rajesh am Abend wohl geht?

»I show you«, sagt der Junge, als er ihn fragt.

Sie gehen zu einem weiteren bunten Haus am Ende der Dorfstraße. Dort lebt Rajesh mit seinen älteren Brüdern, den Töchtern des Onkels und ihren Ehemännern.

Die Eltern arbeiten in der City, in einem der Bürotürme *down there*, und Lew betrachtet einen Augenblick lang schweigend die Lichter der nächtlichen Stadt. Im Dunkeln wirkt sie gar nicht mehr so weit entfernt wie am Tag.

Einmal im Monat kommen die Eltern mit dem Pilgerbus zurück ins Dorf. Sie bringen Geld, bezahlen dem Onkel die Miete für ihn und seine Brüder und bleiben für zwei halbe Tage, einen halben Samstag und einen halben Sonntag.

Rajesh erzählt von den Festen, die sie feiern, wenn die Eltern da sind, er zählt in atemberaubender Geschwindigkeit die indischen Feiertage auf, und Lew versteht nur die Hälfte, aber er will den Jungen in seiner Begeisterung nicht unterbrechen.

Vor dem Haus hören sie Musik und Stimmengewirr. »All my cousins«, sagt Rajesh, und dann bleibt er wie angewurzelt stehen, rennt zu einem Motorrad, das vor der Tür geparkt ist, und kommt mit leuchtenden Augen wieder zurück.

»My brother is back, you must come with me«, und Lew merkt, wie hungrig er ist und wie gern er noch bleiben möchte, weil Rajesh in der Nähe ist, und so findet er sich nur Sekunden später in einem Innenhof wieder, inmitten einer unübersichtlichen Schar von Cousins und Brüdern, die zusammengekommen sind, um einen schmalen Zwanzigjährigen zu feiern, der von der Universität zurückgekehrt ist, so jedenfalls versteht es Lew.

Sie begrüßen Rajeshs Gast, als sei er die Hauptperson und nicht soeben zum ersten Mal über ihre Schwelle getreten. Sie versuchen, seinen Namen auszusprechen, schieben ihn alsbald auf einen Platz direkt neben Rajesh, und jemand bringt ihm ein ganzes Tablett voller Schälchen und Schüsseln, voller Soßen und Düfte, und einen hoch aufgeschichteten Stapel frisch gebackener Brotfladen.

So viele Namen sind das, und noch mehr unbekannte Wörter umschwirren ihn, deren Bedeutung er nicht versteht, aber ihre Melodie ist freundlich und zugewandt. Englische Sätze schieben sich dazwischen, wenn er angesprochen wird, und alle hören ihm aufmerksam zu, als er erzählt, wie er in ihr Dorf gekommen ist. Wie er versucht hatte, sich zurechtzufinden am Flughafen, zwischen all den Menschen und den Durchsagen und so ganz ohne Fahrpläne. Und vom Ticketoffice erzählt er, zu dem er sich schließlich durchgefragt hatte.

»The small one?«, fragt Rajeshs ältester Bruder, und Lew versucht sich zu erinnern: ein bärtiger Mann in einer Art Glaskasten, eine silberne Gegensprechanlage – eindeutig, das muss *the small one* gewesen sein, sagen sie alle.

Er hatte auf den Knopf gedrückt und in das Mikrophon gesprochen, aber der Mann hatte ihn nicht verstanden.

Also holte Lew das Schreiben der Botschaft aus der Tasche und hielt es an die Scheibe. Der Mann beugte sich vor, studierte sorgfältig die Zeilen, dann nickte er, gab ihm ein Ticket und sagte ihm die Nummer des Busses, in den er einsteigen sollte. Das aber ist der gewesen, mit dem er direkt bei Rajeshs Laden angekommen ist.

»The man in the small one«, sagt Rajeshs ältester Bruder, »he cannot read. And I think he is nearly deaf. So better don't go to the small one again.«

Lew fällt in das Lachen der anderen ein, und er hört sich selber erzählen und sieht sich dort sitzen und essen, und er wundert sich, wie er so einfach dort sitzen kann und essen, zwischen all den fremden Menschen. Er empfindet keine Müdigkeit mehr, und zum ersten Mal seit seiner Ankunft lässt er sich ein auf dieses fremdartige Land.

Er probiert von jedem neuen Gericht, das Rajesh mit ihm teilen möchte, und liegt es an den scharfen Gewürzen oder an dem wundervollen Geschmack oder an dem Glück, einen so wohlig gewärmten Bauch zu haben – jedenfalls nickt er, als Rajesh seinen Brüdern mit stolzer Miene erzählt, dass dieser Mann aus *Germany* komme, und er nickt nicht nur, sondern sagt, früher, als er so alt gewesen sei wie Rajesh, da habe es sogar zwei *Germany* gegeben.

Wie es gewesen sei, in so einem Land zu leben, will Rajeshs ältester Bruder wissen, und Lew möchte ihm gern von der *Teilung* und der *Wiedervereinigung* erzählen, aber da gehen ihm die englischen Worte aus, und die

Aufmerksamkeit seines Zuhörers ist sowieso schon wieder woanders, als einer, der bisher nichts gesagt hat, mit einem Mal den Kopf hebt und lächelnd sagt, *Germany*, das sei doch das Land, wo im nächsten Jahr der World Cup stattfinde?

»Do you play football?«, fragt er, und Lew schüttelt den Kopf.

»Jumping«, sagt er zuerst, aber dann fallen ihm auch dafür die englischen Wörter nicht ein, und er lässt sich einen Eimer geben, dreht ihn um, steigt hinauf und breitet die Arme aus.

»Here«, sagt er und zeigt auf den Boden, »here, everything is water. Deep water, okay?«

Ein wenig schwindelig ist ihm noch vom raschen Aufstehen, und dann sieht er es selber, das Wasser, das er eben für seine Zuschauer beschworen hat, und er sieht die Wettkampfhalle in Berlin, und er ist ein klein wenig jünger als Rajesh, acht Jahre alt. Er steht mit seinem Vater vor der Schwimmhalle und sieht den Kindern zu, die dort trainieren dürfen, weil sie ausgewählt wurden für die Sportklasse.

Wie gerne wäre er damals eines dieser Kinder gewesen, nur für eine einzige halbe Stunde.

»Ich wünschte, du könntest dabei sein«, hatte sein Vater zu ihm gesagt, »glaub mir Lew, ich wünsche mir nichts mehr als das.«

Ganz fest hatte sein Vater seine Hand gehalten, viel fester als sonst.

»Ich weiß«, hatte Lew gemurmelt und einem Jungen zugesehen, der am Beckenrand mit einem kleineren balgte. Er konnte das Trillern bis nach draußen hören, so laut blies der Trainer drinnen in seine Pfeife.

Und dann hatte sein Vater ihn in den Arm genommen und ihn an sich gedrückt. Aber Lew wollte sich losmachen und sehen, wie die Sache ausging zwischen den Kindern, und als er hochblickte, sah er die Tränen in den Augen seines Vaters: »Ich würde alles tun, um dich glücklich zu sehen«, sagte er. »Alles, Lew.«

Als Lew hinuntersteigt vom umgedrehten Eimer, im Innenhof eines rosa gestrichenen Hauses in Indien, wo er gerade so getan hat, als würde er von einem Fünfmeterbrett springen, als er hinuntersteigt und sich wieder zu den anderen setzt, die ihm begeistert applaudieren, da hat er sich zum ersten Mal überhaupt an diese Umarmung erinnert. Und an die Tränen in den Augen seines Vaters.

4

Nachdem am Abend die letzte Kundin gegangen ist, macht Ira sich auf den Weg zu ihrem Vater. Sie geht quer über den Platz und zählt wie immer ihre Schritte.

»Du zählst eines Tages noch die Haare auf deinem Kopf«, hatte ihre Mutter einmal gesagt, und Ira hatte tatsächlich versucht herauszufinden, wie viele es waren.

»Zählen beruhigt«, hatte hingegen Tadija gesagt, »mach dir keine Gedanken, wenn andere das nicht verstehen. Es ist nicht verkehrt zu wissen, wie viele Brötchen du gebacken hast und wie viele verkauft sind. Es ist sogar gut zu wissen, wie viele Kilometer du schon gefahren bist und wie viel Benzin du vorher getankt hast. Und es ist nicht dumm, die Straßenlaternen auf einem Weg zu zählen, wenn du dich ein wenig fürchtest vor dem, was dich an seinem Ende erwartet.«

Sie nimmt die Abkürzung über den Spielplatz. Aus dem Halbdunkel vor ihr taucht ein silbergrauer Kopf mit scharfen Zähnen und Krokodilsaugen auf. Sie streicht dem Schaukeltier über die Schnauze und lächelt.

»Heute Nacht am Krokodil«, hatten Fido und sie einander verschwörerisch zugeflüstert, als sie noch Kinder gewesen waren, und dann war Fido an Tadijas und Evis Schlafzimmer vorbeigeschlichen, und Ira an Juttas Zimmer und am Arbeitszimmer, in dem Cornelius auf einer Klappliege schlief.

Fido hatte Kekse in einer seiner vielen Taschen, und sie wagten sich hinaus in die Nacht, vorbei an den Mülltonnen und Sträuchern, das Ziel in der Mitte zwischen ihren Häusern fest im Blick: den Spielplatz mit der Rutsche, der Sandkiste, der Seilbahn, die nicht mehr fuhr, und dem großen hölzernen Krokodil.

Tastend und lachend fanden sie den anderen in der Dunkelheit, aneinander gekuschelt zählten sie die Sterne, dachten sich neue Namen für die Sternbilder aus und träumten von der Zukunft.

»Wir werden in Kasachstan leben und eine Jurte haben«, sagte Fido dann. »Wir werden mit unseren Tieren umherziehen und dort bleiben, wo es uns gefällt. Wir werden Flüsse entlangreiten, bis wir eine Stelle gefunden haben, an der wir sie überqueren können, wir werden Fische angeln und sie abends über dem Feuer braten, wir werden vor den Herbststürmen in unserer Jurte sicher sein und vergorene Stutenmilch trinken, die schmeckt wie Joghurt mit Bier. Und am nächsten Tag werden wir morgens in unsere staubigen Stiefel schlüpfen, und alles wird sein wie am Tag zuvor.«

»Warum werden wir in Kasachstan leben?«, fragte Ira und wickelte sich seine Locken um die Finger.

»Hör dir das Wort an, Ira. *Kasachstan*. Es klingt nach Weite. Nach Freiheit. Wir können bis nach China reisen, ohne eine einzige Grenze zu überqueren. Wir könnten sogar eine Rakete besteigen und in den Weltraum fliegen, hast du selber gesagt. Wir werden Platz haben für uns und unsere Kinder, für sieben Kinder, und wir werden reiten, bis wir müde sind, und nirgendwo versperren uns Straßen den Weg. Wir werden Kamele haben und unseren eigenen Käse machen, und am Tag reiten wir um die Wette durch die Prärie.«

»Durch die Steppe«, sagte Ira, und Fido erwiderte: »Sehr wohl, Frau Professor.«

Die Unzertrennlichen nannte man sie schon, als sich noch keiner von ihnen vorstellen konnte, dass die flüchtigen kleinen Kinderküsse und Fidos wärmende Umarmungen in den kühlen Nächten draußen auf dem Spielplatz nicht alles bleiben sollten.

Sie setzt sich vorsichtig auf das Schaukeltier und folgt den leisen Bewegungen. Wie viele Bücher hatten sie hierhergeschleppt, wie viele Landkarten in den Sand gezeichnet, wie viele Stunden in Fidos Kasachstan verbracht, Fidos Kopf an ihrer Schulter, seine immer länger werdenden Haare weich und warm zwischen ihren Fingern, nicht mehr nur nachts, sondern auch tagsüber.

Iras Füße finden die alten Fußrasten, beinahe zu schmal sind sie, und ihre Hände sind zu groß für die Haltegriffe. So hält sie sich an den Ketten fest und klettert auf die Schnauze, wie sie es früher getan hat.

Freihändig hatte sie da oben gestanden, und Fido ganz

hinten am anderen Ende, wie immer. Er hatte ihr Schwung gegeben, und sie konnte ihn nicht sehen, aber jede seiner Bewegungen spüren, und Angst hatte sie keine.

Eines Tages war sie heruntergefallen, als das Krokodil seinen höchsten Punkt erreicht hatte, und Tadija war gekommen und hatte sie in den Arm genommen und getröstet.

»Kleine Ira«, sagte er, als sie endlich aufhören konnte zu weinen, »achte besser auf dein Gesicht. Ohne Zähne wirst du niemals jemanden finden, der dich heiratet.«

»Ich habe Fido«, hatte sie voller Trotz erwidert, und Tadija hatte geseufzt und geschimpft mit Fido, der doch so viel älter sei als die Kleine und trotzdem nicht für zwanzig Pfennige Verstand zu haben schien.

»Ich bin nicht sieben Tage lang quer über die Alpen nach Deutschland gefahren, nur damit du den ganzen Tag Unfug im Kopf hast, Fido.«

Je ärgerlicher er war, desto länger und beschwerlicher war die Reise gewesen, desto höher die Alpen, und einmal hatte er sich einen Schneesturm ausgedacht, mitten im Sommer. In Wahrheit war er drei Tage unterwegs gewesen, aber manchmal behauptete er, es sei nur einer, und ein anderes Mal mussten es zehn sein, damit Tadija alles unterbringen konnte, was er erzählen wollte.

»Wen interessiert es, ob ich mir einmal am Montag und ein anderes Mal am Dienstag in den Finger geschnitten habe, solange die Geschichte gut ist?«

Und Tadijas Geschichten waren gut. Er konnte mit einem einzigen Satz den Fluss seines Heimatdorfes durch Evis

Küche fließen lassen. Er konnte den Wochenmarkt für Ira aus Worten bauen, und wenn er anfing zu erzählen, dann nahm er sie an der Hand und ging mit ihr mitten hinein in sein altes Leben, und so stand sie nach nur wenigen Worten aus seinem Mund neben ihm im serbischen Staub, lehnte mit ihm am Gartenzaun, als er noch jung gewesen war und den Frauen auf der Landstraße hinterherpfiff.

Und als er ihr erzählte, wie er diejenige, die darüber am lautesten geschimpft hatte, zum Altar führte, da sah Ira die Dorfkirche vor sich, und seine Freunde waren dort versammelt und seine Brüder, seine Schwestern und all die Kinder, deren Namen sie sich nicht merken konnte, und mittendrin sah sie Tadija und seine Braut, deren Liebe im Dorf sprichwörtlich werden sollte.

Wer immer ihnen begegnete, spürte ihr Glück, und hätte jemand Hochzeit gefeiert, ohne die beiden einzuladen, dann hätte kein Segen auf der Ehe gelegen, da waren sich alle einig.

Tadijas Glück hielt jedoch nicht lange. Nach der Geburt eines Kindes, das auf sich hatte warten lassen, musste Tadija eine Beerdigung ausrichten und die kleine Milena alleine großziehen.

Zwanzig Jahre vergingen, und die Zeiten änderten sich, brachten Arbeitslosigkeit in die Städte und Anwerber in die Dörfer.

Auch Tadijas Tochter stieg in einen Bus, zusammen mit vielen anderen Frauen, die keine Arbeit mehr bekamen und keinen Mann, den sie heiraten konnten. Sie waren bereit, in ein fremdes Land zu gehen, wo die Bänder stillstanden, wenn sich nicht genügend Hände fanden, um sie am Laufen zu halten.

»Die Klugen, das sind die Frauen«, hatte Tadija seiner Tochter zum Abschied mit auf den Weg gegeben, »merk dir das. Halt dein Geld zusammen, und wenn du wieder zurückkommst, fährst du mit dem Zug. Wir brauchen hier nicht noch mehr verrostete Volkswagen in den Höfen.«

Als er Milena wiedersah, kam sie tatsächlich mit dem Zug, schweigsam war sie und schwanger. Hastig brachte sie in seinem Haus ihren Sohn zur Welt, und als sie wieder verschwunden war, war Tadija erneut allein mit einem Kind, und er gab ihm den ersten Namen, der ihm einfiel, als er die blauen Augen sah, die Milenas Augen waren, und die hellbraunen Härchen und die kleinen Ohren, die aussahen wie winzige Schildkröten.

Fido nannte Tadija sein Enkelkind, und er trug ihn zur Taufe und nahm ihn mit aufs Feld, er zeigte ihm, wo die Hühner ihre Eier versteckten und sah ihm zu, wie er die ersten wackeligen Schritte machte und die Ziege ihn umwarf, als sie versuchte, an seinen ausgestreckten Händchen zu schlecken.

Zu dieser Zeit sah man an vielen Orten, wie die Alten die Wiegen aus den Schuppen holten, die Schaukelpferde abstaubten und Pakete öffneten aus Deutschland, mit Spielzeug und Kleidung darin, die knisterte und im Dunkeln Blitze versprühte, wenn man sie rieb.

Die fremden Hosen und Hemden, Röcke und Jacken, sie sahen genauso aus wie die billigen Stoffe auf den Märkten in der Stadt. Hängte man sie abends nach dem Waschen zu nah ans Feuer, verschrumpelten sie wie getrocknete Aprikosen.

So weit her sein konnte es nicht mit dem Reichtum in Deutschland, wenn sie dort nicht einmal ordentliche Kleider hatten, da waren sich alle einig.

An Fidos viertem Geburtstag wurde Tadija krank und erholte sich über den Herbst und den Winter nicht mehr vom Husten.

Er ging zum Arzt und zum Priester, und dann ging er aufs Amt und sammelte Papiere für eine Fahrt, über die er schon lange nachgedacht hatte.

Er musste an die Zukunft denken. Noch ein wenig, und er wäre zu alt für Fido. Noch ein Jahr, so war er sicher, und er würde zu alt sein für die Reise. Vielleicht hatte er nicht einmal mehr ein ganzes, wer wusste das schon.

Zu Fidos fünftem Geburtstag, so nahm er sich schließlich vor, wollte er spätestens bei seiner Tochter in Deutschland sein. Vielleicht wären sich alle einig geworden über die Unausweichlichkeit seiner Entscheidung, aber Tadija erzählte niemandem von seinen Plänen, weil er nicht reden mochte über Dinge, die er nicht anfassen konnte.

Als er alle Papiere zusammen hatte, sah er dem Jungen eine Woche lang zu, wie er mit den anderen Kindern über die Äcker lief und zum Fluss hinunter.

Und eine weitere, wie er die Hirten ärgerte, davonrannte und dann jemanden bei der Kolchose fragte, ob er mitfahren dürfe auf einem der Traktoren. Wie er fast immer Glück hatte und einer nickte und ihn hochklettern ließ und das Radio ein klein wenig lauter drehte, damit der fröhliche Junge Musik hören konnte.

Fido liebte Musik. Er besaß eine Kassette, die er hütete wie einen Schatz, darauf waren Lieder aus Deutschland, die ein gewisser Udo sang. Der Sender, den man auf den serbischen Feldern empfangen konnte, spielte manchmal dieselben Stücke, auf Italienisch oder Französisch, aber Fido sang sie auf Deutsch mit und sagte, die kämen quer durch die Luft direkt von seiner Mama.

In der dritten Woche wusste Tadija, wer das Haus bekommen sollte. Er verkaufte die Hühner und die Ziege und sein Werkzeug und wunderte sich jeden Abend darüber, dass Fido nicht fragte, warum er das tat. Vielleicht macht es ihm nichts aus, wenn wir gehen, dachte Tadija, vielleicht vermisst er die schlammigen Wege im Herbst nicht, und die Kälte in seiner Kammer ebenso wenig.

In der vierten Woche, an einem heißen Sommertag im Jahr sechsundsiebzig, brach Tadija schließlich auf. Drei Tage später parkte er das Auto vor einem Haus in einer kleinen süddeutschen Stadt. Rechts und links der Straße sah er gelbe Häuser, langgezogen, mit vielen Eingängen. Kleine Fenster, die aussahen wie Schießscharten. Dahinter, das hatte er in den Briefen seiner Tochter gelesen, Badezimmer und Küche, in jeder Wohnung gleich.

Kennst du eine, kennst du alle, die Deutschen sind so berechenbar, hatte sie geschrieben. *Denken eine Sache einmal zu Ende, und dann machen sie sie immer wieder. Stur. Immer dasselbe. Nur keine Abweichungen. Stell einen Deutschen in ein serbisches Dorf, in eine serbische Küche, ich sage dir, ohne Kochbuch wird er dir vor den gefüllten Küchenschränken verhungern.*

Fido entdeckte einen Spielplatz und an der Ecke eine kleine Bäckerei, und er wollte da hinein und auf der Stelle ein Eis.

»Später, Fido«, sagte Tadija, der zwar ebenso hungrig war, aber Sorge hatte, er könne jetzt, am Ziel seiner Reise, doch noch einen Fehler begehen, »wir warten lieber auf deine Mama.«

Und sie warteten.

Stiegen aus dem Wagen, gingen ein paar Schritte, und dann stiegen sie wieder ein, bis die Frühschicht in der Fabrik zu Ende war und die Spätschicht und die letzten Arbeiter die Straße hinunter nach Hause gingen.

Immer wieder hatte Milena ihren Vater gebeten, sie wenigstens einmal zu besuchen, einmal die Fahrt zu machen, damit sie Fido sehen und ihm die Stadt zeigen könne, in der sie lebte.

Sie hatte von einem Fluss geschrieben, der Neckar hieß, von einem Schloss und von den gelben Häusern. Und von Evi, der Bäckerin, mit der sie sich angefreundet hatte.

Milena kam nicht. Nicht am Abend und nicht am nächsten Morgen. Da nahm Tadija seinen Enkel an die Hand, fester als an den Sonntagen beim Kirchgang, wenn Fido ausbüxen wollte, zurück nach Haus, in den Kirschgarten oder auf den Rübenacker, um mit der Steinschleuder die Krähen zu jagen. Vorsichtig ging er über das ungewohnte Kopfsteinpflaster, hinüber zu *Evis Backstube*.

Du fehlst mir, Tadija, denkt Ira und sieht in den Sternenhimmel hinauf. Du fehlst mir, mehr, als ich manchmal aushalten kann. Du, und deine Geschichten an Evis

Küchentisch. Deine Ausflüge in den Park, deine serbischen Eintöpfe, deine Schrullen bei ihrer Zubereitung. Erinnerst du dich an das Tischtuch, das mit den roten und grauen Karos? Wir haben Mühle drauf gespielt, mit Bohnen und Erbsen, du hast mir Schach auf diesen Feldern beigebracht und ich dir Wolf und Schafe.

Du hast es für Evi gekauft, genau wie die ringförmige Neonlampe und das elektrische Brotmesser, den Eierkocher, die Kaffeemaschine und den elektrischen Dosenöffner.

Fido hat immer gesagt, du würdest für Evi den Mond nur deswegen nicht vom Himmel holen, weil der keinen Stecker hat.

Wer weiß, hast du gesagt, *schließlich leuchtet er jede Nacht, und vielleicht ist das Kabel ja auf der Rückseite. Schön ordentlich aufgewickelt.*

Wie ist es denn jetzt mit dem Mond? Hast du was darüber herausfinden können? Und stimmt es, dass man den besseren Überblick hat von da oben? Kannst du vielleicht eine Spur von Fido entdecken? Wir haben so lange nichts von ihm gehört, und du weißt ja, wie Evi ist.

Evi, die sich nichts sagen lässt und immer noch um dich trauert. Die an ihrem Alltag festhält und an allem, was immer schon so war, damit sie nicht merken muss, dass sich alles verändert hat seither. Könntest du nicht einen kleinen Wink schicken, ein kleines Zeichen, damit sie die Leitern stehenlässt und die schweren Mehlwannen?

Du bist ihr ganzes Glück gewesen, Tadija, auf dich würde sie hören.

5

Eine Stimme reißt Lew aus seiner Erinnerung.

»You look sad«, sagt Rajesh neben ihm, und Lew braucht ein paar Sekunden, um zu verstehen, was der Junge gesagt hat. Er nimmt seine Umgebung wieder wahr, Rajeshs große Familie, irgendjemand hat inzwischen in einer Schale ein Feuer entfacht. Sie sind in Gespräche vertieft, und immer noch stößt hin und wieder jemand an mit Rajeshs ältestem Bruder, dem Rückkehrer von woher auch immer.

Lew denkt an seinen eigenen Bruder, der in Deutschland geblieben ist und nicht reden wollte über die Nachricht vom Tod der Mutter, und noch weniger über die Möglichkeit, den Vater wiederzusehen, nach neunundzwanzig Jahren.

»Was soll ich mit einem anfangen, der sich davongemacht hat?«, hatte Manuel gesagt. »Kannst du mir das verraten? Ich für meinen Teil, ich verzichte auf die Geschichte eines Mannes, der dreißig Jahre lang Zeit gehabt hat, um sie sich auszudenken.«

»Und wenn er uns die Wahrheit erzählen kann?«, hatte Lew dagegengehalten.

»Die Wahrheit?«, hatte Manuel gesagt. »Du bist und bleibst ein Träumer, Lew. Als ob einer allein die Wahrheit festhalten könnte, als ob unser Vater allein zuständig ist für das, was du Wahrheit nennst. Unsere Mutter kannst du nicht mehr fragen, aber wäre ihre Wahrheit nicht ebenso interessant?«

»Du hast Angst«, hatte Lew zu seinem Bruder gesagt, und er war erstaunt gewesen darüber, wie leicht ihm diese Idee gekommen war. »Du hast Angst davor, dass seine Geschichte deine Legende erschüttern könnte. Wenn ich ein Träumer bin, Manuel, dann bist du ein Feigling.«

Und nun sitzt er hier und blickt in die Augen eines Jungen, der weiß, wie es ist, wenn man sich von seinen Eltern verabschieden und viele Tage auf sie warten muss, und der das unbestreitbare Glück hat, Gewissheit über ihre Rückkehr zu haben.

Der am Abend ein paar Schritte gehen und hinuntersehen kann auf die Stadt, der die Gebäude anhand ihrer Beleuchtung unterscheiden und sich hinträumen kann, wenn die Sehnsucht zu groß wird, und der sicher sein kann, dass die Mutter oder der Vater ganz genauso an ihren Sohn denken wie er an sie.

Und so erzählt er Rajesh in wenigen Worten, dass er dieses *Germany* verlassen hat, weil er seinen Vater besuchen will, von dem er nur weiß, dass er da unten irgendwo lebt, vielleicht ganz in der Nähe von Rajeshs Eltern, und den er so lange nicht mehr gesehen hat, dass er nicht einmal mehr weiß, wie er aussieht.

»Longer than a month?«

Lew nickt.

»So your father is waiting for you down there?«

Und noch während Lew über eine Antwort nachdenkt, spürt er, wie sehnlich er sich wünscht, dass es wahr sein könnte. Dass sein Vater auf ihn wartet und dass Werner und Renate Jarnick ihre Kinder nicht verlassen haben, sondern ein Unglück geschehen ist, eines, das er sich nicht vorstellen kann im Augenblick, und dann ist er bereit, in seiner Erinnerung an jenen ersten Ferienmontag im Sommer sechsundsiebzig nach einer Spur zu suchen.

Lews erste Gedanken an jenem fernen Morgen waren Kindergedanken gewesen, Abenteuern hatten sie gegolten und einem Fahrrad, das fällt ihm jetzt wieder ein.

Von einem Fahrrad war im Winter zuvor schon die Rede gewesen, das hatte er gehört, als die Eltern ihn hinter dem Vorhang entdeckt hatten. *Was hast du gehört? Wie lange stehst du da schon? Hast du etwas verstanden von dem, was wir besprochen haben?*

Er hatte sich bedrängt gefühlt vom scharfen Ton seines Vaters. Von dessen Blick und der ungewohnt erhobenen Hand. Seine Mutter hatte sich dazwischengeschoben, sanft, und hatte gesagt: »Wir haben etwas Besonderes besprochen. Nicht für Kinderohren. Kannst du dich gedulden, bis zu den Sommerferien vielleicht? Erinnere dich, wie es sich mit den Weihnachtsgeschenken verhält.«

Natürlich, die verschwinden, wenn ein Kind sie vor Heiligabend sieht, das hatten sie ihm jedes Jahr aufs Neue eingeschärft, und Lew erinnert sich an die kleine Wohnung und muss lächeln, als ihm einfällt, zu welchen Tricks seine Mutter gegriffen hatte, um die Geschenke für den Weihnachtstag vor der Entdeckung zu bewahren. Er hatte ihr geglaubt und ihre Geschichte keine Sekunde in Zweifel gezogen.

Manuel hatte ihn ausgelacht deswegen.

»Die haben sich das ausgedacht«, hatte er gesagt. »Unsinn ist das. Niemals kann ein Geschenk einfach verschwinden, also wirklich Lew, wie alt bist du? Drei? Oder doch schon fast neun? Hast du schon einmal etwas angeschaut, und es hat sich danach in Luft aufgelöst?«

»Ja«, hatte er gesagt, »die Hasen.«

»Die Hasen gelten nicht, die sind gestorben, weil der Fuchs in den Stall gekommen ist, Lew. Du hast einen Nachmittag lang davorgesessen und sie angestarrt, weil du sie haben wolltest. Großvater hätte sie dir gegeben, aber die Mutti wollte nicht. Hast du vergessen, ich denk mir das schon. Erinnere dich richtig, Lew. Du hast sie angestarrt, den ganzen Tag vor der Abreise, aber dann ist der Fuchs gekommen und hat sie totgebissen. Danach hat Großvater sie rasch vergraben, damit du sie nicht sehen musstest. So herum wird ein Schuh draus, Lew. Deswegen sind sie weg gewesen, weil man dir das Blut und die toten Augen ersparen wollte.«

Nach den Hasen hatte der Vater seinem traurigen Sohn einen Käfig mit zwei Goldhamstern darin aus der Zoohandlung mitgebracht. Der stand nun in seinem Zimmer, und die Tiere ratterten in der Nacht in ihren Laufrädern und verschliefen ineinandergeknuddelt die Tage.

Aller Abenteuerlust zum Trotz dachte Lew auch in den Ferien zuerst an seine Pelze. Er gab ihnen Wasser, streute Körner aus einer Papiertüte in die kleinen Näpfe und sah ihnen zu, wie sie ihre Näschen aus der Streu heraus-streckten.

»Bis später«, flüsterte er ihnen zu, und dann zog er die Vorhänge beiseite und sah, dass Manuel mit ein paar Nachbarskindern bereits unten auf dem Spielplatz war. Manuel, der über die Spielgeräte balancierte, flink und sicher, und die Kinder klatschten johlend Beifall.

Wie der Wind war Lew in seinen Kleidern. Er verzich-tete auf das Frühstück, schnappte sich den Schlüssel vom Haken, steckte ihn in die Hosentasche und achtete nicht darauf, die Wohnungstür leise zu schließen. Sie schlug zu, mit einem Knall, aber die Eltern waren ja sowieso längst bei der Arbeit, und niemand konnte ihn deswegen schimpfen.

Das Klettergerüst war sein Ziel. Es war aus Metall und bestand aus zwei Türmen, die verbunden waren mit einer dünnen Querstrebe in ungefähr drei Metern Höhe. Alle Eltern hatten ihren Kindern nur die Türme erlaubt, aber Lew durfte nicht einmal das, weil die Metallstangen ros-tig waren und scharfe Kanten hatten. Niemand wusste das besser als Manuel, der sich einmal an so einer Stelle verletzt hatte.

Er zeigte die Narbe am Bein gerne herum, und Lew

beneidete ihn heimlich, denn für ihn war sie ein Zeichen für seinen Mut.

Heute ist es meins, dachte Lew, während er die Treppen hinuntersprang und dabei immer mehrere Stufen auf einmal nahm.

»Du willst da rauf, oder?«

Manuel stand jetzt neben ihm. »Ich bin da und passe auf«, sagte er, »aber von der Querstange lässt du die Finger, verstanden?«

Lew kletterte über die Sprosse hinweg, folgte den vorgegebenen Streben, ein Handgriff bedingte den nächsten, ein Schritt den folgenden.

Allen würde er es zeigen. Vor allem denen, die ihn verspotteten und von ihren Spielen ausschlossen. Die ihn aufzogen, weil er und sein Bruder keine Pioniere waren und nicht mitfahren durften zu den Zeltlagern in den Ferien.

Noch höher, noch weiter.

Die ihn ausgelacht hatten, weil er im Sportunterricht sein Bestes gegeben hatte, um die Prüfer von der Sportschule von sich zu überzeugen, und dann hatten sie einen Jungen genommen, der die Übungen erst beim zweiten Anlauf geschafft hatte.

Als er die Spitze des Turmes erreichte, stellte er die Füße auf die letzten Sprossen, richtete sich auf, freihändig, und winkte Manuel zu, der stolz auf ihn war, das konnte er sehen.

Er sah hinüber zur Spitze des anderen Turms. Zehn Schritte nur, vielleicht elf.

Ja, die Stange war schmal. Sie war in der Mitte ein wenig durchgebogen. Sie war nicht gleichmäßig dick, und es gab nirgends eine Möglichkeit, sich festzuhalten. Aber Lew war der Geschickteste im Balancieren.

Wofür war er der beste Turner der Klasse? Brauchte er Auszeichnungen, brauchte er Sportfeste? Brauchte er die verdammte Sportschule?

Er setzte den Fuß auf das Metall. Spürte die Stange nicht genügend. Streifte Schuhe und Socken ab, warf beides hinunter, ohne auf Manuel zu achten. Ohne auf ihn zu hören. Ließ ihn rufen.

Barfuß war es viel besser. Er breitete die Arme aus und setzte den zweiten Fuß vor den ersten. Noch einen Schritt. Und noch einen. Unter ihm verschwammen Sand und Rasen zu einer farbigen Fläche, weit weg. Lew sah hoch. Er richtete den Blick auf sein Ziel, auf die Turmspitze, und ging los. Es war, als würde er fliegen.

Lew sieht auf, und es ist still geworden um ihn herum. Die Familie ist ins Haus gegangen, es gibt ein Fußballspiel im Fernsehen, und Rajesh zieht es ebenfalls dorthin.

»Don't be sad«, sagt der Junge zum Abschied, und als Lew sich zum Gehen wendet: »Tomorrow. See you tomorrow.«

6

Ira steht auf. Es ist kalt geworden. Im Zimmer von Cornelius brennt kein Licht mehr. Er wird eingeschlafen sein, denkt sie, und allein ist er ja nicht. Ich gehe morgen zu ihm, morgen noch vor dem Mittag.

Zum Abschied streichelt sie den guten alten Krokodilskopf. Sie steckt ihre Hand in das weit aufgerissene Maul, und für einen Moment klopft ihr Herz so wie damals, als sie sich vorstellte, das Holztier würde jeden Augenblick lebendig werden und könnte tatsächlich zuschnappen. Als sie ihre Hand wieder herauszieht, bleibt sie an den spitzen Schneidezähnen hängen. Quer über ihren Handrücken zieht sich ein tiefer, blutiger Kratzer.

Ira schließt die Hintertür auf, geht zum Waschbecken im Laden und reinigt die Wunde. Ein kleines Pflaster muss reichen, mehr gibt der Medizinschrank nicht her.

Früher hat Tadija dafür gesorgt, dass die Pflaster nicht ausgingen, er hatte sie oft genug gebraucht, für Fido und Ira.

Was hätten wir ohne ihn gemacht. Was hätte Evi ohne ihn gemacht.

Ohne den alten Mann mit dem Kind, von dem sie Ira so gern erzählte, sobald John auf dem Sofa eingeschlafen war und seine Locken sich kringelten und seine kleinen Fäuste weicher wurden und sich öffneten, weil er hinübergeglitten war in den Tiefschlaf.

Evi hatte dem Fremden zugesehen, wie er die gelben Häuser entlangging, zuerst zielstrebig zu einem bestimmten Eingang, dann ratlos. Sie hatte gesehen, wie er versuchte, die Namen auf den Klingelschildern zu entziffern, sie hatte seine Irritation bemerkt, als er nicht zu finden schien, was er suchte.

Sie hatte den Kleinen auf der Schaukel bemerkt und die Papiertüten, aus denen der Alte Brote hervorholte für sich und den Jungen. Sie hatte überlegt, ihm einen Kaffee hinüberzubringen, und dann davon abgesehen, weil sie nicht hineingeraten wollte in eine vielleicht komplizierte Geschichte.

Am nächsten Tag hatte sie Ausschau nach den beiden gehalten, und als sie auftauchten, sahen sie aus, als hätten sie eine weitere Nacht im Auto geschlafen.

Sie stand hinter der Theke, und als sie aufsah, war da der kleine Junge in der Tür, und der Alte hielt ihn an der Hand. Hungrig sahen sie aus und durstig, und der Junge hatte seinen Großvater offensichtlich noch nicht ganz überzeugt, denn er redete in einer fremden Sprache auf ihn ein und zog ihn schließlich ganz in den Laden. Evi lächelte über die Entschlossenheit des Kindes, das allerhöchstens fünf Jahre alt sein konnte.

Sie holte zwei Brezeln aus dem Regal und ein Stück Butter, und sie hatte schon das Messer in der Hand, um sie zu bestreichen, als sie erschrak. Der Junge, der da vor ihr stand und kaum über die Theke schauen konnte, der Junge sah sie mit den blauen Augen Milenas an, und als sie den Großvater genauer betrachtete, da war kein Zweifel mehr übrig. Und dann dachte sie an den kleinen Karton voller Geld, den Milena ihr dagelassen hatte im Februar, als sie fortgezogen war von hier.

Konnte das möglich sein? War es denkbar, dass Milenas Junge in ihrem Laden stand, nicht nur, weil er hungrig war, sondern auf der Suche nach seiner Mutter? Du täuschst dich, hatte Evi gedacht, du siehst Gespenster!

Sie bestrich die beiden Brezeln und schob sie dem Kind hin, und dann nahm sie ihren ganzen Mut zusammen und sprach den Alten an, dessen Namen sie so oft gehört hatte aus dem Mund seiner Tochter.

»Warum seid ihr hier?«, fragte sie und sah, dass Tadija nicht verstand. Er zeigte hinaus auf die gelben Häuser.

»Milena?«, fragte er.

»Milena … habe ich lange nicht gesehen«, antwortete sie zögernd. »Zuletzt im Winter.«

Dabei hob sie die Arme über den Kopf und bewegte die Finger, als würde sie da oben Klavier spielen, und dann sang sie »Stille Nacht, heilige Nacht«.

»Božić«, sagte Fido.

»Weihnachten«, sagte Evi und meinte zu sehen, dass Tadija dieses Mal verstanden hatte.

Die Butterbrezeln waren rascher verschwunden, als sie gedacht hatte. Sie gab Fido noch eine weitere und danach ein Eis, und für Tadija hatte sie eine Tasse Kaffee und ein Stück von ihrem frischen Apfelkuchen.

»Danke«, sagte der Junge schließlich auf Deutsch, der alte Mann nickte und wollte bezahlen, aber sie wehrte ab und ließ sein Geld auf der Theke liegen.

Später sah Evi, wie sie die Eingänge noch einmal entlanggingen und auf die Klingelschilder schauten. Links hinunter bis zur Schule, rechts wieder hinauf bis zu ihr. Hatte er sie doch nicht verstanden?

Sie nahm die beiden schließlich mit in die Wohnung über der Bäckerei und zeigte ihnen das Bad. Und als Evi sich später daranmachte, Zuckersäcke in die Backstube zu schaffen, schob Tadija sie beiseite und packte mit an.

Evi beobachtete ihn und dachte an die lange Nacht im letzten Winter, in der Milena auf solchen Zuckersäcken gesessen hatte, während sie Kaffee tranken, wie Milena ihn zubereitete, und geweint und gelacht und wieder geweint hatten sie, weil Milena endlich jemanden gefunden hatte, der sie heiraten wollte – einen Golfplatzbesitzer in Norddeutschland, der nichts wusste von einem alten serbischen Vater und einem kleinen serbischen Jungen, was auch so bleiben sollte, bis, ja, *bis wann Milena?*

»Bis zum ersten deutschen Kind? Zum zweiten? Bis zum Sommer, zum nächsten Winter? Bis du dich scheiden lassen und trotzdem in Deutschland bleiben kannst? Woran hast du gedacht, Milena? Wenn du zu lange wartest,

wird der Golfplatzbesitzer deinen Sohn für deinen Lieb-
haber halten!«, hatte Evi gesagt und sich gewunden bei
der Vorstellung, Milenas Geld zu nehmen und Briefe zu
verschicken, damit für den alten Vater in Jugoslawien alles so aussah wie bisher, die gleichen Poststempel, die
gleichen Formulare.

Aber Milena war sich so sicher gewesen.
»Das ist der einzige Weg, und es ist ein guter, vertrau
mir, Evi. Wir machen deutsche und serbische Küche im
Restaurant, und warte nur ab, in spätestens einem Jahr
besuchst du uns, und dann feiern wir. Jetzt lach doch
mal, Evi, und freu dich mit mir!«, hatte sie gesagt und
Evis Bedenken weggewischt mit ihrer Zuversicht und der
Gewissheit, sie müssten nur die Hochzeit abwarten und
dann noch ein paar Monate, und dann würde sie ihrem
Mann die Wahrheit schonend beibringen.

Während Milenas Briefe kürzer wurden, waren ihre
Schecks regelmäßig gekommen, und regelmäßig ging Evi
zum Briefkasten und schickte das Geld in Milenas Namen weiter an den unbekannten Mann, und manchmal
dachte sie dabei daran, wie Milena von der Liebe erzählt
hatte und von *Tadijas Glück*, das die Leute im Dorf einander früher gewünscht hatten.

Und nun stand jener Tadija in ihrer Bäckerei und schleppte
ihre Zuckersäcke. Und der kleine Fido war müde und
rieb sich die Augen, und wenn sie richtig deutete, was sein
Großvater sagte, dann stand ihm eine weitere Nacht im
Auto bevor, weil Tadija wohl noch immer daran glaubte,
dass Milena irgendwann auftauchen würde.

Und Evi? Sie hatte nichts sagen wollen, nichts sagen können. Hin- und hergerissen war sie, zwischen dem, was ihr Herz ihr sagte, und dem, was ihre Augen sahen. Zwischen dem, was sie versprochen hatte, und dem, was sie tat. Sie war in den Vorratsraum gegangen und hatte vom obersten Regal eine Blechdose geholt, darin verwahrte sie Milenas Briefe und ihre Adresse. Sie würde mit ihr sprechen, und dann würde man weitersehen.

Und so nahm sie ein Blatt Papier zur Hand, winkte dem Alten, zeichnete ein Bett und einen Schrank, und dann ein kleines Bett dazu und einen kleinen Schrank daneben.

»Für Fido«, sagte sie, und zeigte zuerst auf das kleine Bett und den kleinen Schrank und dann auf den Jungen, der auf einem der Zuckersäcke eingeschlafen war.

»Oben«, sagte sie und drückte Tadija einen Schlüssel in die Hand. Drei Zimmer, eins zum Wohnen, eins für Evi, eins für Tadija und Fido. Und dann würde man weitersehen.

Es dauerte seine Zeit, ehe Evi Tadija erzählen konnte, wo seine Tochter war. Sie hatten über Geld sprechen müssen und über Papiere für Fido und für Tadija, und sie hatten Evis Wortgewandtheit gebraucht auf den Ämtern, und Evi war froh gewesen, dass Tadija noch nicht so gut Deutsch sprach und Fido zu klein war, um die Erwachsenenworte zu verstehen.

Sie fand Ausreden für das Geld von Milena, das sie Tadija gab, weil es ihm zustand. Sie schimpfte mit ihm, wenn er fragte, und sie schämte sich, wenn er sich später bei ihr entschuldigte und Tee für sie kochte, obwohl sie doch im Unrecht war und nicht er.

Und Tadija fragte nicht mehr, sondern arbeitete nachts in der Backstube und stellte sich gar nicht so ungeschickt an. Er hatte schnell verstanden, wie man Apfeltaschen macht und Quarkkuchen, und dass die Deutschen lieber nicht so viele Rosinen in ihrem Hefezopf wollen, dafür ordentlich Zucker drauf.

Fido ging in den Kindergarten und war ein fröhliches Kind, das sich schnell einlebte. Ihn um sich zu haben bedeutete, auf unerklärliche Weise glücklich zu sein. Um nichts in der Welt hätte Evi diesen Jungen wieder hergegeben.

Nur wenn Fido krank war, erloschen die fröhlichen Augen und wurden ernst und dunkel. Dann fragte er nach seiner Mama und ihren Paketen mit den Knisterpullovern, und dann dachte Evi sich rasch eine Geschichte aus und streichelte seine weichen braunen Haare und legte sich zu ihm, um ihn zu wärmen.

Für Evi hätte sich nichts ändern müssen, doch dann kam wieder ein Brief von Milena und darin lag das Bild ihres ersten Kindes mit dem Golfplatzbesitzer. *Nur für dich*, stand auf der Rückseite, und der Scheck war nicht so üppig wie sonst, sie habe nicht so viel arbeiten können, *das verstehst du, ja?*

Evi hatte nicht mit Milena gesprochen. Sie hatte den Tag aufgeschoben, Briefe geschrieben und nicht abgeschickt. Sie mochte Tadija und liebte Fido, und wenn sie ehrlich war und ganz tief in sich hineinhorchte, wenn sie nachmittags die Backstube auswischte und mit dem Mopp an die Teigwannen stieß, was ein metallisches Geräusch erzeugte, das einzige, was zu hören war, dann wusste sie, warum: weil sie Fido seiner Mutter nicht gönnte.

Weil sie inzwischen mehr Tage und Nächte an seinem Bett gesessen hatte, als sie zählen konnte, weil sie ihn in der Schule angemeldet hatte und weil sie es gewesen war, die ihm Schultüte und Ranzen besorgt hatte und eine Trinkflasche und eine Brotdose. Und Kleidung und Spielsachen und Bücher. Weil sie mit ihm Deutsch gelernt hatte, zuerst in der Bäckerei.

Sie war es gewesen, die mit ihm Schlager im Radio gehört hatte, damit er schneller verstand. Die gelacht hatte, wenn er wissen wollte, warum jemand ein Bett in ein Kornfeld stellt, und rot geworden war, als er fragte, ob man wirklich die Sonne aufgehen sehen kann und von einem Tag auf den anderen ein Mann ist.

Für Evi war er mit einem Baguette als Gitarre durch den Laden getanzt, als gäbe es da eine Bühne. Für sie hatte er gesungen und mit seiner wunderbar weichen Stimme alle Töne getroffen, als hätte er sich sämtliche Stücke selber ausgedacht. Und wenn *Udo* im Radio lief und der Junge vor Weinen nicht mitsingen konnte, dann war Evi da und trocknete seine Tränen.

Ja, es war Milenas Geld, aber was bedeutete schon Geld? Es war Schweigegeld, und Evi hatte geschwiegen.

Seit Tadija da war, ging es mit dem Backen leichter.

Tadija sah, wie in den gelben Häusern türkische Familien einzogen, und schlug vor, türkisches Brot zu backen und den Kundenkreis zu erweitern. Genau so hatte er es gesagt. *Kundenkreis.*

Und dann hatte sie gelacht und kaltes Bier geholt, eins für sich und eins für Tadija, und sie hatten mitten im Winter auf dem Spielplatz gesessen, jeder auf einem Schaukelbrett, und in den Himmel hinaufgesehen zu den Sternen und dann in das erleuchtete Fenster der Bäckerei, und Tadija hatte als Erster gesagt: »So soll es bleiben, bis Fido erwachsen ist, bist du einverstanden, Evi?«

Und Evi war einverstanden, aber nur, wenn sie die Wahrheit sagen dürfe, weil nichts mehr zwischen ihnen stehen sollte. Und da erzählte sie Tadija von einem Golfplatzbesitzer in Norddeutschland und von dem deutschen Kind, das ein Mädchen war, und davon, dass Milena nicht wollte, dass der Golfplatzbesitzer traurig wurde, weil sie schon ein anderes Kind hatte, einen Sohn.

In der Nacht, als Evi ihm die Wahrheit sagte, nickte Tadija und versuchte, sich ein deutsches Kind vorzustellen, aber weit kam er nicht damit. Es blieb schließlich sein Fleisch und Blut, so wie Fido sein Fleisch und Blut war, und er weigerte sich zu verstehen, warum Milena ihm das antat. Ihm und ihrem Sohn. Und warum ein deutscher Mann nicht verkraften sollte, dass die Frau, die er liebte, eine serbische Familie hatte.

Weder mit Evi noch mit Fido hatte Tadija je über solche Gedanken gesprochen. Nur mit den anderen alten Männern im Park, wo sie sich trafen, Serben wie er, fern der Heimat gestrandet. Mit den Kindern waren sie für deren

Kinder nach Deutschland gekommen, aber inzwischen brauchten die Enkel keine Großväter mehr, die im Park ein Auge auf sie hatten, und keine Großmütter, die ihnen Mittagessen kochten. An Rückkehr dachte trotzdem keiner von ihnen gern, weil sie zu lange schon in dieser Stadt am Fluss lebten und auch weil die deutschen Blutdrucktabletten hervorragend wirkten.

Da saßen sie dann und benutzten ihre Sprache und erinnerten sich an die alten Spiele. Sie brachten die Brotdosen mit, die sie früher für ihre Enkelkinder gefüllt hatten, und dann teilten sie serbische Leckereien miteinander, und einer hatte Schnaps dabei, und dann war es nur noch halb so schwer, auf einer Betonbank in einem Betonpark in einer deutschen Stadt im Schatten einer evangelischen Kirche zu sitzen und von zu Hause zu erzählen, und jeder hatte einen Sohn in der einen Stadt und einen in einer anderen, und Töchter, die sie schon lange nicht mehr gesehen hatten.

Manchmal schlug Tadija vor, zum Schloss hinaufzuwandern, *ein paar Stufen, einen Pfad, sogar ein Stück mit dem Bus*, aber die anderen winkten ab, was sollten sie da oben? Runtergucken auf die Bänke, auf denen sie gerade saßen? *Und wozu dann der Aufwand?*

Seniorenkarte, sagte Tadija und zeigte das Papier mit seinem Bild vor und erklärte, dass er damit in der ganzen Stadt herumfahren könnte, ohne etwas dafür bezahlen zu müssen.

»Dann wenigstens zum Fluss«, sagte Tadija, »dort gibt es Wiesen.«

Wozu dorthin, fragten die anderen, *wo Wiesen sind, sind Hunde, und wo Hunde sind, na, das kannst du dir denken, Tadija.*

»Nein«, sagte Tadija, »die Deutschen haben seit Neuestem eine Vorschrift. Jeder, der einen Hund auf eine Wiese scheißen lässt, muss den Hundehaufen wieder mitnehmen.«

Für ein paar Jahre fuhren sie also im August mit der Straßenbahn zum Fluss und sahen den Hundebesitzern zu, und im September begannen sie, nach ihren schwarzen Anzügen zu suchen, weil im Herbst die Beerdigungen dran waren.

»Sterben alle im Herbst«, sagte Tadija zu Evi. »Nehmen den Sommer noch mit und fürchten sich vor dem Winter.«

»Macht man das in Serbien so?«, fragte Evi dann, und in ihrer Stimme schwangen all die Sorgen mit, die man sich um jemanden machen kann, mit dem man an kalten Abenden auf dem Sofa eine Decke teilt und der immer so warme Füße hat, dass er die anderen die ganze Nacht lang mitwärmen kann.

Um jemanden, der im Winter wieder anfing zu husten und auch im Sommer nicht damit aufhören wollte, der im Herbst immer schmaler wurde und eines Tages mit elektrisch beheizbaren Hausschuhen nach Hause kam.

»Der Ofen heizt zu schlecht«, sagte Tadija, als er sie Evi schenkte.

Kalt ist der März gewesen, und selbst der April hält noch Nachtfrost bereit, und Ira wundert sich nicht, als sie die

Wohnung betritt und Evi schlafend in ihrem Sessel vorfindet, die Füße in dem wohlig beheizten Kunstpelz, den sie erst aus dem Karton genommen hatte, als sie schon ein Jahr allein war.

Sie hatte die dünne weiche Folie geöffnet, die Bedienungsanleitung aufmerksam durchgelesen, das Kabel abgewickelt und den Stecker eingesteckt. Sie hatte sich auf das Sofa gesetzt, ihre Füße hineingeschoben und die Zeitung aufgeschlagen, um nachzusehen, ob am Tag nicht doch etwas Wichtiges geschehen war, das sie nicht schon von ihren Kunden gehört hatte.

So hält sie es seither, vom ersten kalten Tag im Herbst bis zum letzten im Frühjahr. Und immer bleibt sie dabei ein wenig in Angst, ob sie nicht im nächsten Augenblick einen Stromschlag bekommt, falls sie eine falsche Bewegung macht.

7

Die Straße vor Rajeshs Haus wird von einer einzelnen Laterne schummerig beleuchtet. Rund dreihundert Meter sind es bis zum Guesthouse, Lews Weg führt im Halbdunkel vorbei an Häusern, die ihm auf dem Hinweg nicht aufgefallen sind. In den Fenstern flackert blaues Licht, überall Sportkanal. Wahrscheinlich.

»Woher kommst du?«, haben sie ihn vorhin gefragt, und er hat keine Antwort geben können, die der Wahrheit nahegekommen wäre. Zwei *Germany*. Er hätte sie auf einer Karte einzeichnen können, getrennt durch eine dicke Linie, von der Ostsee bis nach Bayern. Wie hätte er erklären können, wodurch sie sich unterschieden hatten, so dass es ein indischer Junge verstanden hätte?

Im Unterricht hatte er die großen Landkarten aufrollen dürfen, er hatte das Knarzen geliebt, das dabei entstand. Er kannte alle Flüsse und Gebirge, die Länder und ihre Hauptstädte. Er wusste die Einwohnerzahlen und sogar die Höhenmeter. Er sah die Orte vor sich, wenn er ihre Namen hörte, er fuhr mit dem Schiff die russischen Flüsse hinunter, wenn er ihnen mit dem Finger auf der Landkarte folgte, und er war stolz, wenn er auf Anhieb wusste, wie lang eine Grenze war und wie hoch das höchste Gebäude eines Landes.

Das war leicht.

Solange die Lehrerin nicht von ihm wissen wollte, welche Länder zur *Warschauer Vertragsorganisation* gehörten und wie deren *Politbüros* zusammengesetzt waren.

»Es ist doch ganz einfach«, hatte sein Vater gesagt. »Wenn du es nicht verstehst, lernst du es auswendig.«

Aber alles, was Lew sich merken konnte, waren die Sportergebnisse. Er sah sie vor sich, die Sportler, und ihre Freude über den Erfolg. Nicht einmal die Zeitungsartikel hatten weitergeholfen, die sein Vater ihm brachte, oder das Radio seiner Mutter.

»Was soll nur aus dir werden?«, fragte sein Vater, wenn er wieder vergessen hatte, dass der Erste Sekretär der Partei neuerdings nicht mehr *Erster Sekretär*, sondern *Generalsekretär* hieß.

»Was macht denn ein Generalsekretär?«, hatte er seinen Vater einmal gefragt und geweint, weil es nicht geholfen hatte, das Wort zu zerlegen in seine beiden Teile. Ein General war etwas anderes und ein Sekretär ebenfalls. Sogar zwei ganz verschiedene Dinge waren das, und wie sollte man nicht verrückt werden mit einer solchen Sprache.

Was ist geworden aus dem Jungen von damals, der über seinen Büchern geweint hatte und glücklich war, wenn er seinen Vater danach zu einem Spaziergang überreden konnte, hinüber zum Sportgelände, wenigstens für eine

Viertelstunde? Was wird er diesem Vater erzählen können, wenn er ihn morgen wiedersieht, nach neunundzwanzig Jahren?

Vater, könnte er sagen, erinnerst du dich an unsere
Nachmittagsausflüge? Weißt du noch, welche Wege wir
gegangen sind? Kannst du noch sagen, welche Farbe die
Blumentröge an der Allee hatten? Sie waren hellblau.
Manuel und ich sind darauf balanciert, und Manuel hat
sich getraut, von einem zum anderen zu springen, er hat
die schmalen Ränder nie verfehlt. Nie.
     Und jedes Mal haben wir uns gefragt, woher *die* bloß
solche hellblauen Tröge hatten. *Die*. Das haben wir damals geflüstert. »Lass uns rausgehen«, hast du immer
gesagt, »wir gehen eine Runde in den Park.« Aber auch
draußen haben wir die Stimmen gesenkt. Warum? Wusstest du etwas? Hast du etwas geahnt?

Und das Mosaik an der Schwimmhalle, weißt du noch?
Zwischen Delfinen schwamm ein Taucher, begleitet von
vier Jungen, und einer stand am Rand auf einem Sprungbrett, und ich habe immer gesagt, so einer will ich werden. Ich will nicht tauchen, nicht schwimmen. Ich will
fliegen.

»Am Badesee«, hast du gesagt. »Am nächsten Wochenende am Badesee, da zeige ich dir was.«
     Ich konnte nicht schlafen vor Aufregung, und dann
sind wir in die Bahn gestiegen, ganz früh am Morgen,
und du hast uns Hasenbrote gemacht. Die Mutti hat darüber gelacht.
     »Nur die übriggebliebenen nennt man so«, hat sie ge-

sagt, und du hast den Kopf geschüttelt und gesagt, dass du es schade fändest, namenlose Brote in deiner Tasche zu haben, und ich hätte es auch schade gefunden, und wir füllten uns Tee in die Thermoskanne und packten Handtücher ein, und dann waren wir am See, und das Gras war noch nass vom Tau. Am Ufer standen Bäume. Birken sind es gewesen.

Ich habe dir erzählt, dass ich glaube, *die* schicken Schulklassen mit weißer Farbe hierher und lassen die Kinder die Stämme weiß anpinseln, so schön waren sie, und so überwältigt war ich davon, wie anders diese Bäume aussahen als die in der Stadt.

»Manches wächst einfach von alleine anders als die anderen Dinge«, hast du gesagt, und dann hast du mich mitgenommen zu unserer Stelle am Ufer. Du hast versucht, mich zu packen und ins Wasser zu werfen, aber ich war zu schwer für dich, und wenn ich ehrlich bin, ich habe mich schwerer gemacht, weil ich nicht mehr geworfen werden wollte.

Aber du hattest eine andere Idee.

»Klettere auf meinen Rücken, Lew, und dann springst du von dort aus ins Wasser. Was hältst du davon?«

Und ich war Feuer und Flamme und konnte nicht genug davon bekommen, kopfüber in das glasklare Wasser unseres Sees zu springen.

Irgendwann hast du auf eine der Birken gezeigt. Auf ihre Äste und besonders auf einen, der hoch über der Wasseroberfläche gewachsen war, dick und gut zu erreichen.

»Nimm den«, hast du gesagt, und ich bin auf diese Birke geklettert, als hätte ich nie etwas anderes gemacht.

Ich habe mich auf den dicken Ast gesetzt, den du mir gezeigt hast, und dann habe ich es selber gesehen. Ich musste nur mutig genug sein, ein Stück nach vorne zu robben. Halb im Sitzen, halb im Liegen. »Wie ein Affe, los, du kannst es!«

Ich habe gezögert.

»Kopfüber, Lew, das Wasser ist tief genug!«, hast du gerufen.

»Woher weißt du das?«, habe ich dich gefragt.

»Von diesem Ast«, hast du gesagt, »von dem bin ich schon ins Wasser gehüpft, als ich so alt war wie du. Los jetzt.«

Und ich konnte es.

Wir haben uns in die Handtücher gewickelt, uns ins Gras gelegt und deine Hasenbrote gegessen, und du hast mir von diesem Baum erzählt und von Berlin. Wie es dort ausgesehen hat nach dem Krieg, und davon, wie es sich verändert hat, Jahr für Jahr.

»Aber diese Birke, Lew«, hast du gesagt, »die Birke ist einfach nur gewachsen. In aller Ruhe.«

Und dann hast du eine Pause gemacht und über das Wasser gesehen, und ich saß neben dir und habe in dieselbe Richtung geblickt und versucht zu erkennen, was du erkennst. »Deine Mutter und ich«, hast du dann gesagt, »wir haben uns hier verlobt, wusstest du das?«

Außer Lew sind nur noch wenige Fußgänger unterwegs. Die tagsüber dichtbefahrene Straße ist jetzt wie leergefegt, und an Rajeshs verlassenem Laden überquert er sie, ohne sich umzusehen. Im Guesthouse steht eine Gruppe Engländer an der Rezeption und versucht aufgeregt herauszufinden, wann der nächste Pilgerbus abfahren wird.

Vielleicht morgen, vielleicht übermorgen, er kann sich denken, was Simran ihnen erzählt, er kann es an ihren Gesten erkennen, an ihrem Lächeln und an ihrer Geduld, die sich den ganzen Tag über nicht erschöpft hat.

Er nimmt seinen Zimmerschlüssel entgegen und fragt, ob die Air-Condition wieder funktioniert, aber noch bevor Simran antworten kann, macht er kehrt und will noch einmal hinaus, noch einmal in die warme Nacht, und während er geht und seine Schritte schneller werden und kraftvoller, kehren die Bilder von vorhin wieder zurück.

Bis zu dieser Reise war ihm nicht mehr bewusst gewesen, dass die Eltern nur einen Monat vor dem Mauerbau geheiratet hatten.

Erst als er den Namen seiner Mutter auf dem Schreiben der Botschaft in Delhi gesehen hatte und das Sterbedatum, 6. Januar, hatte er begonnen, über die Lebensdaten seiner Eltern nachzudenken.

Mit den Fingern strich er über den immer vertrauter klingenden Namen seines Vaters und scheute sich dennoch, die Telefonnummer zu wählen, die handschriftlich an die Adresse in der indischen Stadt angefügt worden war, fünfzehn Ziffern.

»Was hat das mit dir zu tun, Lew, mit uns und unserem Leben hier?«, hielt Manuel ihm entgegen. »Du suchst nach der Wahrheit? Und suchst sie ausgerechnet in der Vergangenheit?«

»Ich möchte endlich verstehen«, sagte Lew.

»Sieh dich um, du hast eine gute Arbeit, du hast Geld. Niemand kann schönere Gärten planen, niemand besser mit Kunden umgehen. Du bist ein phantastischer Projektleiter, Lew. Ich brauche dich hier. Nicht in Indien und auch nicht in irgendwelchen Archiven. Lass den Deckel auf dem alten Kram und sieh nach vorn.«

Manuel schob den Bruder ans Fenster seines Büros und zeigte auf die Lagerhalle, auf die Gewächshäuser von *Bergmann&Bergmann*, die eben erst verbreiterte Zufahrt, die neuen Lagerplätze für Kies, Sand und Steine.

»Solange die Leute Gärten haben, solange Wege angelegt werden, solange es Parks gibt, solange wird *Bergmann&Bergmann* volle Auftragsbücher haben. Das ist es, was zählt. Sonst nichts. Lass die Dinge ruhen«, sagte Manuel. »Ändert sich etwas, wenn du alles wieder aufrührst?«

Lew hätte ihm von seiner Schlaflosigkeit erzählen können und von den Träumen, die ihn aufschreckten, wenn er vollkommen erschöpft endlich eingeschlafen war.

Er hätte davon sprechen können, dass er nachts wieder und wieder auf das verdammte Gerüst kletterte. Und immer, wenn er oben war und hinuntersah, öffnete sich der Boden unter ihm, und er verlor den Halt und stürzte hinab, und dieses Gefühl verschwand erst, wenn er zur Arbeit gefahren war und die Projektmappen vor ihm auf dem Tisch lagen, wenn er wusste, was er am Vormittag zu tun hatte und was am Nachmittag. Oder davon, dass er an den Wochenenden, wenn es nichts zu erledigen gab auf den Baustellen draußen und nichts in den Pflanzenhallen und im Büro schon alles vorbereitet war, das Gefühl hatte, auf der Stelle zu treten, und sich fragte, wofür er das eigentlich alles tat.

Fünfzehn Ziffern. Er wählte sie nicht. Stattdessen beantragte er ein Visum.

Während er auf die Unterlagen wartete, dachte er an zweiundneunzig, als sie Berlin verlassen hatten und in die Stadt am Fluss gezogen waren, weil es dort eine Gärtnerei gegeben hatte, die sie übernehmen konnten, *mischen wir die Karten neu*, hatte Manuel gesagt, und Lew hatte sich an der Universität für Betriebswirtschaft eingeschrieben, *wir brauchen jemanden für die Zahlen.*

Einmal noch hatte er mit Manuel gesprochen über die Archive, die neuerdings geöffnet waren. Manuel hatte sich gesträubt zunächst, *die Aktendeckel laufen uns nicht weg, Lew*, aber kurz vor dem Umzug war er nach Hause gekommen und hatte den Kopf geschüttelt, *die haben nichts gefunden über uns*, und Lew hatte seine Zweifel heruntergeschluckt und war in den Lastwagen gestiegen, der sie über die holperige A9 in den Süden brachte, und er hatte sich gehalten an das, was Manuel sagte, wenn sie erschöpft von der Arbeit auf der Ladefläche saßen und ein Bier aus der Kühltasche holten.

»Nach vorne sehen, Lew, und immer weitermachen. Wir haben Glück gehabt, aber jetzt müssen wir daran arbeiten, es zu behalten.«

Ja, er hätte seinem Bruder, der das Schreiben aus Delhi nur kurz überflogen hatte, widersprechen müssen. Er hätte ihm seine Kälte vorwerfen müssen, das Rationale, das auf den ersten Blick unwiderlegbar schien. Und so vernünftig.

Bergmann & Bergmann *ist das, was zählt.*

Doch die Wut auf Manuel, sie packt ihn erst in diesem Moment, jetzt, Wochen später, während er darüber nachdenkt und immer schneller wird, beinahe rennt. Sie kriecht in ihm empor, wird immer größer, breitet sich aus, und dann ist es nicht mehr allein die Wut auf Manuel, auf seine verdammte Vernunft, auf seine Art, die Dinge zu nehmen, wie sie sind; es ist eine viel ältere Wut.

Die Wut auf einen kleinen Jungen, der Jahrzehnte zuvor voller Stolz auf einem Spielplatz stand und jetzt im Dunkeln am Straßenrand steht, weit außerhalb des Dorfes, ganz allein, und der die Querstrebe von damals unter den Füßen spürt und den Applaus der Kinder und Manuels Stimme hört, die ihn anfeuert.

Großartig hatte der Junge sich da oben auf seiner Metallstange gefühlt. Er hatte hinuntergesehen und nach seinem älteren Bruder gesucht, um sich von ihm die verdiente Anerkennung zu holen. Endlich hatte er gleichgezogen mit Manuel, und das vor den Augen der anderen, und die Sommerferien hatten ja gerade erst angefangen.

Der Junge hatte die Augen zusammengekniffen, um etwas erkennen zu können, aber da unten auf dem Rasen war kein einziges Kind mehr gewesen. Nur sein Bruder hatte nach oben geschaut und sich die Hand über die Augen gehalten, während er mit der anderen hektisch winkte.

»Komm da runter, Lew«, hatte er gerufen. »Mach schnell!«

Neben dem Bruder hatten zwei Polizisten gestanden und ein Mann in einem sandfarbenen Anzug.

8

Der nächste Tag bringt endlich etwas wärmere Luft. Die Kunden im Laden sind frühlingsfröhlich, und die Kinder, die Ira draußen auf der Straße sieht, haben ihre Jacken für den Nachhauseweg in die Schultaschen gestopft.

Um die Mittagszeit kommt die Pflegerin ihres Vaters kurz an die Ladentür, nickt Ira zu, alles in Ordnung, nichts Besonderes, und Ira macht sich auf den Weg, um den Nachmittag mit Cornelius zu verbringen. Er schläft die meiste Zeit, so nennt es Evi. Er schläft.

»Er schläft nicht«, sagt Ira, »er erkundet schon einmal den Weg.« So wie er es auf ihren gemeinsamen Wanderungen gemacht hat, als sie noch klein war. Wenn sie müde war und nicht mehr konnte und über Schmerzen in den Beinen klagte, dann suchte er einen Felsen aus, einen Zaun oder einen umgestürzten Baumstamm, gab ihr etwas Wasser zu trinken und drückte ihr eine Brotkante in die Hand.

»Wir machen es so, Ira. Ich gehe, sagen wir, einhundert Schritte in diese Richtung«, und er wies mit der Hand den Weg hinunter, den sie nehmen mussten. »Ich schaue mir an, was da auf uns zukommt. Wenn ich einen Bach finde, kommst du dann mit mir zu diesem Bach und kühlst deine Füße im Wasser?«

Ira nickte.

»Und wenn ich eine Brücke finde, kommst du dann mit und wirfst mit mir Steine ins Wasser?«

Ira nickte wieder.

»Und wenn ich nichts finde, nur eine Kuhweide und einen elektrischen Zaun?«

»Dann komme ich trotzdem mit«, sagte Ira und sah ihm nach, stärkte sich, bis er wiederkam, mit Brot, Hartwurst und steinaltem Gouda.

Und wenn sie dann weitergingen, spielte es keine Rolle mehr, ob da wirklich ein Bach war, denn ihre Füße waren von ganz allein nicht mehr so schwer, und manchmal war es sogar so, dass sie ihre Hand in seine schieben durfte, ohne dass er sie sofort wegzog, so wie sie es tat, wenn sie aus Versehen an einen Kuhzaun fasste, bevor er den Strom abschalten konnte.

»Noch ein paar Tage«, hat die Ärztin vergangene Woche gesagt. Er soll ab jetzt nicht mehr allein sein, und Ira ist dankbar für die Frauen vom Hospizdienst, die nachts bei Cornelius sind, und für Ada, die tagsüber kommt und mit ihm spricht. Unbefangen über das Wetter oder ihre Enkelkinder. Sie sitzen an seinem Bett und stricken, Cornelius lauscht dem Klappern ihrer Nadeln und schläft darüber ein, ohne zusätzliches Schmerzmittel.

Nachmittags kocht Ira verbotenen Espresso für ihn, und abends trinken sie jetzt gemeinsam Rotwein. Cornelius aus einem Eierbecher, Ira manchmal direkt aus der Flasche.

»Merlot«, sagte er einmal, und: »Erinnerst du dich? Unsere Tour in der Schweiz?«

Erinnerst du dich, Ira?, fragt er am häufigsten.

»Ja«, sagte sie und träumte in der Nacht danach von engen Tälern und Felsüberhängen, vom Aufstieg vor Sonnenaufgang und von den Fußspuren ihres Vaters auf dem frisch verschneiten Gletscher. Und dem Seil um ihren Bauch, das sich enger und enger zuzog, bis sie keine Luft mehr bekam und schweißgebadet erwachte.

Als sie zu Cornelius am folgenden Nachmittag sagte: »Du warst letzte Nacht in meinem Traum, erinnerst du dich?«, da wandte er den Kopf langsamer weg als sonst, wenn er nicht sprechen will.

Aus den Beeten im Vorgarten lugen die ersten Osterglocken hervor. Die sind früh dran, denkt Ira. Der Nachtfrost wird sie holen, unweigerlich.

Sie schließt die Tür auf und horcht in die Stille hinein, den Türknauf in der Hand. Im Briefkasten stecken noch die Zeitungen. Es gibt zwei Klingelschilder, auf beiden steht »Keppler«, auf dem oberen in fast verblichener Fraktur, auf dem unteren klebt ein grüner Plastikstreifen mit geprägten Buchstaben.

Der Vorraum liegt im Dämmer, das Fensterchen auf halber Treppe lässt kaum Licht durch. Die Scheibengardinen sind grau geworden und grauer, seit es niemanden mehr gibt, der sie wäscht.

Eine dicke Schicht Staub hat sich abgesetzt auf dem Teppichboden, mit dem die Treppe nach oben belegt ist. Er ist im Laufe der Jahre von vielen Kepplerfüßen betreten, gerieben und schließlich abgescheuert worden, an manchen Stellen schimmert das Holz dunkel durch das helle Gewebe und malt Bilder auf die Stufen. Harte Schritte müssen das gewesen sein, schwere, vielleicht aber unentschlossene.

Der Großvater war als einer der Letzten in dieser Straße zurückgekehrt, von so weit weg war er gekommen, dass der Atlas, den die Großmutter im Schrank verwahrte, nicht reichte, um Ira die Orte zu zeigen, die er gesehen hatte auf seinem Weg.

An einem Sonntagmorgen war er diese Treppe hinaufgestiegen, zum Entsetzen der Großmutter noch in den Stiefeln, und immer klang es für Ira so, als sei der Großvater nur deswegen an der Ostfront gewesen, damit er den schweren russischen Matsch an seinen Schuhen in ihr Haus tragen und es auf diese Weise beschmutzen konnte. Augenblicklich hatte sie das ganze Treppenhaus geschrubbt, obwohl Gottesdienst war und eigentlich die Untermieter Kehrwoche hatten.

Da sind sie wieder, die alten Geschichten. Die Dinge rücken näher mit jedem Tag, den Cornelius braucht für seinen letzten Weg.

Die Tür zum Keller steht einen Spalt breit offen, der Geruch nach Äpfeln und Feuchtigkeit ist überwältigend. »'s riecht heut' nach Regen«, hatte die Großmutter früher an solchen Tagen gesagt, während Ira rasch an der Tür vorbeigegangen war, die man nicht schließen durfte, wegen der *Luftzirkulation*.

Im Sommer hatte sie manchmal mit Fido und einem Buch auf den obersten Stufen gesessen und ihm daraus vorgelesen. Weil es dort kühler war als im Rest des Hauses, für das man »den Architekten an eine Wand stellen müsste«, hatte der Großvater gern gesagt.

Im Sommer hatte er sich über die Hitze in den Zimmern geärgert, im Winter über die eiskalte Zugluft. »Sind halt dünne Wänd'«, war die Antwort der Großmutter gewesen, und dann hatte sie eine weitere Decke und einen noch größeren Überwurf für Iras Bett gestrickt, das im Erdgeschoss stand, im Zimmer nach Norden.

Als Ira klein gewesen war, hatte der Großvater sie oft mit in den Keller hinuntergenommen, *in die Katakomben* – wenn er Most holte für sich oder ein Glas Kompott für die Großmutter. Nur zögernd war Ira mitgegangen, hin- und hergerissen zwischen der Aussicht auf ein Stück Schokolade danach und der Angst vor dem, was der Großvater sich diesmal wieder einfallen ließ. Den ganzen Weg die graue Steintreppe hinunter dachte sie daran umzukehren.

Jede Stufe konnte sie von den anderen unterscheiden am waffelartigen Muster, das man beim Bau in den feuchten Beton gedrückt hatte, um die Kellerstiege weniger rutschig zu machen. Sie kannte jedes einzelne Viereck – und wusste, wie viele auf jeder Stufe waren, und sprach leise die Zahlen mit, bemüht, dem Großvater dennoch auf den Fersen zu bleiben.

Im Keller, *in den Katakomben*, gab es eingekochte Aprikosen. Gelbe Augenfrüchte, dachte Ira und ging mit ausgestreckten Armen vorbei, die Finger in ihre Richtung gespreizt. *Ich banne sie fest in ihre Gläser.* Jedes Eck war vollgestellt, jeder Raum genutzt. Für Schlitten, an die im Winter niemand dachte, für die Gartenmöbel, die dem Großvater zu schwer zum Tragen waren und die Cornelius am liebsten im Kamin verfeuert hätte, für die Luftmatratze mit den beiden kleinen Löchern, die man nicht wegwarf, weil man sie irgendwann noch für etwas gebrauchen könnte.

Es gab Körbe mit Deckeln aus Glas, Kisten mit Einmachgummis und Klammern, den silbernen Einkochtopf mit dem kindshohen Thermometer und den dünnen orangefarbenen Schläuchen, die Ira lebendig vorgekommen waren, sobald sie länger hingesehen hatte.

Weiter ging's, dem Großvater auf den Fersen bleiben, hören, wo er war, was er summte, was er sagte. Hinterher, in den Raum mit den Gläsern, die man schon nehmen durfte.

Noch mehr mostgeschwängerte Luft, ein gekipptes Fenster ohne Wirkung. Helle Kanister auf dem Boden, *man darf sie niemals verschließen, nie*, und in den Regalen das, was übrig geblieben war von den hellroten, frischen und saftigen Erdbeeren vom Sommer.

Der Großvater aß sie so gern, mit Schlagsahne oben-drauf und einem Schuss Weinbrand. *Weißt du eigentlich, wie Wasserleichen aussehen, Ira?* An die musste Ira den-ken, wenn sie Großmutters Erdbeeren braungrau und fa-serig aufgedunsen im Zuckerwasser in ihren Einmach-gläsern schweben sah.

Sein *Krügle* probierte er gleich an Ort und Stelle, meist trank er es zur Hälfte aus und füllte es noch einmal. Bot Ira einen *Kinderschluck* an, lachte und strich ihr übers Haar. Und dann kam es vor, dass er flink wie ein Wie-sel zur Tür hinaus war, zurück an der Treppe nach oben, und den Lichtschalter drehte.

Es gab nur diesen einen, und alle Räume waren in ei-ner Zehntelsekunde pechschwarz, und dann hielt Ira den Atem an, um ihn schleichen zu hören und manch-mal auch leise kichern, bis er seine Hand auf ihre Schul-ter legte oder einen nassen Lappen vor ihr Gesicht hielt und sie schrie und sich nicht mehr beruhigte, bis sie oben waren und der Großvater immer noch gluckste vor Ver-gnügen und die Großmutter böse dreinblickte, dann aber doch die Schokolade holte.

Russenfinden, hatte er das genannt und gemeint, keine drei Minuten hätte sie überlebt, so wie sie sich anstellte, keine drei Minuten. Peng, wäre das gewesen, Kopfschuss wahrscheinlich oder ein Messer von hinten zwischen die Rippen, er machte es vor und stach seinen Finger in ihren Rücken, hier rein, das Messer, keine drei Minuten.

Ira betrachtet den offenstehenden Spalt, sieht das grau-schimmernde Dämmerdunkel, es ist gar nicht nachtschwarz, wie es ihr als Kind immer vorgekommen war, und sie nimmt den Geruch noch einmal bewusst in sich auf, und dann schließt sie so behutsam wie entschlossen die Kellertür und setzt sich für einen kurzen Augenblick auf die Treppe, die nach oben führt, um ihre Schuhe auszuziehen. *Die Katakomben.*

Als sie älter wurde, war sie mit Fido hinuntergegangen, und sie hatten dasselbe Wort verwendet. Da aber hatten sie es bereits umgedeutet, es war zum Schatzortwort geworden, weil mit dem dunklen Keller eines Tages etwas geschehen war.

Nachmittage lang hatten Cornelius und der Großvater elektrische Leitungen verlegt, einander angebrüllt und geflucht, und dann war ein Lastwagen gekommen und hatte eine riesige Kiste abgeladen, die in den Keller geschleppt, ausgepackt und angeschlossen wurde. In dem Raum, der vormals das Eingemachte beherbergt hatte, stand dann einsam und allein eine neue, weißglänzende Kühltruhe und röhrte und schnaufte vor sich hin.

»Ein Schrein«, hatte Cornelius gesagt und auf die weiße Farbe angespielt und das Deckchen, das die Großmutter darüber breitete, während sie still ihre Flucht aus den Haushaltspflichten feierte, weil der Großvater die Anschaffung befürwortet hatte und sie ihm sonntags allenfalls noch ein *Reisringle* zubereitete, als Beilage zu den aufgetauten Königsberger Klopsen.

»Nimmer kochen, Ira, nimmer zum Markt«, hatte die Großmutter gesagt. Und nie wieder den Großvater ertragen, wenn's Sonntagsessen nicht so geschmeckt hat wie bei seiner Mutter in Böhmen, wird sie gedacht haben.

Für Fido und Ira hatte sie so getan, als würde sie nicht merken, dass ihr kleine Teelöffel abhanden kamen und Ira am Fensterchen auf halber Treppe auf Fido wartete, bis seine hellbraunen Locken über den Spielplatz tanzten. Und sie sah darüber hinweg, dass sich die cremefarbenen Dosen mit der köstlichen Mischung aus Sahne und Eiern, Zucker und schnapsgetränkten Rosinen in ihrer neuen Truhe so schnell leerten.

In der Nacht als die Großmutter starb, piepste es aus dem Keller. Die Erwachsenen schienen es nicht zu hören, aber Ira in ihrem Zimmer im Erdgeschoss wusste, was das war. Am nächsten Morgen wischte Cornelius sieben Eimer Schmelzwasser auf und brachte angetaute Kartoffelpuffer zu den Nachbarn, und Ira fragte sich, wie eine so eiskalte Maschine einfach durchbrennen konnte.

Als die Truhe abgeholt wurde, saßen Fido und Ira auf dem Spielplatz in den Bäumen, und es erschien ihnen um einiges wahrscheinlicher, dass die Leiche der Großmutter darin lag und nicht in der hölzernen Kiste, die zwei grau gekleidete Männer in ihren Kombi geschoben hatten. Zusammen mit dem Kleid, das die Großmutter sich für ihre Beerdigung ausgesucht hatte.

Unwillkürlich legt Ira eine Hand in eine der ausgeschabten Mulden auf der Stufe neben sich. Sie spürt das raue, faserige Gitter, dort, wo kein weicher Teppich mehr ist, und fährt die Umrisse mit den Fingerspitzen nach. Den

Pegasus, die Europakarte, den Dämon, von dem John sagt, er sähe aus wie ein kniender Engel, und sie beginnt, die winzigen hellgrauen Fasern auszureißen, wie sie es als Kind immer getan hat in den vielen Stunden, die sie auf dieser Treppe zubrachte, weil diese Stufen, halb zwischen *draußen* und *zu Hause*, eine Zuflucht waren, trotz der Großvaterschritte über ihr und dem Keller mit den totgekochten Aprikosen.

9

Lew hat sich an den Straßenrand gesetzt, atemlos vom Laufen. Ich lasse es nicht mehr ruhen, denkt er, ich lasse den Deckel nicht mehr auf den Dingen, Manuel. Ich nicht.

Er sieht auf das schwarze Wasser.

Irgendwo da unten ist unsere Mutter gestorben, Manuel, und ich will wissen, warum. Ich will über den Sand laufen, ich will auf dieses Meer hinausfahren. Ich will sehen, wo sie gelebt hat, nachdem die Eltern uns verlassen haben.

Ich will wissen, warum sie den Tisch mit dem Sonntagsgeschirr gedeckt hatte, obwohl überhaupt kein Sonntag war.

Warum sie ihren Schlüssel zurückgelassen und so offensichtlich nicht mehr vorgehabt hatte, jemals wieder zurückzukommen.

Lew hatte das rote Täschchen damals sofort gesehen. Es lag neben dem Spülbecken, halb unter einem Handtuch versteckt. Die Mutti ging niemals ohne Schlüssel aus dem Haus. Niemals.

Sie hatte für jeden ein Ei gekocht und Brotscheiben auf die Teller verteilt. An seinem Platz sah Lew das Pflaumenmus stehen, das er so gern aß. Für Manuel gab es Wurst und Käse und ein Schälchen Haferflocken. Lew hatte unwillkürlich zum Herd gesehen, und richtig, dort stand der kleine Milchtopf bereit. Manuel liebte es, morgens warme Milch über seine Haferflocken zu gießen, mit einem Löffel *Kaba*, der vom Großvater aus dem Westen kam. Lew mochte das Pulver nicht, aber solange Manuel es aß, rührte auch er es tapfer Tag für Tag in seine Milch.

Einer der Polizisten fotographierte den unberührten Frühstückstisch, und erst in diesem Moment sah Lew den Brief mit seinem Namen darauf. Er wollte ihn an sich nehmen, doch der Polizist hielt ihn grob zurück, nahm den Umschlag und übergab ihn dem sandfarbenen Mann, der ihn öffnete, las und in eine mitgebrachte Kiste legte. Auch an Manuels Platz lag ein Brief, auch er wurde gelesen und wanderte in die Kiste.

Der Mann ging zum Fenster und schloss es sorgfältig. Dann drehte er sich um.

»Euch«, sagte er, und zeigte mit dem Finger von Lew zu Manuel und wieder zu Lew, »euch beide haben sie also tatsächlich nicht mitgenommen.«

Lew spürte seinen Bruder neben sich, und er sah aus den Augenwinkeln, dass Manuel die Arme vor der Brust verschränkt hielt. Er warf einen raschen Blick in Richtung der Kiste, in der der Brief verschwunden war. Seine Nachricht. Von der Mutti.

Konnte er es wagen, darum zu bitten, sie lesen zu dürfen?

Und was hatte der Mann eigentlich gesagt?

Wer hatte sie mitnehmen sollen und wohin?

Seine Knie waren weich, noch immer vom Erschrecken beim Klang der harten Stimme, die auf dem Spielplatz unten seinen Namen gerufen hatte, und noch immer vom raschen Abstieg danach.

Manuel schwieg, und Lew entschied, dasselbe zu tun. Sein großer Bruder würde schon wissen, was richtig war. Lews Handflächen waren feucht, und er versuchte, sie an der Hose zu trocknen, während sie dem Polizisten folgen mussten, der durch die Wohnung ging und mit einem lauten Blitz Bilder über Bilder machte.

Jedes Kleidungsstück zogen die Männer aus den Schränken, jeden Gegenstand im Wohnzimmer begutachteten sie. Sie zogen Papiere aus den Schubladen und warfen sie in dieselbe Kiste, in der sein Brief lag.

Lew und Manuel durften sich schließlich in der Küche auf die Eckbank setzen, und unter dem Tisch suchte Lew die Hand seines Bruders und war dankbar und erleichtert, als Manuels Finger sich fest um die seinen schlossen.

»Wo sind unsere Eltern?«, fragte Manuel, und Lew hörte am Ton seiner Stimme, dass der Bruder allen Mut zusammengenommen hatte für diese Frage.

»Republikflucht«, sagte der Sandfarbene, der eben die Küche wieder betreten hatte.

»Niemals«, sagte der Dreizehnjährige wie aus der Pistole geschossen.

Da lächelte der Sandfarbene, nahm sich einen Stuhl und stieg hinauf. Er schraubte von der Küchenlampe den Schirm ab, nahm die Birne heraus, löste die Fassung ein klein wenig aus der Decke und hielt ein winziges graues Ding in der Hand, das er Manuel entgegenstreckte.

»Ihr wusstet nichts davon, aber wir.«

Lew hörte Schritte auf der Treppe. Er hörte Absätze klappern. Konnte das die Mutti sein? Doch die Türklingel zerstörte seine Hoffnung sofort. Der Ton war fremd in Lews Ohren. Niemand hatte je die laute Klingel benutzt, die Eltern hatten Schlüssel, Nachbarn und Freunde klopften.

Eine Frau betrat die Wohnung, mit einem Aktenordner unter dem Arm. Sie trug eine grüne Jacke und einen Rock in derselben Farbe, ihre Frisur sah aus wie auf den Bildern in der Zeitschrift, die die Mutti immer las. Nichts bewegte sich, das Haar wirkte wie eingefroren.

»Der Große bleibt in der Küche, ich will mit dem hier alleine sprechen«, sagte sie schließlich, und Lew spürte ihren festen Griff, während sie ihn mit sich in das Kinderzimmer zog. Sie hatte nicht einmal gefragt, wo das war. Sofort ging sie auf den Käfig mit den Hamstern zu, der auf dem Schreibtisch stand.

»Sind das deine?«

Lew nickte. Das schien ihm ungefährlich zu sein. Nicken. Und über die Hamster sprechen.

Sie steckte ihren Bleistift durch die Gitterstäbe, und die Bewohner kamen wie der Blitz aus ihrem Häuschen gerannt. Dicht beugte sich die fremde Frau über den Käfig, und die Goldhamster starrten erwartungsvoll zurück.

»Du versorgst sie ganz allein?«, fragte sie.

»Ja«, sagte Lew, und die Frau legte den Aktenordner auf seinen Schreibtisch.

»Willst du mir etwas sagen?«, fragte sie, und ohne seine Antwort abzuwarten ließ sie die Finger am Gitter heruntergleiten und hob den Käfig an.

Lew zitterte. Inmitten eines exakten Vierecks aus herausgefallener Streu waren zwei sauber gefaltete Tücher zu sehen. Ein kleines blaues und ein etwas größeres rotes.

Woher wusste die Frau von dem Versteck? Nicht einmal die Eltern wussten das. Sie hatten aufgepasst, Manuel und er. Brüdergeheimnis. Sie waren immer leise gewesen, immer vorsichtig.

Einmal nur war sein Vater aus dem Zimmer gekommen und hatte ihn an der Schulter festgehalten und ihn dabei angesehen, als wollte er etwas sagen. Das war am Morgen gewesen, nachdem sie ihn hinter dem Vorhang entdeckt hatten. Lew hatte gedacht, da käme jetzt noch was, doch noch eine Strafe. Aber es war nichts gekommen. Nur ein müder, unangenehm langer Blick.

Die Frau, die sah ihn jetzt auch so lange an, fast so wie sein Vater. Lew sank auf seinem Bett in sich zusammen und kämpfte mit den Tränen. Schweigend stellte die Frau den Käfig wieder zurück. Sie rückte ihn an exakt dieselbe Stelle, an der er gestanden hatte, und setzte sich auf den einzigen Stuhl, den es in diesem Zimmer gab. Immer noch starrte sie ihn an. Sagte nichts. Lange nichts. Ließ ihn weinen.

Und dann begannen die Fragen: *Sind die Eltern in der letzten Zeit anders gewesen? Weißt du, warum die Männer hier sind? Hast du schon einmal von einem Ort namens Gießen gehört – aber doch bestimmt von Marienfelde?*

Lew schüttelte verzweifelt den Kopf.

»Weißt du vielleicht etwas von einem Fahrrad?«

Da nickte Lew und war froh, endlich etwas erzählen zu können, eine Antwort zu haben für die Frau, die ihm unheimlich blieb.

Sein Geburtstag. Neun würde er werden, in achteinhalb Wochen, und sein Geschenk sei ein Fahrrad, da sei er sich ganz sicher! Weil er gelauscht habe und dann gelogen, weil er es nicht zugeben wollte.

Immer tiefer redete er sich in eine Geschichte hinein, die gut klang und ihm ein wenig von seiner Angst nahm, und er schmückte sie noch ein wenig aus, bis sie ihm immer besser gefiel, und der Frau gefiel sie offenbar auch, denn sie lächelte und machte sich Notizen, und hin und wieder sah sie ihn nachdenklich an und berührte tastend ihr merkwürdiges Haar. Ein Geburtstagsgeschenk so viele Wochen zuvor?

Ja, darüber hatte er auch schon nachgedacht, dafür gibt es eine Erklärung!

Lews Stimme überschlug sich fast, aber er war mit seiner Geschichte schon auf der Zielgeraden, das spürte er. Denn die Mutti hatte sich dabei etwas gedacht. Die wollte bestimmt, dass er mehr von seinem teuren Geschenk hatte, wegen der Ferien, die heute begonnen hatten. Bestimmt war das so, sein Bruder hatte die neuen Stiefel auch lange vor Weihnachten bekommen, damit er sie schon zum ersten Schnee anziehen konnte.

Wieder lächelte die Frau und schrieb etwas auf ein Blatt Papier.

Dabei schwieg sie noch immer.

Hatte er etwas übersehen? Etwas ungenau dargestellt? In der Schule war das seine größte Schwäche. *Ungenaue Darstellung*, schrieben die Lehrer an den Rand seiner Hefte. Er dachte darüber nach, was er gerade erzählt hatte. Aber es war zu kompliziert. Wo war das Fahrrad? Wo die Eltern? Er hatte ein Mal zu viel um die Ecke gedacht. Das sagte Manuel immer, *du denkst ein Mal zu viel um die Ecke, du Träumer.*

Lew versuchte, dem Schweigen standzuhalten. Sein Kopf schwirrte, die Tränen lauerten, aber er wollte nicht wieder weinen, um keinen Preis. Vielleicht ging es gar nicht um sein Geburtstagsgeschenk? Sein Magen schmerzte, und das fehlende Frühstück machte sich bemerkbar, er war nicht nur hungrig, sondern auch durstig. Seine Hoffnung schwand mehr und mehr.

Wo war sie nur, seine Mutti? Wo war sein Vati? Warum waren sie nicht hier, seine Eltern, und erklärten ihm, was vor sich ging? Die grüne Frau beugte sich zu ihm.

»Du wirst deine Eltern bald wiedersehen«, sagte sie endlich, als könnte sie seine Gedanken lesen. Das Sirren in ihrer Stimme und die seltsame Betonung des Wortes »bald« verkehrten ihre Worte in den Ohren des achtjährigen Lew in ihr Gegenteil. Immer wieder wanderte ihr Blick zwischen ihm und den Hamstern hin und her. Oder zu dem, was Lew unter dem Käfig versteckt hatte?

Die Tränen lauerten weiter. Ganz nah waren sie jetzt wieder. Warum war Manuel nicht bei ihm?

Aus der Küche drang kein Geräusch.

Saß er überhaupt noch dort? Hatten sie ihn etwa allein in der Wohnung zurückgelassen? Mit der Frau, die sein Geheimnis kannte? Woher wusste sie davon? Was war das für ein graues Ding in der Küchenlampe gewesen?

Manuel schien es zu wissen. Er hatte seine Hand zuerst ganz fest gedrückt und dann wieder losgelassen. *Halt bloß die Klappe*, hieß das, ein Brüderzeichen, das sie verabredet hatten. Für ganz andere Momente als den hier.

Womöglich wussten sie sogar, dass Manuel ihm am Tag, an dem die anderen Kinder im Großen Saal der Schule ihren Pioniergeburtstag begingen, feierlich das blaue Tuch angelegt hatte. Heimlich, in ihrem Zimmer, unter dem Tisch, den sie mit Bettdecken in eine geheime Höhle verwandelt hatten.

Manuel hatte von irgendwoher eine Kerze gehabt, und im flackernden Licht der Flamme hatten sie zusammen *die Gebote der Jungpioniere* geflüstert, die Manuel aus einem Heftchen ausgerissen hatte.

Jetzt liefen die Tränen wieder. Die Frau gab ihm ein Taschentuch, und dann kamen wieder die Fragen. Dieselben noch einmal. In derselben Reihenfolge. Gießen, Marienfelde, Heidelberg.

Er wollte nicht hinhören. An etwas anderes denken. Etwas, woran er sich festhalten konnte.

Wir Jungpioniere lieben unsere Deutsche Demokratische Republik, hatte Manuel unter dem Tisch im Kerzenschein zu ihm gesagt, und Lew hatte die Worte nachgesprochen. *Wir Jungpioniere achten unsere Eltern. Wir Jungpioniere lieben den Frieden.* Lew liebte diese Zeilen, aber noch mehr die nächste: *Wir Jungpioniere halten Freundschaft mit den Kindern der Sowjetunion und allen Ländern.* Er hatte das Band, das in diesem Augenblick zwischen ihm und den anderen Kindern entstanden war, beinahe berühren können.

Ununterbrochen weinte er. Die Frau legte die Papiere weg, steckte ihren Stift in die Tasche und schlug die Beine übereinander. Und sie lächelte wieder.

»Lew«, sagte sie. »Du kannst ein Geheimnis bewahren, das kann nicht jeder in deinem Alter. Du versorgst ganz allein deine Tiere, du bist gut in der Schule. Das wissen wir natürlich. Du bist aber nicht nur gut in der Schule, du bist auch ein hervorragender Turner, nicht wahr?«

Lew nickte. Ihre Stimme war jetzt weich, wie ein warmes Handtuch legte sie sich um ihn. Sie sollte dableiben, ihn festhalten. Das wünschte er sich, sie sollte immer weiter so sprechen.

»Und nicht nur das, du bist außerdem ein ausgezeichneter Schwimmer, stimmt's?«

Wieder nickte der Junge. Woher wusste sie das? Das wussten nur Manuel und sein Vater. Dass er im Sommer den See durchquert hatte und im Winter in der Halle vom Turm gesprungen war, wenn der Bademeister nicht hinsah. Sie hatten geschworen, es nicht der Mutti zu sagen.

»Wir halten es für eine sehr gute Sache, wenn du eine Schule besuchst, die deinen Begabungen entspricht«, sagte die Frau.

Dann machte sie eine Pause, ließ ihren Blick über sein Bücherregal gleiten und sah ihm noch einmal fest in die Augen: »Wir glauben außerdem, dass ein Kind wie du, ein Junge in deinem Alter, seine Freizeit mit anderen Kindern verbringen sollte. Er sollte seine Kräfte einbringen für die sozialistische Gemeinschaft, nicht wahr?«

»Ja«, sagte Lew, und die Gedanken schwirrten, und die Tränen liefen weiter und weiter.

War es die Sportschule, die sie meinte?

Wie oft war er mit seinem Vater zusammen dort vorbeigelaufen. Sein Herz schlug schneller, vor Aufregung. Hatte er die Aufnahmeprüfung doch noch geschafft? Waren sie deswegen hier? Gab es vielleicht doch bald einen Platz für ihn? War die Klasse doch noch nicht voll, wie sein Vater gesagt hatte?

Zu sein wie die anderen Kinder, nicht mehr allein nachmittags auf dem Spielplatz sitzen und in der Schule verspottet werden, weil er als Einziger aus der Klasse nur einen Pulli trug und kein weißes Hemd anziehen durfte.

Wir Jungpioniere tragen mit Stolz unser blaues Hals-tuch. Wie gern hätte er einen echten Mitgliederausweis und nicht nur den, den Manuel für ihn gezeichnet hatte, und wie gern wäre Lew ein kleiner Teil in einem großen Ganzen. *Wir Jungpioniere sind gute Freunde und helfen einander.*

Die Frau lächelte, strahlte ihn an, warm und freundlich. War sie auf seiner Seite? Wollte sie ihm helfen?

»Bekomme ich dann auch ein richtiges Pioniertuch?«, fragte er, und die Frau nickte, legte ihren Arm um ihn und nahm ihn mit, durch den Flur und hinaus aus der Wohnung.

Der sandfarbene Mann drehte den Schlüssel zweimal im Schloss, und der erste Polizist trug eine Tasche mit den verderblichen Lebensmitteln aus dem Kühlschrank, oben schauten die Milchflaschen heraus.

Unten vor der Tür winkte die Frau mit dem Aktenordner einem Wagen, der eben auf den Platz vor dem Haus ein-bog. Manuel und der Sandfarbene stiegen ein. Noch nie hatte Lew seinen Bruder so gesehen, so zornig und ohn-mächtig. So wortlos.

Ein zweites Auto fuhr vor. Lew wurde auf die Rückbank geschoben, und sie fuhren dem ersten Wagen hinterher. Am leeren Spielplatz vorbei, am Park entlang, an der Schule. Auf die Allee mit den hellblauen Blumentrögen und schließlich durch Straßen, die er nicht kannte. Vor einem schmiedeeisernen Tor hielten sie an.

Lew hat das Motorengeräusch im Ohr, das Tuckern und Surren. Holprig war die Fahrt über das Kopfsteinpflaster gewesen, und schmerzhaft hatte er sich die Stirn gestoßen in einer der Kurven, weil er sich nicht hatte festhalten können am rutschigen Sitzbezug.

Er erinnert sich an die kühle Hand der Frau neben sich. Und daran, dass er für einen kleinen Augenblick seinen Kopf an ihre Schulter gelegt hatte, mit geschlossenen Augen.

10

Ira schließt die Tür zum Keller, als sie das Zittern ihrer Hände bemerkt. Ich bin im Hier und Jetzt. Es ist nur ein Haus. Ich sehe nur nach meinem Vater. Ich kann kommen und gehen, wann ich will.

Sie lehnt sich mit ihrem ganzen Gewicht gegen die Tür, um den Rest Widerstand zu überwinden, ehe sie das letzte *Klack* hört, das ihr anzeigt, dass sie geschlossen ist, diese Tür, und die Geister aus dem Keller nicht hinaufkönnen in die Helligkeit. Das Klacken der *Falle*. Tadija hatte ihr erklärt, dass man die schräge Metallnase an einem Türschloss so nennt.

»Eine Geisterfalle«, hatte sie gesagt, und Tadija hatte ihr nicht widersprochen.

Er kannte lauter solche Wörter. Er schlug sie nach in einem Buch, das er vom Flohmarkt hatte, es hielt wundervolle Klänge für Tadija und Ira bereit.

»Fürderhin« war so ein Wort, das sie gemeinsam entdeckten. Sie fragten Evi nach seiner Bedeutung, aber die konnte es ihnen nicht erklären.

»Was ist mit deinem Vater, Irakind? Er unterrichtet doch am Gymnasium«, sagte Tadija.

»Nein«, erwiderte Ira, »der kann nur Latein.«

»Bist du sicher?«, fragte Tadija und blätterte im Wörterbuch. »Spricht er nicht ein kleines bisschen Deutsch mit dir?«

»Das nennst du Deutsch?«, fragte Fido, der dazugekommen war, in schlammverschmierten Hosen von seiner Arbeit in der Gärtnerei, zu der Evi ihn gezwungen hatte, für die gesamten Sommerferien.

»Du bist sechzehn«, hatte sie gesagt, »und wenn du schon nicht zur Schule willst, dann gehst du arbeiten, damit du siehst, dass Geld nicht auf Bäumen wächst. Vielleicht bist du ja dann über ein Klassenzimmer ganz froh.«

Fido baute sich auf vor den beiden, die Arme hinter dem Rücken verschränkt, die Schultern leicht nach vorne gebeugt. So ging er mit gesenktem Kopf den Bürgersteig hinunter, höchstens mit einer Handbreit Abstand zur Hauswand, wobei er unverständliche Worte vor sich hin murmelte.

»Nein!«, sagte Ira lachend, »er murmelt doch nicht!«

»Aber viel fehlt nicht«, sagte Fido. »Wenn er spricht, klingt er wie ein lebendig gewordenes staubiges Buch.«

Und dann ging er noch einmal los und ahmte Cornelius' schleppenden Gang so exakt nach, dass selbst Tadija sich ein Lächeln nicht verkneifen konnte, er, der ansonsten sofort einschritt und den beiden verbot, sich über andere lustig zu machen.

Fido nahm Iras Hand und schlüpfte in ihre Umarmung. »Vielleicht kommt er in Wirklichkeit aus einem anderen Land«, sagte Fido.

»Aus einer anderen Dimension«, sagte Ira kichernd.

Etwas war nicht richtig daran, über Cornelius zu lachen, aber noch hatte Tadija nichts gesagt.

»Er könnte der König eines versunkenen Volkes sein«, sagte Fido und streckte seine Beine aus. »Er ist aus einer Zeitschleife gefallen. Direkt vor die Tore des humanistischen Gymnasiums, und hineingegangen ist er nur, weil er dachte, es sei das größte Haus in der Straße und bestimmt der Palast dieser Stadt.«

»Und dann?«, fragte Ira gespannt.

»Dann hat er sich umgesehen. Vielleicht ist große Pause gewesen, und er hat gedacht, die Kinder auf dem Schulhof sind die Untertanen dieses Königs, verstehst du?«

»Und der König ist unser Schuldirektor«, sagte Ira begeistert. »Bei dem hat er geklopft, weil er das größte und prächtigste Zimmer hat.«

»Ja!«, sagte Fido, »und Gerster hat ihn sofort eingestellt, als er merkte, dass dieser fremdartige Mann im Pullunder zwar nicht seine Sprache, dafür aber fließend Latein sprechen kann. Gallia est omnis divisa in partes tres ...«

Ira hielt sich den Bauch vor Lachen, und es klang schriller, als sie wollte, und lauter und überhaupt nicht mehr richtig, aber sie konnte nicht aufhören damit.

»Es ist gut jetzt«, sagte Tadija mahnend.

Fidos Hand strich über Iras stoppelkurzes Haar. Zum elften Geburtstag hatte sie sich gewünscht, die lange blonde

Mähne ein klein wenig abschneiden zu dürfen. Ihre Mutter war begeistert gewesen und noch in derselben Minute mit ihr zum Salon unten am Fluss gefahren, hatte ihre Tochter in den Friseurstuhl gedrückt, nach dem Umhang gegriffen und ihn dem protestierenden Kind eng um den Hals geschlossen, während sie mit dem Friseur über Iras komplizierte Wirbel sprach und diese Kopfform, aus der man ja nur so schwer etwas machen könne, und wie erleichtert sie sei, dass das Kind nun endlich zur Vernunft gekommen zu sein schien und auf das *anachronistisch lange Haar* verzichten wolle!

Der Salonbesitzer hatte alle Mühe gehabt, Juttas Redefluss zu unterbrechen. Erst als er eine Tasse Kaffee und ein Glas Sekt brachte, hatte Jutta sich überzeugen lassen, am Fenster Platz zu nehmen. Und zu schweigen.

»Wir schauen mal, was gut an dir aussieht«, hatte er Ira zugeflüstert, »und dann machen wir das, was du selber möchtest, einverstanden?« Ira hatte genickt, beeindruckt davon, dass jemand ohne Kratzer davongekommen war, der es gewagt hatte, Jutta zu widersprechen.

Als sie nach Hause fuhren, waren ihre langen Haare nicht nur ein Stückchen kürzer, sondern ganz verschwunden, und Jutta war stumm wie ein Fisch. Cornelius hatte nichts bemerkt, obwohl Ira sich extralange um seinen Schreibtisch herumgedrückt hatte.

»Ist etwas, Ira?«, hatte er nur gefragt und rasch seine Notizen zusammengesammelt. »Ich muss zur Konferenz gleich, es geht um die Neue Schule, mit Gerster, verstehst du?«

Ira hatte genickt. Ihr Vater hatte ihr nicht einmal in die Augen gesehen. Später, zum Einschlafen, stellte sie einen Spiegel neben ihr Bett und ließ die ganze Nacht über das Licht an.

»Ich kann nicht aufhören, deine Haare zu berühren«, sagte Fido und drückte seine Nase hinter Iras Ohr.

Tadija klappte sein Wörterbuch zu. Er stand auf und klagte über seine alten Knochen, während er die wenigen Stufen zum Laden mit einiger Mühe nahm.

»Sollen wir ein neues Wort suchen, Ira?«, fragte er, als er in der Tür stand. »Geben wir so leicht auf?«

»Nein«, sagte Ira, »das tun wir nicht.«

Sie würde nachher hinübergehen, in die eiskalte Wohnung ihrer Eltern. Die nicht mehr warm wurde, weil Jutta die Heizung schon zu Beginn des Monats abgestellt hatte, *wegen der Umwelt*, und die Frühlingssonnenstrahlen noch nicht über die Hecken kletterten.

In die eiskalte Wohnung zurück – leise, leise –, aus der sie geflohen ist. Vor der Hand ihrer Mutter, die eben erst zugeschlagen hat – Ira hat vergessen, warum – und im nächsten Augenblick gestreichelt und Creme aufgetragen, während Jutta geweint und sich entschuldigt und nach Erklärungen gesucht hat, den immer gleichen, und Ira hinausgesehen hat in den Garten vor ihrem Fenster.

Die Forsythie betrachten, die Zweige zählen, an denen sich die Blüten bereits geöffnet haben. *Einhundertunddrei.* Nach den halbgeöffneten Knospen suchen und wenn die Anzahl durch sieben teilbar ist, wird sich Jutta wieder beruhigen.

Achtundfünfzig, neunundfünfzig, sechzig.

Vergessen, was die Mutter sagt, sich nicht an den An-lass erinnern und nicht an das, was sie falsch gemacht hat. Eine offen gelassene Tür, oder Schuhe am falschen Platz.

Einundsechzig, zweiundsechzig. Rasch. Dreiundsechzig.

Hände krallten sich in Iras Schultern und drückten sie gegen die Lehne ihres Schreibtischstuhls. Sie drehten Ira herum, zwangen sie, in zornige schwarze Augen zu schauen. *Rede ich hier gegen eine Wand?*

Nicht hinsehen. Weiterzählen. Leise, leise.

Und während Jutta, über ihr Kind gebeugt, den Klam-mergriff nicht löste, blaue Flecken hineingrub in die dünnen Kinderarme, während sie schrie und verzweifelt erzwingen wollte, dass das Kind *dieses eine Mal wenigs-tens!* zuhört und endlich begreift, warum Jutta nicht an-ders kann, warum es *nötig!* gewesen ist und *zum Besten!* und *unausweichlich!*, da sitzt Ira noch an ihrem Schreib-tisch, und gleichzeitig ist sie draußen im Garten vor ih-rem Fenster und wandert behutsam von einer Ecke in die nächste, zwölf Schritte vom Kinderzimmerfenster zur Forsythie, siebenundzwanzig zur Terrasse, die gepflastert ist mit sieben mal elf Waschbetonplatten.

Sie ist damit beschäftigt, auf Juttas Tonfall zu achten und nicht ganz wegzurutschen aus dem Kinderzimmer, nicht ganz und gar hinauszugehen zu den Wichteln unter der Kiefer und den Erdgeistern unter der Terrasse. Sieben mal elf Waschbetonplatten, siebenundsiebzig ist die Zauberzahl, um hineinzugelangen in das unterirdische Reich.

Die Worte hindurchreisen lassen, nicht atmen zwischendrin. Damit sie nicht ankommen, sich nicht einnisten können. Nicht wirksam werden. Noch vierzehn Schritte zurück zum Fenster, und dann die Wanderung wieder von vorn beginnen.

Manchmal redet Jutta eine Stunde lang oder zwei, manchmal eine ganze Nacht und in der nächsten noch einmal, und dann ist von Reue keine Spur mehr und von Entschuldigung auch nicht, dann ist es Ira gewesen, die *undankbar*! gewesen ist und Jutta herausgefordert hat und *provoziert*!, und manchmal lässt sie erst ab von Ira, wenn sie müde wird oder wenn Cornelius kommt und der Mutter einen Becher Wasser bringt und eine weiße Tablette.

In der Wohnung, im *Drinnen*, würde Ira zu Cornelius' Zimmer schleichen müssen und auf Zehenspitzen gehen, so leise wie möglich, und unsichtbar bleiben.

Unsichtbar ist Iras leichteste Übung, schon immer gewesen. Mit voller Blase im Kinderzimmer hat sie gewartet, bis es nicht mehr auszuhalten war, ist zur Tür geschlichen, um zu sehen, ob draußen jemand war.

Rasch durch den Flur, niemandem begegnen. An Jutta Tür sichergehen, dass sie dort ist und schreibt. Tastenklappern erhorchen, das *Pirräng* des Zeilenhebels, das *Pling*, wenn der Wagen auf der rechten Seite anschlägt, und atemlos der winzige Moment, bevor das Klappern weitergeht, eine kurze Zeile lang Sicherheit.

Für *Redaktionen* hat sie geschrieben. Immer ist es darum gegangen, zu liefern, fertig zu werden und Zeichenvorgaben einzuhalten, und immer *alles allein*. Und die *Ärsche* musste sie auftreiben, die Zitate freigeben sollten, oder Fotos bringen, *alles voller Ärsche da draußen, merk dir das Kind, alles Faschisten.*

»Mama, was sind denn Faschisten?«

Rasch zum Klo, die Türklinke geräuschlos hinunterdrücken, so langsam wie möglich, das Brennen ignorieren und nicht zu tief atmen, damit nur ja alles trocken bleibt. Mit dem ganzen Gewicht von innen gegen die Tür stemmen, sie schließt sonst nicht, den Riegel drehen, den dreht doch sonst keiner außer Ira, der geht schwer.

Und dann endlich pinkeln und die Weltkarte betrachten, die neben dem Klo hängt, und lesen lernen mit Wörtern wie *Bonn* und *Rom*, und *Rio* und *Massachusetts*. Mit dem Finger die Flüsse entlangfahren und Gebirge finden und Meere kennen und besser wissen, wo die Passatwinde wehen, als zu verstehen, warum die Eltern so viele Worte zu Papier bringen können, aber füreinander keine haben. Runterspülen, das laute Runterspülen. Klodeckel schließen, Händewaschen.

Auf dem Rückweg ins ungeheizte Zimmer abwägen, vielleicht bei Cornelius klopfen und warten, bis er zur Tür kommt, den winzigen Spalt breit aufmacht, der nötig ist, um Ira hineinzulassen. Die Schublade an seinem Schrank neben dem Schreibtisch öffnen, die er nur für sie gefüllt hat, mit Kleber und Stiften und Blättern, auf der Rückseite die Lateinübersetzung Klasse neun von heute früh, *Gallia est omnis divisa in partes tres*, und runde Kekse essen mit Schokoladencreme, die bröselig ist und nach Käse schmeckt.

In der Schublade hat sie früher geschlafen. Wie klein sie gewesen sein muss, damit sie da überhaupt hineinpasste, zusammen mit ihrer Decke und den Milchfläschchen, die hat Cornelius gewärmt für sie, in einem Wasserkocher neben der Tür.

Als du klein warst, Ira, als du klein warst, war diese Schublade dein Zuhause.

»Fürderhin also«, sagte Cornelius am Abend, als sie zusammen aßen. Wenn Jutta nicht zu Hause war, dann machte Cornelius *Abendessen Sizilien*, was nichts anderes hieß als Tiefkühlpizza mit Salami und Schinken.

»Fürderhin bedeutet ›von nun an‹. Es ist ein gutes, ein zukünftiges Wort. Obwohl es auch heißen kann, dass etwas zu einem bestimmten Zeitpunkt begonnen hat und von da an gültig geblieben ist.«

»Fürderhin«, sagte Tadija am darauffolgenden Nachmittag und brach ein Stück Zuckerkuchen in der Mitte auseinander, tunkte es in seinen Kaffee und hielt es ihr hin, damit sie gleich abbeißen konnte. »Fürderhin wollen wir

am Nachmittag hier unter der Eiche sitzen und gemeinsam eine Tasse Kaffee trinken, kleine Ira.«

»Für immer also«, sagte Ira.

»Solange es geht und auch bei Regen«, antwortete Tadija.

11

Lew wickelt sich in die dünne Decke und rollt sich auf seinem Bett zusammen. Sieben Laternen sind es gewesen, die seinen Heimweg zurück aus dem Nachtschwarz am Straßenrand beleuchtet haben. Sieben ist eine gute Zahl, denkt er, eine Meisterzahl.

Die Air-Condition läuft auf der höchsten Stufe. Das Gebläse surrt gleichmäßig. Nach einer Weile jedoch legt sich ein neuer Ton über das Surren. Wie ein Ausatmen klingt es, als wäre jemand im Raum, der nicht bemerkt werden möchte. Jemand, der sich hinter einem Schrank oder einer Tür ganz schmal gemacht hat, der vielleicht erschrocken ist, als Lew das Zimmer betrat. Es ist wie mit dem Regen, beruhigt sich Lew, wenn die Tropfen auf ein Dachfenster prasseln. Oder auf ein Zelt.

»Hört ihr das?«, hatte die Mutter gefragt, wenn die ganze Familie dicht an dicht in den klammen Schlafsäcken lag. *Niemals die nasse Zeltwand berühren, sonst schwimmen wir im Schlaf zurück nach Berlin.*

Sie hatten sich nicht gerührt und gelauscht, und jeder hatte gesagt, was er hörte.

»Stimmen«, sagte die Mutti, »ich höre Stimmen. Sie flüstern miteinander da draußen, und jetzt, jetzt sprechen sie mit mir.«

Lew hörte nichts.

»Sie erzählen mir eine Geschichte«, sagte die Mutti. Sie drehte sich vorsichtig zur Zeltwand, um besser horchen zu können. »Waldgnome sind es, Kinder, sie begleiten uns schon, seit wir aus Berlin gekommen sind.«

»Sie sind mit uns Zug gefahren?«, fragte Manuel.

»Sei nicht so kritisch, älterer Sohn«, sagte sie lachend und knuffte ihn in die Seite.

»Sie stehen da draußen und wundern sich über unser Zelt«, sagte sie nach einer Weile.

»Und über die Zelte der anderen wundern sie sich nicht?«, fragte Manuel.

»Nein«, sagte die Mutti und sah im Schein der Zeltlampe von einem zum anderen, »sie waren auf der Suche nach uns. Viele Jahre haben sie auf uns gewartet. Auf dich, auf Lew, auf euren Vater und mich. Wenn wir uns jetzt alle ganz still hinlegen und die Ohren aufmachen, verraten sie uns den Eingang zu ihrem Reich. Sie nehmen nicht jeden mit dorthin, müsst ihr wissen, nur diejenigen, die leise genug sein können, um die Wegparole zu verstehen.«

So sehr er sich bemühte, Lew hörte nie etwas anderes als den Regen.

Sein Vater schlief in den Zeltnächten wie ein Stein. »In der Natur«, sagte er, »unter den Bäumen, direkt am Seeufer, da schläft es sich am besten.«

Er bekam nichts mit von mitternächtlichen Wisperworten, aber wenn die Sonnenstrahlen am nächsten Morgen über den Zeltplatz wanderten und die Mutti vom Bäckerwagen zurück war, mit frischem Brot und Schrippen, dann schwor sie Stein und Bein, sie hätte sich die Gnome und ihr Gnomenreich nicht ausgedacht.

Ihr langes braunes Haar hielt sie mit einem schmalen Band zusammen. Zauberhaare nannte er sie, weil goldene Strähnen hervorblitzten. Als seine Mutter die ersten grauen dazwischen entdeckte, da hatte sie gesagt: »Endlich kann jeder sehen, dass ich alt und weise geworden bin.«

Für die wenigen Fotos zu Familienfeiern ging sie zum Frisör, oder eine der Frauen aus der Nachbarschaft kam und bürstete und wusch und schnitt und föhnte in der Küche und half ihr ins Kleid, das extra für diesen Tag genäht worden war, und dann gingen alle gemeinsam zum Fotografen. Es musste ein besonderer Anlass sein, zum Beispiel Manuels Geburt oder als Lew zur Welt gekommen war. Seltsam steif sah die Mutti auf diesen Bildern aus, mit dem Säugling auf dem Arm. Die Kinder trugen auf beiden Bildern denselben Strampelanzug, der Vater hielt sich im Hintergrund, die Hand auf der Schulter seiner Frau.

Lews Lieblingsbild war ein anderes. Es stand im Wohnzimmer auf einem Regal, das er leicht erreichen konnte. Oft kam er nach der Schule allein nach Hause in die leere Wohnung, warf seinen Ranzen in die Ecke und holte sich das Bild, setzte sich in den kleinen Winkel zwischen Sessel und Wand und betrachtete es. Aufgenommen in einem Garten zeigte es die Mutti beim Wäscheaufhängen. In Schwarz-Weiß. Sie trug eine helle Bluse und einen schmalen Rock mit einer Blüte auf der linken Seite. An der Leine flatterte die Wäsche im Wind.

Das Bild musste jemand bei den Wäscheleinen im Hof gemacht haben. Dort trafen sich die Frauen aus dem Haus, am Haushaltstag. Sie halfen einander beim Wohnungsputz, manchmal durfte Lew die Schlüssel für die Nachbarwohnungen hüten. Wie stolz er gewesen war, wenn die Mutter ihn ausgewählt hatte, obwohl Manuel der Ältere und Vernünftigere war. Hatten sie alle gesagt: Manuel, der Ingenieur. Lew, der Träumer.

Lew liebte diesen Rock, er liebte diese Blume. Der Stoff war türkis, fast hellblau, die Blüte fuchsiafarben, mit gelber Umrandung und dunkelgrünen Blättern.

Wie bitterlich hatte er geweint, als sie den Rock weggegeben hatte.

»Er ist zu klein geworden, Lew«, sagte sie, aber er glaubte das nicht. Erwachsenen konnten die Kleider nicht zu klein werden. »Doch, Lew«, sagte die Mutti und nahm ihn lange in den Arm. »Es gibt Dinge, die verändern sich auch bei Erwachsenen noch, und manchmal wissen wir selber nicht, woher diese Veränderungen kommen. Sie sind einfach da. Wie die Gnome draußen auf dem Zeltplatz am See.

Irgendwann wirst du unter deiner Decke liegen, du wirst sie ganz fest um dich wickeln, wie du das immer machst, und der Regen wird auf das Dach fallen, und dann wirst du sie hören. Ganz deutlich. Du wirst ihre Sprache erkennen, und wenn du genau hinhörst, wirst du sie mit einem Mal verstehen. Einfach so. Du wirst sie nicht mit deinen Ohren hören, sondern dein ganzer Körper wird wissen, dass sie da sind. Kannst du dir eine so starke Gewissheit vorstellen? So eine Gewissheit gibt es auch gegenüber Veränderungen. Irgendwann weiß man einfach, dass bestimmte Dinge getan werden müssen. Dass ein Rock zu klein geworden ist. Oder eine Wohnung. Manchmal auch ein Land, Lew.«

»Wirst du mich mitnehmen, wenn sie dir das nächste Mal verraten, wo sie leben?«, fragte Lew.

»Wohin ich auch gehe, Lew, ich werde dich überallhin mitnehmen.«

Er drückte sich an sie und schlief schließlich ein, aber seine Trauer über die verlorenen Dinge seiner Mutter begleitete ihn bis in den Schlaf hinein. Am nächsten Morgen fand er einen winzigen braunen Stoffhund auf seinem Nachttisch.

»Damit du die Fährte immer wiederfindest«, stand auf dem Zettel, der daneben lag. Sie hatte versucht, ihre Schrift zu verstellen, aber Lew kannte seine Mutter. Der Hund kam unverkennbar aus ihrer Nähstube in der Spielzeugfabrik, in der sie arbeitete.

Morgens, auf dem Weg zur Schule, erzählte sie ihm manchmal davon, und einmal hatte sie ihm ein Krokodil genäht, zu welchem Geburtstag war das noch mal?

Er weiß es nicht mehr.

Irgendwann hatte ein ganzes Kasperltheater in seinem Zimmer gelebt. Er besaß sogar einen Teufel. Und als er bemerkte, dass es zwar einen Polizisten und eine Großmutter im Ensemble gab, aber keine Eltern, da warteten unter dem Weihnachtsbaum zwei neue Puppen: Eine trug ein grünes Tuch um den Hals, und zwischen den braunen Wollfäden am Kopf schimmerte es golden, und die andere war ein wenig rundlich und hatte den hellen Haarkranz seines Vaters und eine Arzttasche, obwohl Kinderzahnärzte eigentlich keine Arzttasche haben.

Und trotz alledem gibt es diesen Tag im Sommer sechsundsiebzig.

Die Klimaanlage rauscht und schnauft, sie surrt und klackert, und gelegentlich scheint sie leiser zu werden und wieder lauter, und alsbald scheint darin ein kleines Orchester zu erwachen, ein dunkler, tiefer Ton setzt sich ab von den anderen, ein heller legt sich über das Rauschen, und dazwischen flüstert eine leise Stimme.

Rau ist sie, als wäre sie schon lange nicht mehr benutzt worden. »Ich küsse dich auf deine Stirn«, sagt sie, langsam und bedächtig, wisperleise, als müsste sie sich an ihren eigenen Ton erst wieder erinnern. Aber als er genauer hinhören will, ist sie wieder verschwunden, und was sie hinterlässt, klingt, als würde jemand eine riesige Tonne aus Metall mit Wasser ausspülen, während sie von Millionen kleiner Bürsten geschrubbt wird, und wieder scheint jemand zu atmen, direkt neben seinem Bett.

Er hat eine Melodie im Ohr, summt sie und sucht nach dem Text des Liedes. Seine Mutter hat es oft für ihn gesungen, und wenn es im Radio lief, hat sie es lauter gedreht, ihr Sandkornlied hat sie es genannt.

Er öffnet die Augen und macht das Licht an. Wie von selbst findet seine Hand den Lichtschalter, als wäre sie schon die ganze Zeit über bereit gewesen, das zu tun: das Licht anzumachen und die Nachtschatten zu vertreiben, die Stimmen, das fremde Atmen. Nur das Lied will er behalten. *Geh dem Wind nicht aus dem Wege, keiner ist ein kleines Sandkorn nur. Pfeif auf die gebahnten Stege. Tritt in die Erde Deine eigne Spur.*

Niemand steht vor seinem Bett, niemand ist im Schrank, selbst im Gang vor der Tür ist kein Mensch zu sehen.

Er legt sich wieder hin, wickelt sich erneut in die Decke und rollt sich genauso ein wie zuvor, nur das Licht lässt er jetzt an, und in der Tür hat er den Schlüssel von innen steckengelassen, zur Sicherheit.

Er schließt die Augen und konzentriert sich auf die Geräusche aus dem weißen Kasten über dem Fenster. Er muss nicht lange warten. Da ist es wieder. Lauter diesmal und näher an seinem Ohr. *Ich küsse dich auf deine Stirn.*

Seine Mutter hat das abends zu ihm gesagt, wenn sie ihn fest in seine Decke eingewickelt hat, wenn ihr Haar ihn gekitzelt und sie ihn sanft, aber bestimmt in die Kissen gedrückt hat.

»Es ist Schlafenszeit, Lew, keine Bücher mehr, Schluss für heute«, jeden Abend derselbe Satz, und dann: »Ich küsse dich auf deine Stirn«, und sie hat sich über ihn gebeugt und ihn geküsst, wie versprochen, und am nächsten Morgen hat sie ihn ebenso liebevoll geweckt.

An ihrem letzten Abend, da hatte sie in der Tür zum Kinderzimmer gestanden, ihre Lippen zu einem letzten Gute-Nacht-Kuss gespitzt, den sie durch die Luft schickte, zuerst zu Manuel und danach zu Lew. Sie hatte die Hand auf dem Lichtschalter. »Komm, wir zählen bis drei, ich mache aus, und du machst deine Nachtlampe an, Lew«, und sie hatten zusammen bis drei gezählt, und das Deckenlicht war ausgegangen, und die Nachttischlampe hatte seinen Bücherstapel beleuchtet, den neuen aus der Bibliothek, für die Ferien, und sie hatte sich von ihren beiden müden und trotzdem aufgekratzten Söhnen verabschiedet, wie immer.

»Bis morgen, ihr beiden, wir sehen uns spätestens zum Abendbrot.«

Dann hatte sie die Tür hinter sich zugezogen, nicht ganz, und das Licht im Flur war an geblieben. »Bis ihr schlaft«, und nichts ist anders gewesen als sonst.

12

Im Haus ist alles still. Fischiger Salbengeruch liegt in der Luft. Leise zieht Ira ihre Schuhe aus und schlüpft in Pantoffeln, die bitter nötig sind in der Erdgeschosswohnung mit den eiskalten Steinböden, auf die kein Teppich mehr gelegt werden kann, wegen des Staubs, der Cornelius das Atmen zusätzlich schwermacht.

Tief versteckt liegt er unter seinem Deckenberg und hat die Augen geschlossen. Neben dem Bett steht sein Plattenspieler, der Teller dreht sich noch, der Tonarm hängt in der letzten Rille fest. Wie ein Boot bei schwacher Dünung hebt und senkt er sich – elegant und meditativ.

Ira schaltet den Plattenspieler aus, vorsichtig wie damals, als Cornelius ihr gezeigt hatte, wie man es macht. Zehn war sie, und erwachsen hatte sie sich gefühlt. »Du verstehst, wie man mit einem so wertvollen Gerät umgeht«, hatte er gesagt, »du siehst gleich, worauf es ankommt, nicht wahr?«

Und dann stand er hinter ihr und führte ihr die Hand, während er erklärte, welche Knöpfe sie drücken musste für die Abspielgeschwindigkeit und welche für den Tonarm waren. Er ließ sie üben, wie sie die Nadel sicher absetzen konnte am Rand, in der Rille, damit er nicht abrutschte und der Diamant nicht beschädigt wurde.

»Sehr gut gemacht, Ira«, sagte Cornelius und drehte sie zu sich herum, ging in die Knie, strich ihr die Haare aus der Stirn und lobte sie, für ihr Feingefühl und ihre Genauigkeit.

Keith Jarrett arbeitete sich an einem verstimmten Flügel ab, die ersten Töne klangen wie der Gong in Iras Schule.
»Hör genau hin, Ira, ganz genau«, sagte Cornelius, und seine weichen Arme blieben bei ihr und hielten sie, und wenn er ihr einen Kuss auf die Stirn gab, dann knisterten seine winzigen Barthaare.

Sie mochte das Stück nicht, besonders die hohen Töne, die in ihr Ohr kletterten und sich einnisteten und nicht wieder hinauswollten. Es gab eine einzige Stelle im *Köln Concert*, die sie versöhnte mit allem, was davor gewesen war. Und die sie immer wieder zurückkehren ließ zu dieser Platte, wenn Cornelius sie fragte, was sie hören wollte, sieben Minuten musste sie dafür warten, sieben Minuten und sechzehn Sekunden.

Später hatte er ihr andere Musiker gezeigt, andere Stile, andere Instrumente. Er hatte neue Boxen gekauft, und sie hatten sich zusammen auf den Flokati gelegt, um *den Unterschied zu genießen.*
»Hörst du den Bass?«, fragte er glücklich, und Ira horchte und hörte den Bass.

»Was sagst du zu dem Saxophon hier?«, fragte er ein anderes Mal, und Ira erkannte bald ohne Mühen die Instrumente mit dem ersten Ton, konnte die Musiker auseinanderhalten und die Ensembles. Sogar verschiedene Aufnahmen desselben Stückes konnte sie fehlerfrei zuordnen, und immer öfter küsste Cornelius sie auf die Stirn und war stolz auf seine Tochter, und sie ließ es zu und kicherte, wenn ihre Nasen aneinanderstießen oder seine Lippen wie zufällig ihre Wange streiften. Und wenn ein nasser Kuss dort landete, dann wischte sie schnell mit der Hand darüber und übersah seinen Blick, der für eine Millisekunde anders gewesen war als sonst.

An einem Abend hörten sie *Heavy Weather*, und während Ira versuchte, den Saxophonschrauben von Wayne Shorter zu folgen, schob Cornelius seine Bücher beiseite und zog sie auf seinen Schoß. Sein Arm lag schwer auf ihrer Schulter, seine Finger spielten mit ihren Nackenhaaren.

»Was hältst du davon, wenn wir beide zusammen verreisen?«, fragte er.

»Wohin?«, fragte Ira und dachte an das Meer, das sie nur aus dem Fernsehen kannte. Noch nie war sie im Urlaub gewesen. Entweder fehlte das Geld, oder Jutta war kurz vor Reiseantritt unabkömmlich in ihrer Redaktion, und Cornelius räumte den Kofferraum wieder aus. Unglücklich sah er nie dabei aus.

»Möchtest du diese Jungs mal sehen?«, fragte er und wies in Richtung des Plattenspielers.

»Geht das?«, fragte Ira.

»Aber ja«, sagte Cornelius. »Wir müssen nur unsere Sachen packen, in unseren Bus steigen und in die Schweiz fahren.«

Ira hatte nie darüber nachgedacht, dass die Musik auf den Schallplatten von Menschen gemacht wurde, die so lebendig waren wie Fido, wenn er Gitarre spielte und dazu sang.

»Darf Fido mit?«, fragte Ira.

»Meinetwegen«, sagte Cornelius, richtete sich auf und schenkte sich neuen Wein ein. »Wenn er möchte.«

Atemlos war sie danach bei Evi angekommen, um Fido die Neuigkeit zu überbringen: eine ganze Woche zusammen auf Reisen! Eine ganze Woche Musik!

»Das hast du geträumt«, sagte Fido.

»Nein«, sagte Ira, »bestimmt nicht. Frag Cornelius.«

»Du willst verreisen? Du? Mit Ira? In die Schweiz? Habe ich das richtig gehört? Und du willst allen Ernstes das jugoslawische Balg mitnehmen?«, fragte Jutta, als sie von Cornelius' Reiseplänen erfuhr.

Ira zog den Kopf ein.

»Warum nicht«, sagte Cornelius, ohne von seinem Teller aufzusehen, »der Junge mag Musik. Und Ira ist glücklich, wenn er mitkommt.«

Ira wagte nicht zu atmen. Sie hatte gesehen, wie Juttas Blick von Cornelius zu ihr gewandert war. Sie hatte bemerkt, wie Juttas Schultern sich hoben und senkten, wie ihre Finger über den Messergriff strichen, hin und her und hin und her, immer schneller.

»Jazz also«, sagte Jutta, und ihr Ton war unerwartet weich. Ira sah auf. »Das passt zu deinem Vater. Das passt. Jazz lieben sie, wenn sie nicht mehr in der Lage sind, ihre *Frauen* zu ficken.«

Dann legte sie sorgfältig ihr Besteck auf den Tisch, faltete ihre Stoffserviette, rollte sie auf, schob sie in den Serviettenring, ein Stück zu weit, zog sie wieder zurück, schob sie hinein, sah Ira an, grinsend, dann Cornelius, verächtlich, bevor sie aufstand, ihren Stuhl an den Tisch schob und zur Tür ging. Dort wandte sie sich noch einmal um:

»Gut zu wissen, wie hier im Hause die Sympathien verteilt sind. Bei meinem treusorgenden Ehemann steht an erster Stelle er selbst. Dann kommt lange nichts. Dann seine geliebte Tochter. Aber noch vor mir, Cornelius, noch weit vor mir kommt ein dahergelaufener legasthenischer Straßenköter? Ja?«

Cornelius sagte nichts. Er löffelte Zucker in seinen Pfefferminztee und rührte so lange um, bis Jutta in ihrem Zimmer verschwunden war. Dann seufzte er und schob Ira das Glas mit dem überzuckerten Tee hin.

»Für dich, Kind. Nimm dir nicht zu Herzen, was sie gesagt hat.«

Ira trank den Tee, bekam aber keinen Bissen mehr herunter. Sie trug ihre Brote hinaus in die Küche, und als niemand hinsah, warf sie sie in hohem Bogen hinaus in den Garten, über die Büsche, so weit sie konnte. Einmal hatte Jutta ein Leberwurstbrot in der Mülltonne gefunden und Ira gezwungen, es zu essen, obwohl die Ränder schon dunkelrot gewesen waren und brüchig und die Butter in den vertrockneten Brotporen gelblich geschimmert hatte.

Nach Abendessen wie diesem nahm Ira ihr Bettzeug, um bei Cornelius auf seiner kalten Ledercouch zu schlafen.

Er setzte sich zu ihr und las seiner Tochter aus einer Übersetzung vor, an der er gerade arbeitete, und dann schmiegte sie sich an ihn, bis sie eingeschlafen war. Im Licht seiner Schreibtischlampe und umgeben vom Papierrascheln beim Umblättern und dem Klang lateinischer oder altgriechischer Texte verschwand das nagende Gefühl in ihrem Magen allmählich, das Fido *Hunger* nannte und Ira *Sehnsucht*.

Ein metallenes *Klack* reißt Ira aus ihren Gedanken. Der Plattenspieler hat sich abgeschaltet, und die Boxen knistern für eine Sekunde nach, bevor auch sie verstummen.

Cornelius scheint zu schlafen. Seine Augen wandern unter den Lidern unruhig hin und her, vielleicht träumt er. Vielleicht ist er aber auch zu Gast in jenem Zwischenreich, das er seit ein paar Tagen immer wieder betritt und doch wieder verlässt, um mit Ira ein paar Worte zu wechseln, über das Frühjahr, das er draußen erahnt.

Er kann noch Farben erkennen und hört die Zaunkönige zirpen und die Amseln im Garten Warnrufe geben, wenn die Katze der Nachbarn durch das kniehohe Gras schleicht.

»Hast du gemäht?«, fragt er dann, und nach einer Stunde wieder und nach einem Tag.

Er fragt Ira und später Evi, und manchmal auch die Schwestern vom Pflegedienst, sogar Ada, die nur Rumänisch mit ihm spricht, und sie ist die Einzige, die mit ja, ja antwortet und ihn glücklich macht.

»Sie hat die Arbeit getan«, sagt er dann zufrieden und hebt den Arm noch ein kleines bisschen, um mit dem Finger auf sie zu zeigen, was nicht mehr gelingt.

Lungenkrebs, obwohl er so gut wie nie geraucht hat.

Asbest könnte es gewesen sein, zuerst der aus den Nachtspeicheröfen, die er seinem Vater abgetrotzt hatte, und später der aus der Schule. Von den Verkleidungen, innen und außen. »In den Siebzigern haben sie das Zeug überall verbaut«, hat die Ärztin gesagt und Cornelius Studien über den Zusammenhang zwischen Lungenkrebs und Asbest zu lesen gegeben, Ira hat sie später auf seinem Nachttisch gefunden.

Stolz waren sie gewesen im Kollegium, als Schuldirektor Gerster die Renovierung im Ministerium durchgebracht hatte. »Moderner Brandschutz im alten Kasten«, hatte er bei der feierlichen Wiedereröffnung seiner *Neuen Schule* gesagt, »endlich keine unbezahlbaren Heizölrechnungen mehr.«

Und dann die Teppichböden. Waren nicht überall in Gersters Klassenzimmern grobe, faserige Teppichböden verlegt worden? Gelbe, rote und blaue?

»Der ganze Abrieb«, hat die Ärztin gesagt. »Denkbar ist das. Die Faserpartikel, dreißig Jahre im Dienst, jeden Tag viele Stunden, die vielen Schülerfüße – aber auf der anderen Seite weiß man über Krebs nicht genug, nichts Belastbares, nichts, das immer zutrifft.«

Wochenlang hatte Ira medizinische Literatur studiert, und als John groß genug war, um in den Kindergarten zu gehen, saß sie im Vorraum auf einer Turnmatte, in Sichtweite ihres zufrieden spielenden Kindes, mit ihren Büchern und Notizen auf dem Schoß, bis John gegen Mittag aus dem Gruppenraum gelaufen kam, seine Pantöffelchen in sein Fach legte, seine Turnschuhe alleine anzog und in seine Jacke schlüpfte, meistens nur in einen Ärmel. Dann erst legte sie ein Lesezeichen in ihr Buch, schob den Arm ihres Kindes in den anderen Jackenärmel, stupste seine Nase und ging mit ihm hinunter zum Fluss, die Enten füttern mit den Resten aus seiner Brotdose, am Betonpark vorbei und dann an den Straßenbahnschienen entlang zurück zu Evi, die mit dem Mittagessen auf sie wartete.

Und der anfangs unsichere Boden unter ihren Füßen hatte sich allmählich verfestigt mit jedem lateinischen Begriff, den sie auf Anhieb zuordnen konnte, und nach jedem Gespräch mit der Ärztin, bei dem sie nicht mehr nachfragen musste, wenn die Untersuchungsergebnisse besprochen wurden, und bald kannte sie sich besser aus als Cornelius selbst.

»Ich will Bescheid wissen«, sagte sie zu Evi.

»Die Bücher werden dir trotzdem keine Antwort geben«, sagte Evi. »Was du wirklich wissen musst, solltest du deinen Vater fragen. Solange noch Zeit ist.«

Und dann war der Winter gekommen, mit bitterer Kälte und dem Ende der Therapien, und Ira hatte Cornelius begleitet zum Gespräch in der Klinik, und schon am Tonfall der Ärztin hatte sie erkannt, dass sie keine weiteren Bücher studieren musste und keine neuen Begriffe mehr lernen. Ein paar Wochen noch, höchstens zwei Monate.

Cornelius hatte zum Fenster hinausgesehen, sein Blick

war weit in die Ferne gerichtet. Es war so still im Zimmer, dass sie sogar vor seinem Flüstern erschrak.

»Gehen wir in die Schweiz«, sagte er, und sie hatte eine Viertelstunde oder noch länger gebraucht, um zu begreifen, dass er nicht von einer Reise sprach, sondern vom Sterben.

Ira tritt an sein Bett, reibt ihre kalten Hände aneinander, legt ihrem Vater eine Hand auf die Schulter und spricht ihn an, nicht zu leise, nicht zu laut, sondern so, als sei er wach.

Er kann sie hören, sie merkt es an seiner Reaktion auf ihre Berührung. Sein Atem verändert sich, die Atemzüge werden tiefer, die Pausen dazwischen größer.

»Er lässt los, wenn du da bist«, sagt Evi, wenn sie das sieht.

Er lässt nicht los, denkt Ira, als sie seinen Arm entlangstreicht und ihre Hand in seine legt. Er hält mich fest.

Er will in seinem Haus bleiben zum Sterben, weil er glaubt, er kann unsere Geschichte einfach so mitnehmen. Aber sie wird bleiben, wenn er nicht mehr da ist, selbst dann, wenn ich die Möbel verschenke, die Teppichböden herausreiße und die Tapeten von den Wänden ätze, dann wartet sie noch immer in diesem Haus auf die nächsten Bewohner. Sie wartet auf John und mich.

Und das, worüber wir sogar jetzt noch schweigen, das hält sich umso hartnäckiger, in jeder Ecke, in jedem Winkel, in jeder Ritze.

Höchstens zehn Minuten ist Cornelius allein gewesen, seit Ada gegangen ist, trotzdem ist er nass geschwitzt. Sie streicht über seinen Kopf, sein Gesicht und spricht dabei mit ihm über jeden Handgriff, so wie sie mit ihrem neugeborenen Kind gesprochen hat, nachdem die Hebamme es gerade in ihren Arm gelegt hatte.

»Er versteht dich doch noch gar nicht«, hatte Cornelius zu ihr gesagt, als sie John in einer kleinen Wanne badete und ihm dabei erklärte, was sie tat.

»Doch«, hatte Ira gesagt, »schau in seine Augen, und achte auf seinen Atem.«

Sie lässt ihre Hand auf seiner Schulter liegen, mit der anderen taucht sie einen Waschlappen in die Schale mit frischem kühlen Wasser, die immer neben dem Bett steht, immer mit einem Tropfen Rosenöl darin. Sie wringt den Lappen aus und legt ihn auf Cornelius' schweißnasse Stirn.

»Ich gehe hinaus und hole dir frische Kleider«, sagt sie und wartet, ob er ihr zeigen kann, dass er sie verstanden hat. Seine Lider flattern ein wenig, und sie wiederholt, was sie gesagt hat.

Er dreht den Kopf in ihre Richtung und öffnet die Augen.

»Hast du schon Kaffee gemacht?«, fragt er, und als sie den Kopf schüttelt und sagt, erst seien er und die Bettbezüge dran, lächelt er und sagt: »Ich habe ja Zeit.«

13

Lew träumt vom Fallen.

Er steht ganz vorne an der Kante eines Sprungbretts, zehn Meter sind es von dort bis zur Wasseroberfläche, Fahnen hängen an der Wand gegenüber, von irgendwoher kommt Musik. *Auferstanden aus Ruinen.*

Er springt ab. *Einundzwanzig.* Die Beine gestreckt, die Arme eng am Körper. Spannung bis in die Fingerspitzen, perfekte Verteilung. *Zweiundzwanzig.* Er setzt zu einer Schraube an. Zur Lew-Bergmann-Schraube. Seiner Paradeübung.

Dreiundzwanzig.

Der Flugbogen vollendet, die Drehung auf den Punkt, *vierundzwanzig* – und dann kommt die Wasseroberfläche nicht. Er versucht, die Augen zu öffnen. Um ihn herum ist alles weiß, wie gekachelt, und er fällt weiter. Er dreht sich, ein winziges Stückchen zu weit. Er wird mit dem Rücken aufschlagen. *Orientiere dich. Wo bist du?* In seinem Sichtfeld nichts als Fliesen, Fugenquadrate und weiße, glänzende Flächen, in denen er sich hundert-

fach spiegelt. Er sieht die schmalen Fenster seiner Wettkampfschwimmhalle wie silberne Bänder von der Decke
bis zum Boden hängen.

Er fällt. Menschen stehen auf der Tribüne. Weit, weit
unter ihm in den Rängen. Sie starren zu ihm herauf, die
Münder weit offen vor Schreck.

   Und dann sieht er das winzige Becken auf sich zukommen – und es ist leer.

Schweißgebadet wacht Lew auf. Er braucht länger als
sonst, um sich zu orientieren. Sein Herz schlägt bis zum
Hals. Er spürt noch immer, wie er fällt. Er setzt sich auf
und stellt die Füße fest auf den Boden. Sogar das Chlor
kann er noch riechen, dabei ist das alles siebzehn Jahre
her.

Schon halb zehn Uhr morgens. Auf dem Tisch steht eine
Wasserflasche, Lew trinkt sie in einem Zug leer. Er fühlt
sich, als hätte er nur eine einzige Stunde geschlafen.

Die Wettkampfschwimmhalle. Kurz nach seinem neunten Geburtstag hat er sie zum ersten Mal betreten. Unendlich groß kam sie ihm vor. Viel größer, als er sie sich
vorgestellt hatte.

Das lange Becken, die Sprunganlage, die leeren Ränge.

Er las die Bahnmarkierungen, beobachtete die Kinder an
den Startblöcken, dachte ihre Bewegungen unwillkürlich mit, und als der Trainer ihn fragte, ob er sich trauen
würde mitzumachen, nicht vom Rand, nein, sondern von

da oben, vom Dreimeterbrett zu springen, war sein Hals so trocken vor Aufregung, dass er nicht sprechen konnte, sondern nicken musste, mit leuchtenden Augen.

»Dann geh, Bergmann«, sagte der Trainer, und das erste Mal, seit er zusammen mit der grünen Frau im Auto davongefahren war, hörte Lew seinen neuen Namen, ohne dabei zusammenzuzucken.

Mit glühenden Wangen stieg er die ersten Stufen hinauf, sah die anderen Kinder am Beckenrand sitzen, die Beine im Wasser. Er sah, wie sie sich gegenseitig nass spritzten, er hörte, wie der Trainer deswegen in seine Pfeife blies und Liegestützen androhte, und als er ankam, auf der Plattform für die drei Meter, streifte sein Blick die silberne Leiter zur Fünfmeterplattform, und es waren zwei Sekunden oder drei, und seine Entscheidung war gefallen. Er umfasste das kalte Metall und kletterte.

Lew setzte einen Fuß auf das raue Sprungbrett, an der Fußsohle ein kribbelndes Vibrieren, als er ganz nach vorne ging, mit sicheren Schritten, sicheren Bewegungen – und völlig ohne Angst.

Die Kinder waren verstummt, jetzt galt die Pfeife ihm.

Er setzte zum Sprung an, und als er flog, die Drehung spürte und pfeilgerade ins Wasser eintauchte, da gab es in der ganzen Halle und in der ganzen Stadt keinen glücklicheren Jungen als Lew Bergmann, neu aufgenommen an der Kinder- und Jugendsportschule.

Der Boden im Duschraum ist nass, die anderen Gäste müssen schon vor ihm aufgestanden sein. Vor Sonnenaufgang, wegen der Hitze. Zwei der drei Duschen funktionieren nicht, die letzte hat schließlich nur kaltes Wasser. In einem Anflug von Ärger überlegt er, die Rechnung deswegen zu kürzen.

Er lässt das kalte Wasser auf seinen Rücken prasseln, bis er die Augen schließen kann, ohne das leere Becken vor sich zu haben und den Absprung nicht aufhalten zu können.

Zurück im Zimmer packt er rasch seine wenigen Dinge zusammen und faltet den Stadtplan auseinander, um sich einzuprägen, wo er entlangfahren muss. Er kann sich an einem Park orientieren, den hat er gestern von hier oben entdeckt. Die Straßennamen sind ihm schon vertrauter als gestern, und dieses Mal ist er nicht darauf angewiesen, einen Bus zu finden und mit dem Fahrer zu sprechen, dieses Mal ist er auf sich gestellt und frei in seinen Entscheidungen. Alles wird sich ergeben. Kilometer für Kilometer. Er braucht nur das Motorrad und einen vollen Tank.

Ein Glas Tee nimmt er dankend an, dann tritt er hinaus in den feuchtheißen Morgen. Für einen Moment ringt er nach Luft. Auf der Straße herrscht dichter Verkehr. Ihm wird schwindelig, und er bereut, das Frühstück abgelehnt zu haben, das Simran ihm eben noch angeboten hat.

Tomorrow, hatte Rajeshs Onkel gesagt. *Tomorrow* ist heute.

Lew überquert die Straße. Er will keine Zeit mehr verlieren.

Der Shop ist verschlossen. Nirgends ein Motorrad, kein Kunde weit und breit. Auch von Rajesh und seinem Onkel keine Spur. Es gibt nicht einmal einen Zettel an der Tür oder irgendeinen anderen Hinweis. Die Werkstatt auf dem Hof ist ebenfalls abgeschlossen, um die Zapfsäule liegt eine dicke Kette. Sogar der Boden sieht unberührt aus, keine einzige Reifenspur ist zu sehen.

Die Bank steht noch am selben Platz vor dem Laden. Verlassen. Schweiß steht auf Lews Stirn, sein Kopf fühlt sich an, als wäre er aus Schaumstoff gemacht. Der Riemen seines Rucksacks schneidet ihm in die Schulter. Er lässt sein Gepäck auf den Boden fallen und setzt sich auf die Bank. Seine Bank. Er lehnt sich an die rauen Bretter und versucht, ruhiger zu werden.

Verstohlen sieht er sich um. Niemand hat ihn gesehen. Niemand steht da und zeigt mit dem Finger auf ihn.

Es ist, als wäre der Junge nie hier gewesen. Als wären er und sein Onkel lediglich in einem jener Klarträume vorgekommen, die so lebendig wirken, als wären alle diese Personen tatsächlich gemeinsam an diesem Ort gewesen, und er könnte am nächsten Morgen zu ihnen gehen und mit ihnen sprechen über das Erlebte aus dieser Nacht. Ausgelacht hatte er sich früher für solche Gedanken, die sich hartnäckig gehalten hatten, aller Vernunft zum Trotz. Bis er Ira begegnet war. Sie hatte ihn nicht für verrückt gehalten, im Gegenteil.

»Wie sollte es denn sonst sein?«, hatte sie gesagt. »Glaubst du, wir liegen regungslos unter unseren Decken, stundenlang? Für nichts?«

Jeden Abend hatten sie sich vorgenommen, einander zu treffen, im Traum. »Du träumst mich, ich dich«, hatte sie gemurmelt, bevor sie eingeschlafen war, immer mit dem Rücken zu ihm, immer in seinem Arm. *Bitte, bitte weck' mich nicht, solang ich träum' nur gibt es dich*, und am nächsten Morgen hatte er sie wachgeküsst, und sie hatte den Kopf geschüttelt und ihn zurückgeküsst und geflüstert: »Wir haben uns im Traum verpasst«, und er hatte sie geliebt für ihre versponnenen Ideen, und erst sehr viel später hatte er ein Lied im Radio gehört, das gleiche Flüstern und dieselben Worte.

Für ein paar Sekunden hat Lew das Gefühl, die Fäden wieder in der Hand zu halten. Wenn Rajesh und sein Onkel nur seiner Phantasie entsprungen sind, dann kann er sie jederzeit wieder zurückholen. Nur ein wenig Konzentration wäre nötig, und der Junge käme aus dem Laden, seinen Comic unter dem Arm und eine kühle Dose Bier in der Hand.

Sein Puls beruhigt sich langsam. Er kann tiefer und langsamer atmen, die Klammer um seine Brust löst sich. Noch immer liegt der Hof verlassen da. Als er aufsteht und ein letztes Mal versucht, die Tür zu öffnen, sieht er die Eiskarte auf dem Boden liegen, die eingerissene Ecke von einer dicken Staubschicht bedeckt. Er hebt sie auf und hängt sie wieder an die rostigen Haken.

Zurück im Guesthouse setzt er sich in den ersten freien Sessel, und zwei Männer versuchen, bei Simran herauszufinden, ob sie ihre Reisegruppe noch einholen können, die offenbar schon auf dem Weg zum Tempel ist. Heute

auf keinen Fall mehr, sagt Simran, es ist bereits viel zu
heiß für die Wanderung.

»Tomorrow«, sagt sie und lächelt.

Lew lässt sich noch einen Tee von ihr bringen. Vorsichtig legt sie, noch bevor sie bei ihm ist, ein Stück Würfelzucker hinein, und Lew sieht dabei zu, wie es zerfällt.

14

Im Flur ist es dunkel. Die einzige Lampe wird nach dem Einschalten flackernd heller, um nach wenigen Minuten von selbst wieder zu verlöschen. Im Sicherungskasten rattert der Zeitschaltmechanismus, und er klingt wie die Kindereisenbahn, die John von Fido bekommen hat.

Ein dunkelbrauner Vorhang trennt die Zimmer, die tagsüber beheizt werden, von den Nebenräumen und Iras ehemaligem Kinderzimmer. Unregelmäßiger Faden gibt dem Stoff eine grobe, knotige Oberfläche, nur an den Stellen, an denen er geöffnet wird, ist er glattgegriffen und glänzend. Früher ist sie hindurchgetaucht wie ein Schwimmer, mit den Händen voraus, hat den schweren Stoff an den Armen entlanggleiten lassen und die Augen geschlossen, bis sie auf der anderen Seite war, vom Lauten ins Leise, vom Warmen ins Kalte.

Im Sommer ein Weg, auf den sie sich freute nach dem Mittagessen in der Küche, das oft nur aus einem Brot bestand oder aus etwas Kaltem aus der Dose, weil Jutta nicht kochen wollte oder gar nicht erst da war.

Im Winter hingegen schob sie nur ihre Fingerspitzen durch den schmalen Spalt und wartete, ob der nächste Schritt unausweichlich war, und sie hörte auf die Geräusche in der Wohnung, auf die Schreibmaschine ihrer Mutter und das Summen im Sicherungskasten neben sich, auf den hohen, sirrenden Ton der Lampe und das Schnaufen aus dem Bad, wenn der Boiler einmal in der Stunde das Wasser anwärmte, und auf die Schritte der Großeltern oben, sobald sie aufgestanden waren von ihren Mittagsplätzen, der Großvater vom Sofa und die Großmutter aus dem Bett im Schlafzimmer über Iras Zimmer. Gemeinsam machten sie sich auf den Weg in die Küche, für den Nachmittagskaffee und den Hefezopf, den die Großmutter einmal in der Woche zubereitete. Am ersten Tag gab es ihn frisch angeschnitten, am zweiten Tag mit Butter, und an den folgenden Tagen musste er eingetaucht werden, in Kaffee oder Kaba für Ira, und ein neuer wurde gebacken, und alles ging wieder von vorne los.

Es hatte aber auch die Abendgeräusche gegeben, wenn der Großvater sich aufmachte, um nach draußen zu gehen und dort nach dem Rechten zu sehen, die Haustür zu schließen und das Außenlicht zu löschen. Dann hörte Ira manchmal die Kellertür klappen und das Fensterchen im Treppenhaus, das die Großmutter tagsüber zum Lüften kippte und am Abend wieder schloss, damit die Katzen der Nachbarn in der Nacht nicht hereinkonnten.

Erst wenn sich ein störender Ton in den Teppich aus dahinfließenden Geräuschen mischte, wenn das Klappern der Schreibmaschine aufhörte oder das Telefon im Flur klingelte, lief sie schnell wie der Wind in ihr Zimmer und lehnte sich mit klopfendem Herzen von innen gegen die Tür, glücklich, den dunklen und eisigen Flur bewältigt zu haben.

Wie dünn sich das Gewebe inzwischen anfühlt.

Ira umschließt den Vorhang mit der Hand und schiebt beide Stoffbahnen mit einem Ruck zur Seite. Licht fällt auf eine Wolke aus tanzendem Staub. Erschrocken hält sie inne. Aber die Tür zu Cornelius' Zimmer ist geschlossen, der Staub wird nicht zu ihm vordringen, er wird ihm keinen neuen Husten verursachen und keine neuen Schmerzen. Eilig will sie umkehren und in der Küche nach einem Lappen suchen, um den Boden zu wischen, und darüber vergisst sie, dass sie den Vorhang noch in der Hand hält. Die erste Aufhängung bricht und reißt die anderen mit sich, und der Stoff fällt zu Boden, begleitet vom schneller werdenden Klackern der Rädchen aus der Vorhangschiene.

Als hätte er schon lange auf diesen Augenblick gewartet.

Die Türen des Wäscheschrankes schimmern in der ungewohnten Helligkeit. Die Schlüssel lassen sich ohne das übliche Tasten drehen, aber das langgezogene Knarzen beim Öffnen ist das gleiche wie immer. An der Innenseite der Tür hängen Lavendelsäckchen, die Ira mit Evi zusammen genäht hat. Längst haben sie ihren Duft verloren und ihre Form. Als Ira sie in die Hand nimmt, rieseln dunkle Brösel aus den Nähten und sehen auf dem Boden aus wie tote Ameisen.

In Südfrankreich hatte sie den Lavendel gesammelt, drei Wochen waren sie mit Rucksack und Zelt unterwegs gewesen – nur sie und Cornelius.

Wie lange hat sie nicht mehr an diese Reise gedacht? Drei Wochen mit Zug und Bus, durch Hitze und Regen. Geschlafen hatten sie auf Wiesen unter freiem Himmel und in Scheunen, und ab und zu in einem Hotel, für die Dusche und ein weiches Bett zwischendurch.

Sie hatten Freunde getroffen, Lehrerkollegen von Cornelius. Zelte hatte es dort gegeben, ein richtiges Dorf, mit vielen Kindern und Pferden. Sie waren ausgeritten, den ganzen Tag über, und erst abends am Lagerfeuer hatte sie Cornelius wiedergesehen, und einer war ihr besonders aufgefallen: Andreas Gerster, ein hagerer Mann mit einer so dünnen Stimme, dass alle still sein mussten, wenn er sprach.

Sein Blick hatte sie irritiert, und der schleppende Ton, in dem er sprach. Wenn sie tagsüber zwischen den Zelten umherstreifte und ihn irgendwo entlanggehen sah, suchte sie unwillkürlich eine Beschäftigung, um ihm nicht allein zu begegnen. Bei den anderen Kindern war er beliebt, sie spielten Fußball mit ihm oder ließen sich überreden, mit ihm hinauszusegeln aufs Wasser. Sie machten seine Nachtwanderungen mit, und manche von ihnen folgten ihm auf Schritt und Tritt.

»Erinnerst du dich noch an meinen Studienfreund?«, hatte Cornelius gefragt, und Gerster hatte sich Ira zugewandt und sie angesehen, musternd und durchdringend. Seine Augen waren so schwarz wie seine Haare, seine

Gesichtszüge scharf, und seine Körperhaltung erinnerte Ira an Soldaten auf alten Fotos.

Sie hatte die beiden Männer betrachtet, Cornelius mit seinen weichen, fast runden Schultern, den schmalen Künstlerhänden, die zu einem Klavierspieler gepasst hätten und vielleicht auch zu einem Schriftgelehrten, und daneben ein Mann, der aus Iras Lateinbuch entsprungen sein könnte und sie noch immer festhielt mit seinem nachtschwarzen Blick.

»Das ist also deine Tochter«, hatte Gerster schließlich gesagt, und Cornelius hatte ihr die verschwitzen Haare aus der Stirn geschoben, den Arm um sie gelegt und sie an sich gezogen. »Elf ist sie schon«, hatte er gesagt, und dann hatte er über das Camp gesprochen, während seine Finger sich in Iras Schulter bohrten, als würde er sie ganz nah bei sich behalten wollen.

Ira erinnert sich an Gersters Blick, als würde der Mann direkt vor ihr stehen. Sie hatte sich aufgespießt gefühlt, wie ein Schmetterling auf einer Nadel in einem Setzkasten. Sie war schmal gewesen und noch immer klein für ihr Alter, hatte Fidos abgelegte Hemden und Hosen getragen und war meistens als sein jüngerer Bruder durchgegangen.

»Elf«, hatte Gerster in seiner langsamen Art gesagt, »sieht man gar nicht, Cornelius.«

Sie hängt das Lavendelsäckchen wieder zurück an den Haken und sucht nach den passenden Bezügen für Cornelius' Bett, zwischen frisch gebügelten Kopfkissenhüllen, längst vergessenen Mustern und Farben. Er hat alles aufgehoben, hat sich von nichts getrennt. Nicht einmal von ihren fadenscheinigen Kinderdecken. Sogar ihre Handtücher und Waschlappen sind noch da, mit den aufgenähten Tieraugen und den Schwänzen aus Plastik. Sie liegen ganz vorn im Regal, als würden sie jeden Augenblick gebraucht. So als lebte noch immer ein Kind hier.

Eines der Waschtiere ist ein Hund, mit langen Schlappohren und einem Maul mit roter Zunge. Sie schiebt ihre Hand hinein und lässt ihn bellen und an ihrem Arm schnüffeln, an ihrer Hand lecken, so wie Cornelius mit ihr gespielt hat, als sie klein war. »Es ist ein Hund, Ira, Hunde machen das so.«

Hunde erforschen, sie untersuchen, Hunde schlüpfen in die verborgensten Höhlen und scheuchen das Wild auf, für den Jäger. Sie schnüffeln und verfolgen, sie kreisen ein und sind geduldig. Sie warten ab. Hunde sind treu. *Sie sind die treuesten Tiere, die es gibt, Ira.*

Er hatte sie an einem der Badetage damit überrascht, die immer samstags waren, vor dem Knäckebrot mit Joghurt, vor dem Fernsehabend mit dem einäugigen Moderator. Cornelius heizte das Badezimmer vor, ließ den Elektroofen für eine verschwenderische halbe Stunde laufen, hängte Handtücher über die Stange, um sie anzuwärmen, und stellte Niveamilch bereit, damit sie sich eincremen konnte nach dem Abtrocknen.

Bevor der Hund gekommen war, hatte es bereits einen Waschbär und einen Frosch gegeben, aber der Hund wurde Iras liebstes Tier. Aus dem Wasser war er aufgetaucht, zuerst hatte nur die Schnauze aus dem Schaum hervorgelugt, dann erschienen die Augen, schließlich kam das ganze Tier zum Vorschein. Er hatte seine Schnauze geöffnet und sich vorgestellt, mit näselnder Stimme und fremdartigem Satzbau, und nie hatte er sich merken können, wo er war und wie die Dinge im Badezimmer genannt wurden. Ira hatte ihm immer wieder neu zeigen müssen, wofür eine Zahnbürste gedacht ist, wie man sich abtrocknet mit einem Handtuch und dass man das Badewasser nicht trinken darf, nicht einmal, wenn man ein Hund ist und von einem anderen Planeten kommt. Manchmal hatte er sogar darauf bestanden, mit in ihr Bett zu kommen und dort zu schlafen, so nass er auch war. *Ich bin einsamer, als du denkst*, hatte der Hund oft gesagt, und dann hatte er sich an Ira gekuschelt, und sie hatte seine nasse Kälte ausgehalten, weil sie wusste, dass er warm werden würde, wenn sie ihn hielt.

Cornelius hatte sich immer neue Kapriolen ausgedacht und jedem Tier eine eigene Stimme gegeben und eine eigene Geschichte. Die ganze Woche über hatte sie sich auf den Badetag gefreut, sogar vom Spielplatz war sie rechtzeitig zurück, um diese Stunde mit ihrem Vater zu haben, der fröhlicher war als sonst und *aus Zucker*, weshalb er nicht mit in die Wanne konnte, sondern auf dem Hocker sitzen und warten musste, bis das Wasser zu kalt geworden war und sie anfing zu frieren und er ihr das Handtuch geben konnte, das warm war und weich, und sie einwickeln und abrubbeln konnte, *darf ich das, Ira, darf ich das wirklich*?

Als Ira sich aufrichtet und die Schranktüren schließt, da meint sie, Stimmen aus Cornelius' Arbeitszimmer zu hören, Lachen und Gläserklirren, und dann sieht sie Gerster im Türrahmen stehen, den Arm an die Wand gelehnt, ein Glas in der Hand, mit Eiswürfeln und goldbrauner Flüssigkeit, und Cornelius kommt dazu, schlüpft unter dem Arm hindurch und stellt sich zwischen Gerster und seine Tochter, schiebt den anderen beinahe zurück in sein Zimmer. »Lass uns weitermachen«, sagt er, »das Kind muss morgen früh wieder in die Schule.«

Nach Südfrankreich hatte es keine Badetage mehr gegeben und keine Geschichten mehr zum Einschlafen, die Waschtiere waren im Schrank verschwunden und vergessen worden. Sie hatten viele Jahre geschlafen, zwischen Bettlaken und Kopfkissenbezügen, in einem dunklen, ungeheizten Flur.

15

Lew nimmt einen kleinen Löffel, stößt ihn vorsichtig in den verbliebenen Haufen aus Zuckerkristallen und rührt und sieht zu, wie sie vom Strudel aufgesaugt werden und verwirbeln.

Er schwenkt das Glas in seiner Hand, nimmt den ungewohnten Duft wahr und bemerkt, dass er diesmal keinen schwarzen Tee bekommen hat, sondern etwas anderes, etwas, was er noch nicht kennt.

Schon beim ersten Schluck perlt der Tee auf seiner Zunge, und er mag die ungewohnte Süße und nimmt die Wärme in sich auf. Er schmeckt etwas Scharfes, etwas Blumiges und dazwischen etwas, das ihn an Weihnachten erinnert, vielleicht Zimt.

An der Rezeption sieht er Simran über Formulare gebeugt an ihrem Computer arbeiten, und er meint, sich an sie zu erinnern, vom Fest bei Rajesh zu Hause.

Frauen schieben einen Putzwagen durch den Gang, sie wischen die Stühle ab und die Türklinken, verschwinden für ein paar Minuten in den Zimmern und kehren mit einem Arm voller Bettwäsche zurück. Sie erledigen ihre

Arbeit mit derselben Ruhe wie am Tag zuvor um die gleiche Zeit.

Boten bringen Pakete aus der Wäscherei, ein Wagen hält, und jemand bringt die Post. Aus der Küche dringt der Duft von gekochtem Basmatireis.

»You want more?«, fragt Simran, mit einer Kanne in der Hand. Lew hat sie nicht kommen hören, und er nickt, lässt sein Glas auffüllen und bittet sie um zwei weitere Zuckerstücke und einen Löffel, und während er umrührt und der Zucker sich auflöst, zuerst an den Ecken zerfällt, dann herabrieselt und immer durchsichtiger wird, bis er nur einen Wimpernschlag später verschwunden ist, da kommt ihm der Gedanke, dass das *tomorrow* des Onkels ein indisches *tomorrow* gewesen ist, aus dem Augenblick heraus, aus Freundlichkeit und nicht, um eine konkrete Zusage zu machen.

In seiner ersten Zeit im Westen hatte es ähnliche Missverständnisse gegeben: *Lass uns einen Kaffee trinken gehen*, und der Einzige, der am nächsten Tag an der Kaffeemaschine in der Mensa gewartet hatte, war Lew Bergmann gewesen, Student der Betriebswirtschaft, zweiundneunzig aus dem Osten gekommen, mit anderen Vorstellungen von Verbindlichkeit und, das wird ihm erst jetzt klar, mit einer anderen *Decodierung*, das gefällt ihm, je mehr er darüber nachdenkt.

Kulissenwechsel, hatten er und Manuel die Wende genannt, neunundachtzig die halbe Bühne, zweiundneunzig die ganze. Lew war sich vorgekommen, als würde jemand um ihn herum die Welt abbauen, auf Lastwagen

verladen und abtransportieren, um anschließend neue
Wände hochzuziehen, neue Straßen zu bauen und die
Bäume mit neuen Farben anzumalen, mit helleren zwar,
aber mit fremdartigen. Und auch die Sprache veränderte
sich, Wörter, die zu seiner Kindheit gehört hatten, verschwanden allmählich, und in die Gaststätten, die bisher
Kesselgulasch mit Salzkartoffeln angeboten hatten, zogen nach und nach Salat und Olivenöl ein. Nudeln hie-
ßen Pasta und kamen aus Italien, und die Brüder schwie-
gen darüber, dass es lange vor neunundachtzig schon
sechsundsiebzig gegeben hatte und dass sich schon einmal alles geändert hatte, damals von einem Tag auf den
anderen.

Lew denkt an Rajesh, an seinen Blick, als er am Abend
an der Straße gestanden und hinuntergesehen hatte auf
die Bürotürme der Stadt, und nun weiß er, was ihm aufgefallen war an dem Jungen, für eine Sekunde, einen
winzigen Augenblick: Als Rajesh vergessen hatte, dass er
nicht allein war, hatte Lew gesehen, wie schmerzlich der
Junge seine Eltern vermisst. *Your father is waiting for
you down there*, hatte der Junge gesagt, für ihn war es
keine Frage gewesen.

Er hätte Rajesh erzählen können von den beiden *Germany*, nicht von der Grenze, auf die er nur ein einziges Mal einen Blick geworfen hatte, sondern von einem neunjährigen Jungen auf dem Weg zu seinem ersten
Wettkampf, als er im Bus hatte mitfahren dürfen, durch
die halbe Stadt, die Tasche mit den neuen Sportsachen
auf dem Schoß fest umklammert.

Vom Stolz dieses Kindes auf seinen ersten Sieg und von der Härte, mit der die anderen Kinder darauf reagiert hatten, in der Umkleidekabine, danach. Wie sie leichtes Spiel gehabt hatten mit dem schmächtigen Jungen, der in Staatsbürgerkunde auf die wenigsten Fragen eine Antwort wusste und in Mathematik kaum den Stand der zweiten Klasse vorweisen konnte, aber in der Schwimmhalle allen davonschwamm. Der besser vom Turm wegkam als sie alle und höher absprungen und leiser eintauchen konnte, gleich beim ersten Mal.

Was hätte Rajesh wohl dazu gesagt, dass Lew Bergmann keinen Schritt mehr allein auf der Straße machen durfte, sondern einen Fahrer bekommen hatte, der Hanno hieß und der ihn in einem schwarzen Wagen zum Unterricht brachte und abends von der Schwimmhalle abholte? Wahrscheinlich hätte er gestaunt, so wie Lew anfangs gestaunt hatte, als Hanno den Motor startete und losfuhr und es so still war, dass die Bäume draußen vorbeizuschweben schienen.

Lew war ein bisschen übel geworden von der ungewohnten Fahrt, und er hatte sich geschämt und Hanno gebeten, das Auto ein paar Straßen von der Schule entfernt zu parken, damit er verschwinden könnte zwischen den anderen Kindern, die zu Fuß unterwegs waren, so wie früher.

Aber Hanno hatte nichts davon wissen wollen, und das war gut so, denn eines Tages war Hanno nur ein paar Minuten zu spät an der Schule, und der Größte aus der Schwimmergruppe hatte Lew abgepasst und ihm die Nase gebrochen, mit dem Knie, während die anderen

Kinder Lews Arme hinter dem Rücken festhielten und nicht aufhörten, obwohl seine Jacke längst voller Blut war.

Hanno hatte ihn in die Klinik gebracht und war bei ihm geblieben. Und Lew stellte sich vor, er würde beim nächsten Mal vom Turm springen und ins Wasser eintauchen, mit den Fußspitzen voraus, und einfach nicht mehr auftauchen, sondern immer tiefer und tiefer sinken, so als hätte das Schwimmbecken keinen Boden und würde endlos in die Erde reichen, und das Licht über ihm würde sich immer weiter entfernen und dämmrig werden und schließlich verschwinden, und dann wäre er eingeschlossen und gehalten zugleich vom Wasser, das immer wärmer wurde, je tiefer er sank, und er müsste nicht mehr atmen und nicht mehr gehen, er müsste nicht mehr an Land sein und könnte einfach dort unten bleiben, in Frieden. Dann gäbe es keine Angst mehr, und er könnte warten, bis die Mutti kam und ihn abholte, so wie die anderen Mütter ihre Kinder in den Gängen vor den Umkleidekabinen erwarteten.

Er hatte es ausprobiert, gleich am ersten Tag nach dem Krankenhaus.

Glücklich war er eingetaucht in das Wasser, glücklich darüber, dass es ihm sofort gelungen war, sie vor sich zu sehen und ihre Stimme zu hören. »Ich habe die Bahn verpasst, Lew«, sagte sie und richtete sich rasch vor dem Spiegel die Haare. Sie half ihm, die nassen Sachen in der Tasche zu verstauen, kniete sich nieder, um seine Schuhbänder zu richten, die er noch immer nicht selber einfädeln konnte, jedenfalls nicht in beiden Schuhen gleich.

»Lass uns nach Hause gehen«, sagte sie, und sie gingen an Hanno und seinem schwarzen Wagen vorbei zur Straßenbahnhaltestelle, und das Zuhause, von dem die Mutti gesprochen hatte, das war nicht mehr das Haus mit den riesigen Kohleöfen in jedem Zimmer und den Teppichen auf der Treppe, die jeden Schritt schluckten. Es war wieder die kleine Wohnung im vierten Stock, zweiter Hinterhof, Seitenflügel, mit der knarzenden Treppe, die jeden Besucher sofort verriet, und er teilte sich mit Manuel wieder dasselbe winzige Zimmer, und sie saßen beim Abendessen, und Manuel fischte die Kartoffelstücke aus dem Eintopf und Lew die Karotten, und die Mutti verzichtete auf ihre Bratwurst und gab ihren Jungs jeweils die Hälfte ab. Es gab keine Umkleidekabinen und keine Schwitzkästen, keine verschwundenen Pausenbrote mehr.

Aber auch keine Sprunggrube. Keine Anspannung, die ihm im Nacken kribbelte und bis in die Zehenspitzen zog, und er kannte auch die Ruhe nicht mehr, die einsetzte, sobald das Kribbeln nachließ und seine Füße die raue Oberfläche des Sprungbrettes berührten und er eins wurde mit seiner Bewegung, in die er hineinschlüpfte, um federleicht abzuspringen und ins Wasser einzutauchen, ohne jeden Spritzer. Und es gab keinen Hanno, mit dem er Karten spielen konnte und der ihm bei den Hausaufgaben half, der seit der Sache mit der Nase den schwarzen Wagen in einer Nebenstraße parkte, vor dem Tor auf ihn wartete und Lews schwere Schultasche trug. Der mit ihm die Allee hinunterging, an den blauen Blumentrögen vorbei, und der Einzige war, der Lews Tränen sah.

Für Hanno hatte er sich im letzten Augenblick vom Boden abgestoßen und war mit kräftigen Zügen wieder aufgetaucht, mit der letzten Luft, die er noch hatte, und Hanno hatte direkt am Beckenrand auf ihn gewartet.

Von all dem hätte er Rajesh erzählen können, und er steht auf und geht hinaus in die Mittagshitze, um nachzusehen, ob der Shop wieder geöffnet hat. Er überquert den noch immer verlassenen, staubigen Hof und sieht auf das Meer hinunter und auf den Strand, und er weicht dem flimmerndheißen Luftstrom nicht aus, der ihn augenblicklich trifft.

Und als er abermals das Wasser sieht und die winzigen Boote, die Häuserschluchten, die verdorrten Büsche an den rotschimmernden Abhängen und das Blau des Himmels, *an den Rändern ein wenig lichter*, da wird ihm klar, dass er diese Reise begonnen hat, um einem kleinen Jungen zu begegnen, der noch immer in einem längst verschwundenen Land hinter einer Mauer lebt und hoch oben auf einem Klettergerüst auf ihn wartet.

16

Die Bettwäsche riecht nach dem Weichspüler, den die Wäscherei verwendet, ein Geruch, der nicht passen mag zu den anderen um Ira herum, nicht zu den Kellergerüchen und den Lavendelsäckchen ohne Duft.

Er gehört nicht in das Haus, das dieselben Geräusche bereithält und dieselbe Kälte durch die Böden kriechen lässt wie immer schon. Seine Fenster lassen sich noch genauso schwer öffnen wie früher, und die Terrasse ist nach wie vor morgens glitschig von der Feuchtigkeit, die sich hält in der hauchdünnen Moosschicht auf den Platten.

Nur das Pflegebett hat eine weißglänzende Wunde in den Raum gerissen, die sich nicht wieder schließen wird, solange Cornelius nicht bereit ist zu gehen.

Er wollte es loswerden, dieses Haus, das angefangen hat, mit ihr zu sprechen. Einhundertsechsunddreißig Quadratmeter ist es groß, sie hat die Pläne gefunden und nachgemessen, vor wenigen Wochen erst, nachdem Cornelius zum ersten Mal den Wunsch geäußert hatte, es zu verkaufen, und von der *Schweiz* gesprochen hatte, immer wieder von der Schweiz, und Ira sich die Lippe blutig gebissen hatte und stumm geblieben war und in den Nächten danach nicht schlafen konnte.

Das Haus verkaufen, ja, in die Schweiz fahren, auf keinen Fall, immer im Kreis wanderten ihre Gedanken, und dann dachte sie darüber nach, warum Cornelius ihr das Haus nicht angeboten hatte, *warum will mir mein Vater sein Haus nicht geben?*, und sie stellte sich vor, darin zu leben, mit ihrem Kind, und ein Zimmer einzurichten für Fido, für seine Gitarren, seine Trommeln, seine hingekritzelten Noten, für seine Matte, auf der er schlief, nur kein Bett, nicht für Fido, der nichts braucht, auch kein Zuhause.

Und die Schweiz verschwand hinter den Plänen für neue Tapeten und neue Teppichböden und neue Fensterläden, für ein neues Klingelschild an der Haustür, für helle, warme Farben im dunklen Flur, und sie stellte sich vor, dass John dort im Garten spielte und ein kleines Beet bekam, und Fido könnte sich erinnern an seine Zeit in der Gärtnerei und es anlegen für ihn, und sie könnten gemeinsam Evis Bäckerei übernehmen und vielleicht nebenher abends Konzerte geben, und sie würde für Fido die Plakate kleben, und er würde John beibringen, Gitarre zu spielen.

Vögel bauen sich ein Nest, aus den Zweigen und Ästen, die sie finden, sie weben sie zu kunstvollen Gebilden, und sie polstern sie aus mit Gräsern und weichen Fasern, sie suchen sich windstille Plätze an Hauswänden und in

Hecken, und sie ziehen ihre Jungen dort groß, bis sie flügge werden und selber Nester bauen, an ebenso geschützten Orten.

Du brauchst ein Nest, hatte Evi gesagt und ihr eins gegeben, für sie und für das Kind. Und je größer ihr Bauch geworden und je näher die Geburt herangerückt war, desto feiner waren die Fäden geworden, die sie gesponnen hatte, um für John dieses Nest zu weben, das gebaut sein sollte aus neuen Geschichten und das ihn beschützen sollte vor den alten, die im Haus seines Großvaters unter den Tapeten lauerten.

Und John war zur Welt gekommen, und Ira hatte Stroh zu Gold gemacht, als Evi an ihm Fidos Nase erkannt hatte und seine Ohren, die sie erinnerten an winzige Schildkröten, und Ira nicht zugestimmt, aber auch nicht widersprochen hatte.

Und ein weiteres Mal hatte sie geschwiegen, als Fido das Kind in den Armen gehalten und nach seinem Namen gefragt hatte. »Such du einen aus«, hatte sie gesagt und seinem Blick standgehalten und über das Strahlen geweint, das sein Gesicht verzaubert hatte.

Sie hatte ihm für eine Woche und für einen Monat und sogar für ein halbes Jahr Platz gemacht in ihrem kleinen Zimmer, sie hatte ihn nachts aufstehen sehen, sie hatte ihn singen hören für John, und sie hatte seinen Abschiedsschmerz gesehen, als der Winter vorbei war und sein Koffer auf dem Treppenabsatz stand und John sich am Geländer hochgezogen hatte und seine Arme ausstreckte nach Fido, der ihn nahm und ihn hochwarf, wieder und wieder, so hoch er nur konnte.

Aber die Stürme des vergangenen Winters haben Iras Nestchen gebeutelt, sie haben gezogen an ihm und Zweige gebrochen. Regengüsse haben die weiche Polsterung mit sich gerissen, und von der Hecke, die einst schützend ihre Blätter hatte wachsen lassen, war nichts weiter übrig als nacktes, knorriges Astwerk.

Fido ist im Herbst nicht geblieben. Er ist zurück in den Süden gefahren, wo ihn die Stürme nicht erreichen, und Ira war wieder allein mit Evi und konnte die Augen nicht mehr verschließen vor Evis Gebrechlichkeit und der Unausweichlichkeit des Todes im Haus ihres Vaters.

Nichts hat geholfen, nichts hat etwas geändert, und nichts hält ihn mehr auf – ihre Hände nicht, und keines der Bücher, die sie studiert hat.

John hat gewartet, auf Evis Stufen vor der Bäckerei, eine Woche lang oder noch mehr, und dann ist er auf den Spielplatz gegangen und hat dort weitergewartet, und Ira wusste nicht, wie sie ihm sagen sollte, dass Fido nicht wiederkommt in diesem Jahr und dass er ihn nicht hochwerfen wird und nicht auffangen und dass er vielleicht nie wieder kommen wird, um ihn hochzuwerfen, weil es dort, wo er ist, jemanden gibt, bei dem er bleibt, und sie hat mit niemandem darüber gesprochen, nicht einmal mit Evi, weil da noch etwas anderes ist, etwas, wofür Ira ganz allein die Verantwortung trägt, nicht Fido, und auch keine andere Frau.

Sie ist zu weit gegangen beim Weben ihres Nestes, sie hat Zweige genommen von Bäumen in fremden Gärten. Weich sind sie gewesen und biegsam, die kleinen Lügen, die unausgesprochenen Worte, die Wochen, über die sie geschwiegen hat. Süß waren die kleinen Früchte im Sommer, so süß, dass sie selbst angefangen hat, daran zu glauben, und an Tadija hat sie gedacht und an seine Reise nach Deutschland und an Tadijas Entscheidung, bei Evi zu bleiben und Fido ein Zuhause zu geben, ohne seine Tochter, vielleicht kann es gehen, hatte sie gedacht und weitergewoben, vielleicht kann es gehen, *solange die Geschichte gut ist.*

Nichts verändert sich, hatte sie gedacht, als John geboren war, alles bleibt, wie es immer war, es kommt nur ein kleiner Mensch dazu, und er wird wachsen und groß werden, mit Evis Broten und sogar mit Tadijas Kuchen. Zwischen den glänzenden Teigmaschinen wird er sitzen und seine Hausaufgaben machen und aus demselben Radio Musik hören und denselben Weg in die Schule gehen wie wir, auf dieselben Bäume klettern, und an derselben Stelle am Fluss wird er schwimmen lernen, und alles, alles bleibt, wie es ist, und sie braucht sich nicht kümmern um das, was gewesen ist und kann die Türen verschlossen lassen.

Und dann dachte sie an Milena, die gewusst hatte von Fido und ihn trotzdem bei Tadija gelassen hatte, und an Evi, die geschwiegen hatte aus Liebe zu demselben Kind. Und sie dachte an Fido, der auf all seinen Reisen durch Europa nie einen Fuß setzt nach Serbien, obwohl es vielleicht das Dorf seiner Kindheit war, das er in sein Kasachstan verwandelt hat, weil es sich leichter an einen Ort sehnen lässt, der unerreichbar weit weg ist. Der ein Zugvogel geworden ist, weil er keine Wurzeln hat, und vielleicht hat sie sich nicht umsonst einen Zugvogel ausgesucht als Vater für John, gerade weil er ein Zugvogel ist und kein Haus braucht und keines will.

Wenn sie ihren schlafenden Jungen betrachtete, seine schwarzen Locken, die er nicht von Fido hat, dann dachte sie darüber nach, ob es richtig war, was sie getan hatte, und sie fand keine Antwort mehr. Stattdessen dachte sie an die weißen Flecken auf den alten Seekarten, die sie als Kind mit Fido zusammen studiert hatte, und dann endlich nahm sie ihre Jacke und schlüpfte in ihre Schuhe und ging mitten in der Nacht hinüber zu ihrem Vater.

Sie holte den Zweitschlüssel aus seinem jahrzehntealten Versteck am Kellerfenster, schloss auf und fand Cornelius in seinem Arbeitszimmer – wie immer –, mit einer Flasche Merlot – wie immer –, und wortlos nahm sie ihn in den Arm und weinte mit ihm, weil er keinen anderen Ausweg mehr sah, als ein Zugticket zu kaufen, um in einem Industriegebiet einen Becher Betäubungsmittel zu schlucken, *auf einer weißen Plastikliege*, weil er nicht sehen wollte, dass er eine Familie hat und nicht allein ist.

Und das war neu, weil es kein Schweigen mehr gab und weil das teerartige Gefühl in Iras Magengrube ausblieb, das sie verfolgt hatte, seit sie wusste, dass die Zeit mit ihrem Vater begrenzt ist.

Zum ersten Mal waren ihr in dieser Nacht die schäbigen Teppiche in seiner Wohnung aufgefallen und die abgestoßenen Ecken an den Möbeln, die durchgebogenen Regalböden, die Schreibtischunterlage mit dem Kalendarium von zweiundachtzig, sein Weinglas mit den aufgemalten Reben und der verfilzte Flokati auf der Rückenlehne des Sofas. Die Zeit ist stehengeblieben in diesen Wänden, kein Wunder, dass Cornelius in der wenigen Luft dazwischen nicht mehr atmen kann.

Sie zog die Schubladen auf und fand eine ganze Schachtel voller ungeöffneter Briefe und Rechnungen, und sie sah, dass er an einer Verfügung geschrieben hatte, und las die Schweizer Adresse. Sie nahm den Brief und zerriss ihn. Er hob den Kopf und sah zu, wie sie die Schnipsel in den Papierkorb fallen ließ, und machte nicht einmal den Versuch, sie davon abzuhalten.

»Wie soll es jetzt weitergehen?«, fragte er tonlos.

»Ich begleite dich«, sagte sie, und in dem Moment, in dem sie es aussprach, wurde ihr klar, dass es nie um etwas anderes gegangen war. *Wir begleiten einander.*

»Lass uns reden«, sagte sie, »solange noch Zeit ist«, und er sank auf seinem Ledersofa zusammen, als wäre nicht nur jeder Widerstand aus ihm verschwunden, sondern auch jede Kraft.

Er deutete auf seinen Schreibtisch und auf seine Bücherregale, und er forderte sie auf, alles zu lesen, was sie fände, aber sie wollte seine Buchstaben nicht und seine Briefe, sie wollte seine Stimme hören und seine Worte.

Sie wollte, dass er mit ihr zusammen die Landkarte füllte, aber sie fand nicht den Mut, ihn zu fragen.

Morgen, sagte sie sich, morgen findet sich ein Augenblick, und dann gab es einen weiteren Tag des Schweigens, an dem Evi sie in der Bäckerei brauchte, und der Winter ging vorüber ohne einen einzigen Satz.

»Das Haus«, flüstert Cornelius, als sie endlich mit der Bettwäsche im Arm wieder bei ihm ist. »Merkst du es auch?«

»Es redet mit uns«, sagt Ira und beginnt, seine Decke frisch zu beziehen und sein Kopfkissen.

Seine Beine bewegen sich, als wollte er aufstehen. Sie hält ihn zurück und bemerkt eine unbekannte Unruhe an ihm. Er ist schmal geworden in den letzten Tagen und leicht, so leicht, dass sie keine Mühe hat, ihn zu halten. Seine Augen sind matt, und sein Gesicht ist grauer als gestern.

»Es redet mit mir«, sagt Cornelius und blinzelt und versucht sich aufzusetzen, so plötzlich, dass Ira erschrickt und ihn gerade noch festhalten kann, bevor er fällt.

»Ich bin bei dir«, sagt sie, immer wieder, und sie erinnert sich an das, was die Sterbebegleiterinnen ihr gesagt haben, über die Rastlosigkeit, die kommen kann, und über die Schwere, die da lastet, auf dem Körper und auf der Seele. Sie legt ihn zurück auf sein Kissen und hält ihn, damit er sich nicht verletzt. Sie will nach dem Telefon greifen, um Evi anzurufen, damit sie ihr hilft, aber Cornelius stößt dagegen, und es fällt unter das Bett, unerreichbar für Ira, die ihn nicht loslassen will.

Und so nimmt sie das Rosenöl, um seine Schläfen zu massieren, und danach seine Arme und seine Schultern. Er lässt die Berührung zu und lässt sich führen.

»Ich kann mich spüren, wenn du das machst«, flüstert er und entspannt sich, und seine Finger entkrampfen und sogar seine Beine, und Ira wagt, ihn aufzudecken und ihm seinen verschwitzten Schlafanzug auszuziehen und seinen hageren, gelblichen Körper zu berühren, während sie zusehen kann, wie sein Gesicht friedlicher wird und auch die Unruhe nach und nach weicht.

»Wo bin ich?«, flüstert er und sucht nach Ira, um sich an ihr festzuhalten.

»Du hast dich auf den Weg gemacht«, sagt sie, »und ich werde bei dir bleiben, bis du angekommen bist.«

Und als sie aufblickt, bläht sich die Gardine an der Tür zum Garten, so als wäre eben jemand hinausgegangen auf leisen Sohlen, und als sie hinaussieht, kommt es ihr vor, als würde jemand neben der Forsythie stehen, und er trägt ein Hemd wie ein Reisender aus ihren Kinderbüchern, wie ein Forscher und ein Ruheloser, und sie erkennt ihn, als er die Hand hebt und grüßt, und daran, wie er sich abwendet und zwischen den Büschen verschwindet, nur die Zweige bewegen sich noch, weil der Wind stärker geworden ist und sie schüttelt.

17

Jemand berührt ihn am Arm. Es ist Simran, die Nachricht hat von Rajesh und seinem Onkel. Unterwegs sind sie, im Nachbardorf, auf der Suche nach einem Ersatzteil für das Motorrad, sie werden den Laden geschlossen lassen und für einen ganzen Tag auf die Einnahmen verzichten. Am Abend wollen sie zurück sein, spätestens, und morgen wird er dann fahren können zu seinem Vater. *He is waiting for you, we know.*

Sie bleibt bei ihm und sieht mit ihm zusammen auf das glitzernde Wasser, und wie sie dasteht, mit verschränkten Armen, den Blick weit in die Ferne gerichtet, da erinnert sie ihn an Ira, die genau so neben ihm gestanden hatte, im Sommer neunundneunzig, auf dem Dach einer stillgelegten Fabrik.

»Was siehst du, wenn du da runterschaust?«, hatte sie gefragt und auf die verlassenen Gebäude gezeigt, die früher einmal zu einer Textilfabrik gehört hatten, bevor die Produktion zuerst in den Osten und dann nach Asien verlegt worden war.

»Mauern«, hatte Lew geantwortet, »Dächer, durch die es hineinregnet. Zerbrochene Scheiben, unbeheizbare Räume. Industrieschrott und wahrscheinlich verseuchte Böden.«

»Ich sehe die Menschen, die hier gearbeitet haben«, hatte Ira gesagt.

»Our garden«, sagt Simran auf Lews Frage nach einem ruhigen Ort und schließt ihm die Tür auf. Noch bevor er hinausgesehen hat, stellt er sich so etwas wie einen Park vor, mit *landestypischer Bepflanzung*, mit angelegten Beeten oder wenigstens mit Rasen, aber alles, was er vorfindet, ist ein sandiger Innenhof, dessen Zentrum aus einer brüchigen Betonplatte besteht, direkt auf den staubtrockenen Untergrund gegossen.

In der Mitte ragt ein Metallrohr aus der Platte, die Öffnung von Rost zerfressen. Jemand hat trockenes Laub und ausgebleichte Plastiktüten zusammengefegt. Ein kleiner Haufen in einer Ecke ist geblieben, das meiste hat der Wind wieder gleichmäßig über die Fläche verteilt. Außer winzigen Schösslingen und einem dornigen Busch gibt es in diesem *garden* nichts, das die Bezeichnung rechtfertigen würde.

Über den Zugang zum Guesthouse ist eine Pergola gebaut, an den Trägerpfosten sind Tröge aufgestellt. Vertrocknete Stängelreste rollen sich darin ein. Lew ertappt sich bei dem Gedanken an Maße, Pflanzenkübel, eine Bewässerungsanlage und eine Kalkulation für die Kosten. Er geht den Innenhof ab und ist schon mitten in der Planung, als ihm einfällt, dass er die örtlichen Preise nicht kennt und nicht genug über das Klima weiß, um geeignete Pflanzen auszusuchen. Und dass er kein Fahrzeug hat und nicht wegkommt von hier.

Lews Blick fällt auf ein rostiges Kinderkarussell – es lehnt an einer in Rosa gestrichenen Wand, ein Rosa, das ihn an seine erste Wohnung im Westen erinnert, in Süddeutschland, dort war das Bad in so einem Rosa gekachelt.

Er geht hinüber, legt eine Hand auf das warme Metall und lächelt. Als er klein war, hatten seine Hände den ganzen Tag nach warmem Metall gerochen und nach den Lackstückchen, die in den kleinen Kuhlen zwischen den Fingern kleben geblieben waren.

Das Klettergerüst. Es verfolgt ihn also auch tagsüber. Er lässt seine Hand liegen, besieht sich das Karussell von allen Seiten. Er zieht ein wenig und ist verwundert darüber, wie leicht es ist.

Die vier Arme, an denen die kleinen Sitze montiert sind, scheinen festgerostet zu sein, er rüttelt an ihnen, aber nichts bewegt sich. Lew kann das Karussell in die Senkrechte bringen, so dass es aussieht wie ein Stern, der ihn auf seinen Zacken begleitet. Er rollt es in die Mitte des Hofes, immer von einer Sternzacke zur anderen. Dort lässt er es vorsichtig ab und betrachtet es näher. Die Trägerarme sind sehr gut erhalten, und auch die Mechanik ist nicht verbogen, wie er zuerst vermutet hat, sie ist nur voller Sand und kleiner Steinchen. Er beginnt, sie herauszusammeln.

Er bleibt nicht lange unbeobachtet.

»It's a carousel«, versucht er zu erklären, als er in fragende Gesichter schaut, und zeichnet ein Karussell in den Sand. Der erste Zuschauer versteht und wundert sich, und Lew zeigt ihm die Konstruktion, die der andere ein *merry-go-round* nennt, »for children«, und dann geht er los und kommt mit einem Schraubenzieher zurück, einem öligen Lappen und Schleifpapier.

»You will need that«, sagt er und setzt sich abwartend in den Schatten.

Lew betrachtet den Mann, er betrachtet seine Finger, die schwarz sind vom Schmieröl, er sieht das Werkzeug, den Holm, die verrosteten Achsen, er fragt nach einem Besen und macht sich an die Arbeit. Er fegt den Betonboden und befreit ihn vom Staub, damit die Sandkörner sich nicht wieder hineinsetzen können in die Stellen, die er später frisch schmieren muss. Er legt sich das Werkzeug zurecht und überdenkt noch einmal alles, damit er nicht wieder von vorn beginnen muss, weil er eine Kleinigkeit übersehen, einen Arbeitsschritt nicht ganz durchdacht hat. Er wird drei Stunden brauchen, vielleicht vier, das muss reichen, er wird gegen die Hitze arbeiten müssen, genügend zu trinken braucht er, und irgendjemand muss ihm Lack besorgen und Rostschutz und am besten neue Pinsel dazu, es gibt viel zu tun.

Die Köchin kommt und schenkt ihm neuen Tee ein, und sie fragt, was er gerne zum Dinner hätte. Es gibt Reis und gedämpftes Gemüse oder Reis mit einem Linsengericht, er darf wählen.

Sie zeigt auf das Karussell und erzählt ihm, wie sie als Kind damit gefahren ist, *long ago*. Mit der Hand zeigt sie, wie groß sie gewesen ist, und sie muss sich sehr weit hinunterbücken. So lange steht es schon in der Ecke?

Long ago, yes.

Lew bestellt sein Essen, und sie geht zurück in die Küche. Er nimmt sein Werkzeug in die Hand und beginnt. Hartnäckige Roststellen und aufgeplatzter Lack, und nach wenigen Minuten kommt es ihm so vor, als sei er zu Hause bei *Bergmann&Bergmann* und der *garden* und das Karussell wären ein Kundenauftrag, Fertigstellung am Abend.

Bald hat er Nackenschmerzen, und das neue Wort ist ein Wort, das sich in seinem Kopf so verhält, wie es klingt, *merry-go-round*. So wie es viele englische Wörter gemacht haben, die Lew nach neunundachtzig gelernt hat, zuerst mit einem Wörterbuch und danach für den Studienplatz in einem Vorbereitungskurs.

Er schleift kinderarmdicke Stahlrohre ab. An den Befestigungen für die Sitze hat er begonnen, jetzt will er kein Stückwerk hinterlassen. Nur schwer löst sich der Lack, wer weiß, wie alt er ist und wie schädlich es sein könnte, den Staub einzuatmen. Unter der ersten Lackschicht tritt eine zweite zutage, jemand hat die ursprünglichen Schraubverbindungen überlackiert und verdeckt, er hätte sie ohne sein gründliches Vorgehen nie gefunden.

Schweiß rinnt ihm in den Nacken und in die Augen, er reibt ihn mit dem Zipfel seines Hemdes vorsichtig weg, dann zieht er es aus und arbeitet mit nacktem Oberkörper weiter, und er spürt die Sonne direkt auf seiner Haut, wie ein wohliges Umfasstwerden fühlt sich das an, trotz der Hitze, so als stünde jemand ganz dicht bei ihm und hielte ihn.

Am Flussufer mit Ira. Ein Bierkasten im Wasser, eine leere Zigarettenschachtel mit einer Schnur daran befestigt, Münzen klirren, wenn einer kommt und sich eine neue Flasche holt.

Tagwarme Steinstufen, Iras Arme um ihn und ihre sonnenduftende Haut, ihre hellen Haare zu einem raspelkurzen weichen Flaum geschnitten, ihre Augen voller Lachen. *Kennst du eigentlich Fido? Der spielt da drüben mit den anderen Gitarre.*

Rotwein, direkt aus der Flasche, den Korken hineingedrückt, und Flecken auf dem Hemd, später Bratwurst von der Imbissbude, *stell dich nicht so an, Lew, probier doch mal Pommes mit Mayo.*

Manuel war da, mit der neuen Freundin, eine wollene Decke hatten sie gemeinsam auf den Boden gelegt an eine Stelle, an der es keine Ameisen gab und keine weggeworfenen Kippen. Eine Kühltasche hatten sie dabei und Prosecco in blauen Flaschen.

»Was machen wir mit dem Kunden, Lew, du weißt schon, der mit der Fabrik?«, fragte Manuel und hatte sogar eine

Mappe mitgebracht, Ausschreibungsunterlagen. »Schau dir das mal an.«

Iras kalte Hände in seinen, *ich muss dich mal kurz loslassen*, ein schneller Blick auf die Zeichnungen, da sind noch Fehler drin, ganz falsch gedacht das Ganze, das kann doch nicht wahr sein, wie schnell soll das gehen, so funktioniert es nicht, sprich mit dem Bauamt, Manuel, das Projekt ist an keiner Ecke zu Ende gedacht.

Ich geh mal rüber zu Fido, ja geh nur, wir sind hier gleich fertig, ich hol dich ab, ich seh dich ja von hier aus, nimm meinen Pullover, damit du nicht frierst.

Fido spielte *Billie Jean*, ein Mädchen tanzte eng umschlungen mit einem Jungen.

Als es Nacht geworden war dann der Vorschlag von Manuel, noch in den Klub zu gehen, *die spielen da House*, und Manuels Freundin hatte schon die Decke zusammengefaltet und über die Kühltasche gelegt, bevor sie gemeinsam zum Wagen gingen, Hand in Hand, die wärmeren Jacken holen.

Komm, wir begleiten die beiden, Ira, zwei, drei Stationen mit der Bahn, und Iras rasches Kopfschütteln, ihr beinahe unmerkliches Zurückweichen, *nicht dorthin, wo so viele Menschen sind.*

Ihre Arme um seinen Nacken geschlungen, ihr Körper ganz dicht bei ihm, *halt mich fest, Lew*, ihre Finger an seiner Gürtelschnalle: *Lass uns hierbleiben, Lew, küss*

mich, lass die beiden gehen, hast du das schon mal ge-
macht, Lew? Unter freiem Himmel, mitten in der Stadt?
Komm, hier ist der Boden ganz weich – ihre Lippen auf
seinen, und sie zittert, nicht mehr nur wegen der Som-
merabendkühle.

Drei Stunden sind eine optimistische Schätzung gewesen,
er hat noch nicht einmal die Hälfte bewältigt in der Zeit.
Aber Obst hat er bekommen, und immer war jemand da,
der eine Flasche Wasser dabeihatte und für eine kurze
Zeit mithalf. Am Nachmittag hat er das Karussell endlich in seine Einzelteile zerlegt und geschliffen.

Aber da ist noch der Kern des Ganzen, die Drehmecha-
nik. Sie scheint festzusitzen, und sosehr er auch hebelt
und arbeitet, sie lässt sich weder öffnen noch in Bewegung setzen. Seine Arme schmerzen, und in seinem Kopf
beginnt es zu pochen. Er versteht das Konzept nicht,
kommt nicht hinter die Konstruktion der Mechanik.

Mit Ira auf Reisen, nur mit dem Auto, keinesfalls mit
dem Zug, nie mit dem Flugzeug. *Ich steige nicht ein in
etwas, das sich bewegt und das ich nicht selber lenken
kann, Lew.*

Ganze Tage im Hotel, im Zimmer, im Bett, nur zum
Essen in den nächsten Laden, mit Plastiktüten voller
Käse und Brot wieder zurück, *wozu Essen gehen, Lew.*

Den Eiffelturm nicht gesehen in Paris und in Barce-
lona nicht am Meer gewesen, in Amsterdam nur für Minuten unten am Wasser, *bitte kein Boot Lew, lass uns
lieber noch was zu rauchen suchen.*

Nur einmal, in Lissabon, da hatte er sie in einem winzigen Café in der Alfama gefunden, die Arme bis zu den Ellbogen im Teig, vertieft in das Lernen unbekannter Begriffe für die Zutaten, *ein neues Rezept für Evi.*

Ob es die Bäckerei noch gibt? Mit ihrem winzigen Sortiment und den leeren Regalen schon am Nachmittag? Wahrscheinlich nicht. Er hatte versucht, Evi davon zu überzeugen, sich zusammenzuschließen mit anderen Bäckereien, am besten sollte sie das Konzept einer der neuen Ketten übernehmen. Aber er war auf taube Ohren gestoßen. Als der Supermarkt aufgemacht hatte, direkt um die Ecke, hatte er für Evi einen ganzen Ordner mit Zahlen zusammengestellt, hatte ihren Umsatz genau analysiert und ihr höchstens noch ein halbes Jahr gegeben. Aber Evi hatte sich nur höflich bedankt und den Ordner in eine Schublade hinter der Theke gelegt. Dann hatte sie ihm einen Kaffee eingeschenkt, ein Stück Zuckerkuchen für ihn abgeschnitten und einen Löffel Apfelmus mit einem Klecks Sahne darauf gegeben. Sie hatte ihn gebeten, zu probieren und ihr zu sagen, wie es ihm schmeckte, und er hatte das ganze Stück aufgegessen, und es war köstlich gewesen.

»Das ist es, was zählt, Lew. Solange die Leute meine Kuchen wollen, so lange schließe ich morgens auf. Und so lange stelle ich mich Nacht für Nacht in meine Backstube. Egal, ob da drüben nur ein einziger Supermarkt aufmacht oder gleich hundert.«

»Du denkst zu viel«, hatte Ira gesagt und die Arme ausgebreitet, zwischen Evis Theke und den Brötchenregalen.

»Siehst du«, hatte sie gesagt, »ich kann mit meinen Fingerspitzen die Wand berühren und gleichzeitig die Kasse bedienen. Und genau so viel Platz braucht Evi. Nicht mehr.«

Lew legt das Werkzeug ab und steht auf, seine Beine sind eingeschlafen, und er muss sich abstützen, um nicht zu fallen. Er braucht eine Pause, aber davor könnte er noch kurz ausprobieren, ob er auf der richtigen Spur ist oder ob seine Arbeit, die Arbeit eines ganzen Tages immerhin, womöglich umsonst gewesen ist. Er hebt das Karussell auf den eben erst entrosteten Holm, lässt es einrasten, tritt einen Schritt zurück.

Und tatsächlich: Mit einem trägen Quietschen setzt sich das alte Ding in Bewegung, für eine halbe Umdrehung.

Lew schiebt, er zieht, er setzt es ab und noch einmal neu auf, aber es gibt keinen ersichtlichen Grund, warum das Mittelstück nur eine halbe Umdrehung zulässt. Er hat doch alles gesäubert und gangbar gemacht, jede Schraube einmal heraus- und wieder hineingedreht.

»You repair?«, hört er eine Stimme, und als er aufsieht, ist es tatsächlich Rajesh, der vor ihm steht.

»Allerdings«, sagt Lew. »I repair.«

Rajesh kommt näher, zieht mal hier, mal da. Warum er das gemacht hat, will er wissen, den ganzen Tag in der Sonne zu stehen, mitten in all dem Staub?

Der Junge begutachtet das Werkzeug und lässt sich erklären, was der Gärtner aus Europa sich bei diesem gedacht hat und bei jenem. Und dann beugen sie sich gemeinsam über das Mittelstück, Rajesh berührt es nur, während Lew ihm auf Englisch versucht zu erklären, was ein Kugellager ist und wo der Fehler vermutlich stecken könnte.

»You need coke«, sagt der Junge, ohne die Hand wegzuziehen.

Lew lehnt dankend ab. Durstig ist er nicht, aber hier, hier ist eine Naht, vielleicht müssten sie ja nur hinübergehen zum Shop und nach etwas suchen, womit sie die Naht öffnen könnten?

»You need coke«, wiederholt Rajesh entschieden und wühlt in seiner mitgebrachten Plastiktüte. Dann zieht er eine Dose Cola hervor, öffnet sie und gießt den Inhalt über das verkantete Mittelstück, ohne auf Lews Proteste zu achten.

»You wait«, sagt Rajesh, und zeigt auf das Karussell. »You repair.«

Es ist rasch dunkel geworden. Lew hat sich noch nicht gewöhnt an den frühen Sonnenuntergang und den schnellen Einbruch der Nacht. Der Schein der Neonröhre im Aufenthaltsraum fällt in einem hellen Rechteck neben ihm auf den Betonboden. In der Tür taucht die Köchin auf und hält zwei Teller in der Hand. »Dinner«, sagt sie, und stellt die beiden Teller auf das Mäuerchen.

»My aunt«, sagt Rajesh und nimmt sich das dampfende Brot, taucht es in den golden schimmernden Linseneintopf, schiebt ein wenig Reis mit den Fingern seiner rechten Hand dazu und beißt ab.

Lew lehnt sich an die Wand und gibt der Erschöpfung nach. Er kann den Jungen noch darum bitten, ihm seinen Teller zu geben, aber darüber hinaus fehlt ihm jede Vokabel.

Rajesh setzt sich auf die kleine Mauer und fördert weitere Getränkedosen zutage. Ein Bier für Lew, eine zweite Cola für ihn selbst. Egal wo Rajesh ist, er sieht immer so aus, als würde er in diesem Augenblick genau dort hingehören. Hineingeworfen in sein Leben.

Braune Flüssigkeit tropft auf die Betonplatte und bildet blasige Rinnsale, die sich ihren Weg durch die groben Furchen suchen, bevor sie im Sand versickern.

»You see«, sagt Rajesh und steht auf.

Seine Hand liegt auf einem der vier Holme, und er beginnt sachte, das Karussell zu drehen. Knarzen, Knirschen, eine halbe Umdrehung, ein hohes Quietschen: die ganze.

»Coke«, sagt Rajesh ernst. »Coke is always helping.«

18

Cornelius Keppler kann sie hören, er kann hören, wie die Zeit verstreicht. Er kann seinen Atem hören, so als wäre er tief in seinen Körper eingedrungen, und auf dieselbe Weise kann er seinen Herzschlag hören und das Blut, das in seinen Adern fließt. Wenn er den Arm nicht bewegt, spürt er die Haut nicht mehr, dann verschwindet seine Oberfläche, seine Grenze löst sich auf, und seine Hand fühlt sich an, als wäre sie unendlich groß und unendlich klein zugleich. Sie liegt schwer auf seinem Bauch, sobald jemand sie dort hingelegt hat, oder sie hängt aus dem Bett hinaus, wenn niemand bemerkt hat, dass sie hinuntergerutscht ist. Seine Beine sind vor ein paar Tagen schon verschwunden, seine Zehen weit weg, vielleicht ins andere Zimmer gewandert.

Unruhig ist er, aufstehen würde er gern, aber er hat vergessen, wie das geht. Oben hört er die Schritte seiner Eltern, dann ist der Vater auf der Treppe, den kann man nicht überhören, der poltert sogar in Pantoffeln, als hätt' er Soldatenstiefel an den Füßen. Der hat seine Zehen in Russland verloren, immerhin weiß er, wo sie geblieben sind.

Rumänisch spricht Ada mit ihm, das ist die, die immer ja, ja sagt. Versteht er, es ist wie Latein. Rutscht in seinen Kopf, die Sprache, er versteht, was sie sagt. Sie telefoniert mit ihrer Cousine, während sie seine Medikamente richtet. Versteht er. Versteht alles, was sic sagt. Zufrieden ist sie, sagt sie, glücklich mit den Alten in Deutschland. Nein, sagt sie in ihr Telefon, die Arbeit ist nicht zu schwer, und lange dauert sie sowieso nicht, die sterben schnell.

Dieser hier allerdings nicht, sagt sie. Der krallt sich fest. Klammert. Der will nicht. Der hat noch was zu erledigen. Wenn du mich fragst, sagt Ada, dann hat der Angst davor, dass hinter der Grenze der Teufel auf ihn wartet.

Cornelius Keppler hört zu, lässt sich davontragen und schwimmt mit auf den rumänischen Sätzen, die Donau hinunter ins Schwarze Meer, und da wartet ein Schiff auf ihn, und der Fährmann verbirgt sein Gesicht unter einer Kutte und akzeptiert seine Münze nicht. Stößt sein Boot vom Ufer und lässt ihn zurück.

Groß ist sein Mädchen geworden, denkt er, groß ist es und hat schon ein eigenes Kind. Trägt die blonden Haare kurz, früher sind sie lang gewesen und weich, und er hat sie gebürstet, als er sie noch bürsten durfte. Er hat Haarspangen gekauft und vor dem Spiegel mit seinem Kind probiert, wie sie am schönsten aussahen. Er hat Musik gehört mit seiner Tochter, und Wandern ist er gewesen, deutsches Mittelgebirge, alles hat er ihr gezeigt. Hat sie auf Holzstapel gesetzt, wenn sie nicht mehr konnte, und das Auto hat er geholt, damit sie nicht mehr laufen musste, und Bockwurst hat er ihr gekauft, mitten in der Nacht, von der sie sich übergeben hat, wenn sie zu erschöpft war, um noch zu essen.

Groß ist es geworden, sein Kind, und einen Verband hat es an der Hand, was ist passiert?

Und wieder sind da die Schritte seines Vaters, er hört den Alten die Treppe herabpoltern, selbst in Pantoffeln bringt er es fertig zu poltern.

Die Wohnungstür will er verschließen vor dem Alten, er muss aufstehen und hinaus in den Flur, aber da setzt sich das Kind an sein Bett und hält ihn zurück.

»Ich bin bei dir«, sagt das Kind, »wenn du Angst hast, bist du nicht allein. Ich kann sehen, was mit dir geschieht. Ich bin bei dir.«

Nein, will er sagen, und weiß nicht, wie es geht, nein, die Tür muss verschlossen werden, damit der Alte draußen bleibt, damit er mich nicht sieht, ich habe keine Hosen an und stehe halb entblößt im Flur, er darf mich nicht so sehen und das Kind auch nicht. Keinesfalls das Kind. *Nicht Ira.*

Im dunklen Flur steht er, mit einem Buch im Arm, erschrocken vor jedem Geräusch. Er trägt nur eine Hose, obwohl es kalt ist. Ungewöhnlich kalt.

Er hat darüber nachgedacht, die Heizung anzumachen, aber davon Abstand genommen, weil er nicht mit dem Alten hat streiten wollen um ein paar Pfennige für das Heizöl.

Das Kind schläft. Er hat nach ihr gesehen, Ira schläft. Tief und fest. Jutta wird nicht nach Hause kommen, Jutta ist im Schneideraum für ihre Gorleben-Reportage.

Er horcht. Die Schritte des Alten auf der Treppe. Er hat seinen Bildband im Arm, ist auf dem Weg zum Bad. Er hält den Atem an. Ein leises Rascheln begleitet das Schlurfen. Er hört ein Klicken, das muss der Schalter für die Außenbeleuchtung gewesen sein. Jemand öffnet kurz darauf die Haustür.

Der Alte macht seine Abendrunde, normalerweise geht er direkt danach ins Bett. Er kommt nicht vorbei. Für heute habe ich meine Ruhe. Heute will er nichts mehr von mir. Heute nicht.

Er wartet. Er lauscht. Der Alte sperrt sogar zu. Ein Schlüsselbund klirrt. Anschließend Schlurfen auf der Treppe, das Klappen der oberen Wohnungstüre, dann Ruhe.

Er geht zurück in sein Arbeitszimmer. Das Herz schlägt ihm bis zum Hals.

Rotwein.

Über das mondsilberne Wasser gleitet das Boot, es kommt zurück ans Ufer, nimmt neue Fahrgäste auf. Einer nach dem anderen bezahlt und steigt ein. Alte Menschen sind es, Männer und Frauen. »Du nicht«, sagt der Fährmann und weist flussaufwärts, dort gibt es Bäume und eine Bank, »dort ist dein Platz.«

Zuerst zieht er zusätzlich zur Jalousie die Vorhänge zu – dann legt er endlich den Band mit den wundervollen Schwarz-Weiß-Fotographien, den er die ganze Zeit über im Arm gehalten hat, mitten auf seinen Schreibtisch. Neben Platon, neben Aristoteles, neben Cicero und Ovid.

Er schämt sich nicht dafür, dass sich die richtigen Seiten wie von selbst öffnen.

Mit den Fingerspitzen fährt er über das Papier.
Wie warm das Buch geworden ist in seinen Armen. Fast so warm wie ein lebendiges Gegenüber.
Sein Finger kommt am Rand der Seite an, in der unteren Ecke. Cornelius blättert um. Er sieht nicht hin, sondern zögert den Moment hinaus.

Er gießt sich ein Glas Merlot ein.

Er trinkt das Glas in einem Zug leer, und ein neuer Gedanke kommt ihm: Der ganze Abend liegt vor ihm, der Alte ist ungewöhnlich früh draußen gewesen, vielleicht wegen der Kälte.

Er könnte das Risiko eingehen.

Sich nicht ins Bad schleichen wie ein kleiner Junge, keine schnelle hastige Sache auf dem Badvorleger, kniend, das Buch vor sich und den Waschlappen griffbereit.

Er holt das Olivenöl aus der Küche.

Er deckt die Schreibtischlampe mit einem Tuch ab, rückt den Stuhl zurecht. Gießt sich Wein nach. Wirft einen ersten Blick auf das Bild. Sein Bild.

»Lass dir Zeit.«

Er merkt, wie er den letzten Satz flüsternd zu sich selbst gesagt hat, und spürt in seiner Hand die Wirkung seiner Worte. Er wiederholt sie, halblaut, gibt ihnen ein wenig mehr Schärfe und Bestimmtheit: Nutz die Zeit. Verschaff dir mehr. Zögere es hinaus, mach es besser. Länger. Du weißt, was du zu tun hast.
Dazu muss er nun doch ins Bad.

Vorbei am Kinderzimmer.
Die Tür. Schließ die Tür.
Ira schläft.

Er stellt das Weinglas auf die Waschmaschine und beginnt, sich auszuziehen. Sorgfältig wäscht er seine Hände und danach seinen Körper. Er spürt die spitzen kleinen Barthaare, als er mit dem Seifenstück in der Hand darüberfährt, wäscht seine Achselhöhlen, den Bauch nur oberflächlich, alles andere, ohne genau hinzusehen. Nachher.

Der Allibert beschlägt und versteckt sein Spiegelbild. Froh darüber, sich frei bewegen zu können und den Blick in den Spiegel nicht vermeiden zu müssen, greift er nach dem Wasserhahn, dreht ihn auf, wäscht sein Seifenstück ab, legt es weg und sammelt das Wasser in seinen Händen. Er spült sich das Gesicht ab und nimmt anschlie-

*ßend einen langen Schluck aus der hohlen Hand. Für sei-
nen Körper verwendet er einen Schwamm, einen echten.
Hart und kratzig liegt er in seiner Hand und verwandelt
sich warm und weich unter dem Wasserstrahl. Sanft löst
er den Seifenschaum überall von seinem Körper.*

*Er trocknet sich ab und schlüpft in seinen Morgenman-
tel. Direkt auf seiner Haut ist der glatte Stoff kühl, die
Ärmel schimmern dunkelgrün.*

*Was du vorhast, Cornelius, das ist nicht richtig, das
weißt du? Das weißt du doch?*

*Es ist nicht Ira. Es ist nur ein Bild. Nicht Ira mit ihren
Käfern. Und ihren Locken. Mit ihrem Puppengeschirr
draußen im Garten unter dem Forsythienbusch. Nur ein
Bild. Ein Bild ist nicht verboten.*

*Darf man naschen, ohne Strafe? Darf man stehlen, ohne
Strafe? Du weißt, was ich meine, Cornelius, ich sehe es
an deinen weichen Knien, an den Schweißperlen auf deiner Stirn. Ich sehe, dass du verstanden hast.*

Das Boot ist schon wieder auf dem Wasser, ihm bleibt
nur, dem Pfad zu folgen, der schmal ist und steinig und
von Disteln gesäumt. Bei jedem Schritt das »Du nicht«
des Fährmannes, du nicht, du nicht. Der hier, der stirbt
nicht so leicht, der klammert sich fest. Und sein Kind ist
so groß geworden, dass es ein eigenes Kind hat, einen
Jungen, und er wandert und wandert am Fluss entlang
zu der Bank, die ihm angewiesen worden ist. Dort ist
dein Platz.

*Er denkt nicht mehr an sein Kind im Kinderzimmer
nebenan. Er denkt an das Öl, das er sich für die selte-
nen Abende aufhebt. Mit zitternden Fingern öffnet er
die Tür seines Schreibtisches und holt die kleine Flasche
heraus. Er dreht den Schraubverschluss auf und saugt
den scharfen Pfefferminzgeruch ein. Fünf Tropfen in die
linke Handfläche, das Fläschchen lässt er in Reichweite
stehen.*

Schwer sind seine Schritte, so schwer, als trüge er Blei an
den Füßen, als hätte er einen Wackerstein im Gepäck. Du
nicht, du nicht – und als er aufblickt und sich umsieht,
hat er den Anleger nur um wenige Meter hinter sich gelassen.

*Er wirft einen raschen Blick auf sein Bild. Eine un-
scheinbare Szene in einem Garten, eine Decke, auf der
ein Mädchen sein Puppengeschirr verteilt und Bären und
Püppchen dazu gesetzt hat. Die Tischdecke hat ein schö-
nes, ruhiges Muster aus verschieden großen Kreisen, die
ineinandergeschlungen sind.*

*Es ist eine kleine Kaffeekanne zu sehen, auf jedem Tel-
lerchen liegt ein Zuckerstückchen. In den Tassen ist eine
dunkle Flüssigkeit zu erkennen, vielleicht Saft oder Kinderwein.*

*Es ist nicht das Arrangement, das seinen Herzschlag be-
schleunigt, und nicht die beinahe vollständige Nacktheit
des Kindes, eines vielleicht fünfjährigen Mädchens in einem Frotteeunterhöschen. Es ist der Blick, mit dem es
den Betrachter ansieht. Es ist die Hand, die es dem Fo-*

tographen entgegenstreckt, als Einladung, Platz zu nehmen und Teil zu werden.

Sie will, dass er sich zu ihr setzt. Sie.

Er löst den Knoten am Gürtel seines Morgenmantels, den er eben erst gemacht hat, setzt sich auf seinen Schreibtischstuhl, spürt das kalte Leder durch den dünnen Stoff und nimmt noch einen Schluck Wein, während er das Bild betrachtet.

Nicht Ira.

Die Disteln zerkratzen seine Knöchel, sie wachsen und strecken sich ihm entgegen, sie haben Dornen mit Widerhaken, und sie zerreißen seine Kleider, seine Hosen. Seine Schuhe hat er auf dem Weg verloren, er blutet an den Füßen und muss barfuß gehen, über spitzen Schotter, immer weiter auf dem Pfad, der sich am Fluss entlangschlängelt, den Weg, den der Fährmann ihm gewiesen hat.

Jetzt ist er es, nach dem die Kleine ihre Hand ausstreckt, er soll sich dazusetzen und vielleicht einen kleinen Schluck Kinderwein bekommen? Ein Zuckerstück essen? Ihm gilt der Blick – wie es schauen kann, das kleine Ding, und wie es noch immer schaut, als es ihm tatsächlich seinen kleinen Teller anbietet und ein Tässchen mit Kinderwein, und wie bestimmt sie dann von ihm verlangt, seinen Mund zu öffnen, damit es ihm sein Stückchen Zucker auf die Zunge legen kann!

Er entzieht sich der Kleinen ein wenig, damit sie sich anstrengen, ihm nachrücken muss. Das tut sie sogleich, auf allen vieren kommt sie ihm hinterher, lacht zuerst und schimpft ihn dann, wie vielleicht die Mutter mit ihr schimpft, wenn sie nicht tut, was von ihr verlangt wird. Das gehört unbedingt dazu: ihre schnellen kleinen Sätze, Worte, die er ihr in den Mund legt.

Auf Armeslänge ist die Bank herangerückt, und er sieht, dass der Baum ein Aprikosenbaum ist, wie er im Garten stand, bevor sein Vater ihn gefällt hat für die Terrasse, aber nicht nur Aprikosen hängen daran, auch Kirschen und Äpfel, und er merkt, wie durstig er ist. Seine Zunge liegt dick und geschwollen in seinem Mund, er hat keinen Speichel mehr, um sie zu befeuchten. Er greift nach dem Obst, nach den saftigen kleinen Früchten, aber er tritt auf der Stelle, sosehr er sich auch bemüht.

Sie schimpft, aber sie bleibt hartnäckig, erreicht ihn. Packt seinen Arm und hält ihn fest, schön artig sein!, schiebt ihm das süße Würfelchen beinahe grob in den Mund und ist doch augenblicklich zufrieden, als er sich höflich bei ihr bedankt für die herrliche kleine Gabe.

Die nun aber nicht alles gewesen sein kann, das weiß sie doch noch?

Weiß sie das nicht mehr?

Jetzt ist er es, der streng sein darf. Jetzt ist er an der Reihe. So ist das Spiel. Ein Schlückchen Wein, ein Zückerchen und dann das Eigentliche, das Beste und Schönste?

Nein – natürlich nicht.

*Er muss sie nicht daran erinnern. Ganz von selbst näm-
lich weiß sie, was sie zu tun hat, ganz von selbst.*

Und dann endlich ist er angekommen, nackt steht er auf
dem harten Holz und gelangt nicht an die Äpfel, nicht
einmal an die tiefhängenden Kirschen und auch nicht an
die untersten Äste. Sein Durst wird noch quälender, als
er vorher schon war, seine Augen sind trocken, und das
Blinzeln verursacht Schmerzen, er hört sein rasselndes
Atmen, und das Blut fließt zäh in seinen Adern, er kann
es hören, in seinen Ohren und in seiner Brust, den häm-
mernden Herzschlag.

Schritte. Sie kommen näher. Auf dem Pfad ist niemand.
Aber dann sieht er sein Kind, er sieht es hinter dem Baum
hervortreten, im Schlafanzug, die dunklen Augen fest auf
ihn gerichtet.

19

Lew hat sich ein Tuch vor den Mund gebunden, so wie Rajesh es ihm gezeigt hat, und er konzentriert sich darauf, die Maschine im Windschatten der Busse und Lastwagen auf der Strecke zu halten, solange er die Abgase ertragen kann.

Die Köchin hat Essen für ihn eingepackt, und der Onkel ist gekommen und hat ihm eine Straßenkarte gebracht, damit er nicht wieder verlorengeht, den Ashram hat er mit einem dicken Kreis markiert. Auch die wichtigsten Kreuzungen sind eingetragen und die Einbahnstraßen, weil man die nicht sofort erkennt, *believe me.*

Simran hat ihm die Kinder gezeigt, die allesamt im *garden* waren und das Karussell in Beschlag genommen und in ihre Spiele eingebaut haben, als wäre es immer schon da gewesen. Sie hat auf die Blumentröge mit den vertrockneten Pflanzen gedeutet und ein Tütchen mit Samen hervorgeholt, Samen aus ihrem Garten. Die wird sie aussäen in den nächsten Wochen, und wenn er eines Tages zurück sein wird, der Gärtner aus Deutschland, wird der *garden* begrünt sein und voller blühender Pflanzen, und dann hat sie ein zweites Tütchen in der Hand gehabt, und es war ein Abschiedsgeschenk für ihn, *so you will remember us.*

Der Fahrtwind brennt in Lews Augen, und er hält am Straßenrand, um einen Schluck Wasser zu trinken. Im Rückspiegel sieht er seine staubigen Haare und die verdreckten Kleider und fragt sich, ob sein Vater ihn überhaupt erkennen wird. *Your father is waiting for you.* Gleich wird er wissen, ob es wahr ist, was für Rajesh so unumstößlich sicher ist und für ihn selbst unvorstellbar.

Sie haben euch verlassen, hatten sie ihm gesagt. *Sie sind in den Westen gegangen, ohne euch*, hatten sie gesagt. Immer wieder. So lange, bis Lew begonnen hatte, ein kleines bisschen davon zu glauben. Ein winziges bisschen nur.

Ihm fielen die Spaziergänge mit dem Vater wieder ein, *lass uns draußen sprechen.* Und die Abende, an denen die Eltern im Wohnzimmer gesessen hatten und verstummt waren, wenn er hereinkam. Wie bei Hänsel und Gretel, dachte er.

Der Sandfarbene brachte Stullen mit Leberwurst und Saft in hohen Gläsern. Lew hatte nichts gegessen seit dem Abend zuvor. »Schling nicht so«, sagte Manuel und zog ihm das Essen weg. Lew wagte nicht, ihn um das halbe Brot zu bitten, das noch auf dem Teller lag.

»Was machen die mit uns?«, fragte er stattdessen, und Manuel schüttelte nur den Kopf.

»Ich weiß es nicht«, sagte er, immer wieder, *ich weiß es nicht.*

»Ich möchte nach Hause«, sagte Lew.

Als der Sandfarbene mit einem Mann hereinkam, den Lew noch nie gesehen hatte, stieß Manuel ihn in die Seite. Aber auch Lew hatte bemerkt, wie sich die Atmosphäre im Raum veränderte. Der Sandfarbene wirkte klein neben dem hochgewachsenen Mann, den er mit *Genosse Bergmann* begrüßte.

Und einer, der die ganze Zeit über hinter einer Schreibmaschine gesessen hatte, ohne darauf zu tippen, stand eilig auf, gab dem Neuankömmling die Hand und verbeugte sich beinahe vor ihm. Es war, als hielten alle im Büro die Luft an.

Der Mann wandte sich an Lew. »Das sind sie also«, sagte er so laut, dass Lew zusammenfuhr und sich die Ohren zuhalten wollte, aber da hatte der Mann schon seine Hand gepackt und ihn zu sich herangezogen, beinahe gerissen, und Manuel hatte er auf dieselbe schmerzhafte Weise begrüßt.

Fundstücke hatte der neue Vati sie gleich am ersten Tag genannt, *Schwemmholz, ungeschliffene Diamanten. Im Sport der Jüngere, im Kopf der Ältere, da ist noch nicht alles verloren.*

Er hatte in einem aufgeschlagenen Aktenordner geblättert, mal hier und mal dort auf die Papiere gezeigt, offenbar brauchte er keine Fragen zu stellen, denn die anderen antworteten allein schon auf seine Fingerzeige hin.

Wie aus dem Nichts stand mit einem Mal eine Frau im Zimmer und hielt den Henkel ihrer Handtasche fest umklammert. Alles an ihr war farblich aufeinander abgestimmt, sie trug ein dunkelblaues Kostüm, so eine Farbe hatte Lew noch nie an einem Stoff gesehen. Er schimmerte, und die Knöpfe waren rot, mit einem Hauch Silber darin.

»Meine Frau!«, rief der Mann aus und schob sie zu Lew und Manuel. »Das sind die Jungs, Prachtkerle, nicht wahr?«

Ihre Hand fühlte sich an wie ein zitterndes Vögelchen.

Später im Auto saß sie neben ihm, und Manuel durfte vorne beim Fahrer einsteigen. Lew beneidete ihn, weil er das Fenster öffnen und sogar den Spiegel verstellen konnte, während er selbst eingeklemmt zwischen den beiden Unbekannten auf der Rückbank saß und dem Duft des Mannes auszuweichen versuchte, und den dicken Händen auf seinem Knie.

Hanno hieß der Fahrer, und er erklärte Manuel die Strecke, und Lew hätte alles gegeben, um mit dem Bruder zu tauschen. Manuel lachte sogar, als Hanno ihn mit »Lew« ansprach, und der neue Vati griff nach vorn und tätschelte Manuel den Kopf, so als wäre er ein Hund.

»Wartet, bis ihr das Haus seht«, sagte er vergnügt, »ich wette, ihr habt noch nie eine Villa betreten.«

Als sie ankamen, war die neue Mutti müde, sie ging am Arm ihres Mannes ins Haus, ohne sich noch einmal nach dem Wagen umzusehen, und Lew und Manuel durften sitzen bleiben, bis Hanno das Auto geparkt hatte. Er zeigte ihnen, wie sie von der Garage aus direkt in das danebenliegende Gartenhaus gelangen konnten, und Lew wurde zum ersten Mal ein wenig leichter, als er Hannos Lächeln sah. Er folgte ihm in seine Küche, wo es einen Herd gab, der mit Holz befeuert wurde. *Frau Bergmann wird sich für eine Stunde hinlegen, sie muss sich ausruhen, wenn sie das Haus so lange verlassen hat.*

Die neue Mutti ruhte sich oft aus. Wenn sie sprach, war ihre Stimme dünn, und noch bevor sie ihre Sätze zu Ende gesprochen hatte, brach sie sie ab, und ihr Blick ging ins Leere, für Minuten oder manchmal auch länger.

Ihre Bewegungen waren hastig und hatten ein Echo. Umarmte sie jemanden, dann ließ sie ihn sofort wieder los und umarmte ihn unerwartet noch einmal, nur kürzer und schwächer als zuvor. Lew ging ihren Berührungen aus dem Weg, wann immer er konnte. Wusste er sie in ihrem Zimmer, dann schlich er sich leise an ihrer Tür vorbei, während Manuel die Treppen hinunterpolterte, wie es ihm gefiel. Der neue Vati hatte nichts dagegen, im Gegenteil.

»Jungs sind das!«, rief er begeistert. »Katharina, wir haben richtige Kerle abgekriegt.«

Er liebte es, die »Herren Söhne« seinen Gästen vorzuführen. Lew und Manuel mussten bei solchen Anlässen auf dem Teppich vor dem Salon *antreten* und warten, bis die neue Mutti die Flügeltüren öffnete und die Anwesenden ihre Gespräche unterbrachen. Manuel trat dabei von einem Bein auf das andere, wie er es früher an den Weihnachtsabenden gemacht hatte, wenn sie im Flur warten mussten, bis der Baum geschmückt war und die Kerzen brannten. Manuel mochte die Abende mit den Erwachsenen, aber Lew kam sich vor wie ein dressiertes Tier, das Männchen machen und durch einen Feuerreifen springen sollte.

Natürlich hatte jeder sein Pioniertuch bekommen. Lew ein blaues und Manuel ein rotes. Manuel schlief damit, er trug es zum Frühstück und in der Schule. Manchmal stand er abends im Bad und wusch sein weißes Hemd, bis es wieder strahlte.

Am Morgen ließ sich auch Lew sein Tuch von der neuen Mutti umbinden und hielt trotz ihrer klammen Finger still, aber im Klassenzimmer öffnete er den Knoten und ließ das blaue Ding in seiner Schulmappe verschwinden.

An seinem neunten Geburtstag trug er das Tuch während des Unterrichts, weil die Lehrerin ihn danach gefragt hatte. *Dein Festtag, Lew Bergmann.*

Auch in der Villa wurde gefeiert, mit Torte im Garten. Lew saß im weißen Hemd auf der Treppe, die vom Haus hinunter auf einen befestigten Vorplatz führte. Dort war er am liebsten, seit er herausgefunden hatte, dass er von der obersten Stufe aus Hanno beim Mähen zusehen konnte. Wie er seine geraden Bahnen zog. Exakt parallel. Eine Bahn hinunter, eine wieder hoch.

Auf dem Weg fuhr Manuel mit seinem neuen Fahrrad. Lew drehte sich weg, als er ihn winken sah. Manuel drehte Achten und kam immer näher.

»Erstklassige Fahrräder, hervorragende Qualität für die Herren Söhne«, hatte der neue Vati am Morgen gesagt, als er die *ganze neue Familie* in den Schuppen führte. Und dort standen sie: eines mit einer blauen und eines mit einer roten Schleife um die Lenkstange. *Freu dich doch. Sei dankbar für das, was du bei uns bekommen kannst.*

Noch vor wenigen Wochen wäre ein Fahrrad sein größter Traum gewesen, hätte er alles dafür gegeben, um ein solches zu berühren, wie es drüben im Schuppen stand. Es wäre kein neues gewesen, vielleicht eins von einem der Nachbarskinder, und mit Manuel hätte er es teilen müssen – aber er hätte es teilen wollen, und er wäre sogar dankbar gewesen, wenn nur Manuel damit gefahren wäre.

Aber hier? Hier war nichts richtig. Die Töne nicht, die Worte nicht, die Namen nicht und die Geschenke auch nicht. Und das Schlimmste war: Er erinnerte sich nicht mehr an das, was er zu der grünen Frau gesagt hatte. Sooft und solange er auch auf der Treppe saß und Hanno zusah, wie er die Bäume schnitt und die Wege fegte, Lew erinnerte sich nur an die Geräusche, die seine Hamster gemacht hatten, und an die Türglocke.

Manuel schlängelte sich durch die Festgesellschaft und hielt erst an, als er bei seinem Bruder angekommen war.

»Du traust dich wohl nicht, mit deinem Rad zu fahren«, sagte Manuel mit einem neuen Ton in der Stimme, den er sich angewöhnt hatte für den kleinen Bruder.

Abgeschaut war er von den Klassenkameraden und ausprobiert am neuen Familientisch.

»Verschwinde einfach«, sagte Lew und wünschte sich zugleich nichts sehnlicher, als den alten Manuel wiederzubekommen, mit dem er Jugendweihe gespielt und den Würfelzucker gegessen hatte, von dem die Mutti gedacht hatte, er wäre in ihrem Wäscheschrank hervorragend versteckt. In der *Villa* gab es Würfelzucker, so viel Lew nur wollte.

Abends legte der neue Vati Bücher neben die Teller am Abendbrottisch. Für Lew gab es zusätzlich das *Sportecho*.

»Ihr müsst viel nachholen«, sagte er.

Zwischen den Seiten steckten kleine Zettel, auf denen in winziger, akkurater Handschrift Fragen zum Inhalt notiert waren. *Was denkst du hierüber? Und was darüber?*

Sie spielten nicht mehr unter Tischen, sie spielten überhaupt nicht mehr auf dem Boden. Sie hatten keine Ausweise mehr aus Pappe, sie hatten die echten, mit denen sich nicht spielen ließ, weil keine Geschichte in ihnen lebte, die ihn mit Manuel verband. Es gab überhaupt keine Geschichten mehr. Wenn sie über etwas Vergangenes sprachen, dann lag es einen Tag zurück oder eine Woche. Nie aber lag es hinter der *Zeitgrenze*, wie Lew den ersten Ferientag nannte, wenn er an ihn dachte, nie kam der Badesee darin vor, nie die Hasen beim Groß-vater.

Wenn es regnete und die Tropfen an die geschlossenen Fensterläden prasselten, dann lag Lew in seinem neuen Bett und dachte an die Ostsee, und wenn im Dunkeln die Bettdecke so aussah, als wäre sie ein riesiger Tiger, bereit zum Sprung, dann dachte er an die Geschichten seiner Mutter und an ihre Stimme, die den Tiger gezähmt und zurück in den Dschungel geschickt hätte.

Nur bei Hanno konnte er ab und zu erzählen, wenn die Tür geschlossen und das Radio an war. Wenn Hanno ihm beibrachte, wie man reizen musste beim Skat, dann durfte Lew von seinem Vater sprechen, der ebenfalls ver-sucht hatte, das Spiel zu lernen, aber sich nie hatte mer-ken können, welches der höchste Bube war.

»Du musst den Kopf oben behalten, Lew«, sagte Hanno. »Egal, aus welcher Richtung der Wind weht. Du weiß nicht, wem das Schiff gehört, auf dem du unterwegs bist, aber du weißt, dass der Wind dein Freund ist. Und zum Feind werden kann. Richte dich also immer nach ihm.«

Hanno hatte ein ganzes Regal voller Flaschenschiffe, er baute sie an den langen Sommerabenden draußen vor der Tür, und im Winter hatte er in seiner Küche neben dem Herd einen Platz eingerichtet und zeigte Lew, wie es ging.

Er träumte davon, eines Tages nach Rostock zu fahren, auf einem Kutter anzuheuern und rund um die Welt zu segeln. Wäre die Mauer nicht, die Grenze nicht, und wäre er einundsechzig nur rechtzeitig im anderen Berlin gewesen.

»Du wirst es niemandem sagen, Lew. Ich sehe das an deinen Augen. Dir kann man ein Geheimnis anvertrauen.«

Die neuen Eltern hatten verlangt, *Vati* und *Mutti* genannt zu werden, noch am allerersten Abend. Und noch in der ersten Woche hatte Lew den Bruder »Vati!« rufen hören, und er war zur Tür gerannt, weil er dachte, die Eltern wären zurück, und es sei alles nur ein Traum – und er hatte sich in den Schlaf geweint, bis keine Tränen mehr kamen, Tränen der Scham, weil er so dumm gewesen war, und andere, die von ganz unten kamen, Tränen, die einen zerreißen können, und es waren die letzten, die allerletzten, die er seither geweint hat.

Lew sah seinem Bruder hinterher, wie er freihändig den Gartenweg entlangfuhr, als ein Wagen vor dem Zaun hielt und ein Mann ausstieg und etwas Großes aus dem Kofferraum hob.

Er sah, wie Hanno hinüberging, das Tor öffnete und nur widerwillig Platz machte. Es war der Mann, der hinter seiner Schreibmaschine gesessen hatte, ohne einen einzigen Buchstaben zu tippen.

»Nimm die Decke ruhig ab«, sagte der Mann, und es klang freundlich. Zum Vorschein kam ein Käfig. Ein Käfig, den er kannte. Und in diesem Käfig saßen seine beiden Pelze. Wohlbehalten, vielleicht sogar ein klein wenig runder als vorher. Jemand musste sie die vergangenen Wochen über sehr gut gepflegt haben. Überglücklich trug er den Käfig in sein Zimmer. Er stellte ihn auf den Boden, legte sich daneben und öffnete den Deckel. Wie früher ließ er die kleinen Knubbel über seine Arme laufen, setzte sie probehalber auf den Teppich und fing sie rasch wieder ein, bevor sie unter dem Schrank verschwanden. Sie hatten keinerlei Scheu, sofort kamen sie zu ihm und schnupperten an seinen Fingern, am Teppich, an den Möbeln.

Als er sie zurücksetzte, merkte er, dass das Häuschen, das der Vati, der richtige Vati, für ihn gebaut hatte, in einer anderen Ecke stand als sonst.

Er nahm es hoch und wollte es von Heuhalmen und Einstreu befreien. Er drehte es um, und da sah er es: Im Inneren, am Dach, war etwas eingeklebt gewesen. Ein winziger Fetzen Papier hing da noch. Lew löste ihn vorsichtig, er hatte Mühe, das Stückchen nicht zu zerreißen.

Er ging damit zum Fenster.

Es war ein Buchstabe darauf zu lesen, und der Buchstabe war eindeutig ein »w«. Mit einem Komma dahinter. Lew kannte diesen Stift. Nur die Mutti hatte so einen, einen lilafarbenen Kuli aus dem Westen.

Die neue Mutti hatte ihn später auf seinem Bett gefunden, schlafend, das Häuschen im Arm und fiebrig. In seinem Gesicht und auf Brust und Rücken hatten sich flächendeckend kleine rote Punkte gebildet, die sich rasch ausbreiteten.

Der Arzt war gekommen und hatte den Verdacht bestätigt: die Masern.

Drei Wochen lag er anschließend im abgedunkelten Zimmer und fieberte. Drei Wochen lang schlich Manuel auf Zehenspitzen den Gang entlang und hielt sich an das strenge Verbot der neuen Eltern. Lew hörte sie vor der Türe flüstern: *Nicht zu Lew hineingehen, auf keinen Fall, hörst du? Du wirst dich anstecken. Und wenn du die Vorhänge öffnest, wird er blind werden, Manuel.*

Stattdessen schob Manuel Briefe unter der Tür hindurch. Lew fand sie und las vom Zeltlager an der Ostsee. Manuel war Zeltältester. Oder es gab Zeichnungen. Manuel beim Fahnenappell, daneben eine kleinere Figur, *das bist du, kleiner Bruder*, in wunderschöner Schrift. Auf einem Blatt klebte eine Muschel, einmal lag Sand auf dem Papier. *Von der Ostsee*, hatte Manuel dazugeschrieben. Lew roch daran und schüttete den Sand enttäuscht aus dem Fenster. Er roch nicht nach Meer. Er roch nach der Sandkiste im Garten, genaugenommen nach Hannos Kater, der sich liebend gern darin erleichterte.

Er wusste nicht, wie lange er gefiebert hatte. Aber er wusste danach, wie er sich auf den schmalen Grat begeben konnte zwischen Wachsein und Einschlafen, und dann sah er die Mutti, die richtige. Er konnte sie berühren, er konnte mit ihr sprechen und sie küssen.

Wenn er aus einem solchen Traum erwachte, hielt er das letzte Bild fest und öffnete die Augen nicht, sondern versuchte, wieder einzuschlafen und dort weiterzuträumen.

Bei der Mutti sein. Bei ihr, in einem fensterlosen, grau-
schimmernden Raum, und dann ging er zu Hanno und
bekam ein Glas Limonade von ihm und durfte einfach
bei ihm sitzen und schweigen.

Lew trinkt das restliche Wasser, und wenn er die Augen
schließt, dann schmeckt er Hannos Limonade darin. Und
er geht den Weg von Hannos Haus, zwischen den Obst-
bäumen hindurch zu dem kleinen Jungen, der auf den
Stufen einer Villa sitzt, weil er von dort aus das Tor im
Blick hat und die Haustür und den Weg in den Garten,
weil er von dort aus sehen kann, wer kommt und wer
geht, und Lew nimmt ihn an der Hand, und zusammen
gehen sie durch das Gartentor hinaus, er setzt ihn auf
sein Motorrad, mit dem er gekommen ist, er wird ihn beschützen, wenn er Angst hat, und er wird ihn nicht mehr
allein lassen.

Bevor Lew weiterfährt, wirft er noch einmal einen Blick
auf die Karte, die er vom *uncle* bekommen hat, steckt sie
zurück in die Seitentasche, zum Lunchpaket der Köchin
und den Blumensamen von Simran, und er bindet sich
das Tuch von Rajesh neu und steigt wieder auf und fährt
die letzte Etappe.

20

Ein scharfer Geruch hat sich über das Zimmer gelegt, vom Rosenölduft ist nichts geblieben. Cornelius' Haut ist grau geworden, und seine Hände auf der Bettdecke sehen so aus, als gehörten sie nicht mehr zu ihm. Schwer sind sie, und als Ira sie umfasst, sind sie kühl, und Cornelius reagiert nicht auf Iras Berührung.

Sie hält seine Hand, und Ada kommt. Ira hört ihren Schlüsselbund klirren, dann Schritte im Flur, zwölf sind es bis zum Bad und wieder zurück.

Er ist auf dem Weg, hat Ira gesagt und nicht glauben wollen, dass es wahr sein könnte. Obwohl sie den Espresso für ihn inzwischen verdünnen und Zucker hineingeben muss, den er früher verachtet hat.

Ungezählte Male hat sie sich von ihm verabschiedet, *mal sehen, ob du noch da bist, wenn ich morgen vor deiner Tür stehe*, und er hat geschmunzelt und gesagt, er hätte für den nächsten Tag noch nichts vor, und um seine Augen haben sich kleine Falten gebildet, die sind neu, die Fältchen.

Seine Hand in der ihren ist so gelblich und teigig, sie

muss sie zurücklegen auf die Bettdecke und kann kaum hinsehen, als sie dort liegen bleibt.

»Wasser«, sagt er, ohne die Augen zu öffnen.

Ira greift nach Becher und Löffel und flößt ihm lauwarmen Tee ein. Langsam kommt er zu sich.

»Wo bist du diesmal gewesen?«, fragt Ira und wischt das dünne Rinnsal ab, das ihm aus dem Mund gelaufen ist und in der Bettdecke versickert.

Er antwortet nicht.

Ada kommt herein und öffnet die Fenster, »den Frühling reinlassen«, sagt sie, und dann tritt sie ans Bett und spricht mit ihm über das Wetter hier und das Wetter in Rumänien, über den Hafen am Schwarzen Meer, wo sie als Kind einmal beinahe ertrunken wäre, und Ira sieht, wie ihr Vater wacher wird, und er scheint wieder zurückzukommen, für ein paar Stunden vielleicht.

»Sie spricht von ihrer Taufe«, sagt Cornelius, und es gelingt ihm sogar ein Lächeln, obwohl Ada sein Schmerzpflaster überprüft und ein neues klebt, während sie ihm versichert, sie sei nur noch unter den Lebenden, weil ein mutiger Fischer sie aus dem Wasser gezogen habe, obwohl der selber nicht schwimmen konnte.

»Unter den Lebenden«, sagt Cornelius und hält sie mit seinem Blick fest. »Sicher?«

»Ich lass das Fenster noch einen Augenblick offen«, sagt sie, und er nickt und murmelt: »Wie immer.«

Ira sucht nach der Jacke, die sie bereitgelegt hat für die Nachmittage mit ihm. Jemand hat sie ans Regal ge-

hängt, sie ist aus weicher, luftiger Wolle gemacht. Evi
hat sie gestrickt, als sie Cornelius im Krankenhaus besucht und bei ihm gesessen hat während seiner Behand-
lungen.

Warm umschließt sie Iras Schultern, und als sie sich abwenden will, bemerkt sie Lücken in den Buchreihen, und
Cornelius sagt, Jutta sei da gewesen und hätte Fotoal-
ben geholt, *irgendwann letzte Woche.* Ein dünnes Album
lehnt ganz an der Seite, es ist eingebunden in denselben
Stoff, aus dem die Großmutter die Vorhänge genäht hat
für Iras Kinderzimmer, und sie nimmt es und trägt es an
das Bett ihres Vaters.

Gleich das erste Bild zeigt Jutta mit einem kleinen Kind
im Kinderwagen, Polizisten stehen daneben. »Wend-
land«, sagt Cornelius, als Ira es ihm beschreibt. »Sie haben dich mitgenommen, als Schutz. Eine Mutter verhaf-
ten die nicht, haben sie gedacht.«

Die Fotos auf den vorderen Seiten gleichen einander, und
als das Kind auf den Bildern älter wird, erinnert sich Ira
vage an die Tage, an denen sie aufgenommen wurden.
Tage im VW-Bus, Wanderungen im Matsch und auf ge-
sperrten Autobahnabschnitten. Jutta und ihr Bruder Rolf
vorne dabei, Ira von Arm zu Arm, von Auto zu Auto ge-
reicht.

Ein Bündel Zeitungsartikel fällt heraus, es sind die ersten, die Jutta geschrieben hat, auf den meisten Bildern ist
Rolf zu sehen, nur auf einem steht Cornelius am Mikrophon, in der Hand ein dickes Redemanuskript.

»Du warst dabei?«, fragt Ira und ist verwundert. Für sie ist er untrennbar verbunden mit seinen Büchern und mit dem Haus.

»Vor deiner Geburt«, sagt er. »Lange davor.«

»Ich habe deine Mutter kennengelernt, als sie gerade das Abitur in der Tasche hatte«, sagt er, und das Sprechen scheint ihm leichter zu fallen als sonst. »Sie hat schon damals mit Rolf auf dem Hof draußen gewohnt, ohne Strom und fließend Wasser und ohne Anschluss an die Kanalisation. Dein Onkel hat lieber Scheiße geschaufelt, als einer Behörde in den Arsch zu kriechen«, und ein Lächeln spielt um seinen Mund, als er Iras Gesicht sieht bei seinen Worten.

»Und heute kandidiert er für den Bundestag«, sagt sie und erzählt ihm von den Plakaten, die gerade entworfen werden für den Herbst.

Cornelius arbeitete am Altsprachlichen Institut und schrieb für Rolf, das machte ihn wertvoll für den grobschlächtigen Hünen, der bei den Bürgerinitiativen mehr Schrecken verbreitete als Anhänger zu werben.

»Du kannst es dir denken, Kind, Rolf mit seiner polternden Stimme und seiner Erscheinung. Bei den Bauern hat er noch mehr Schlag gehabt als bei denen, die am Samstag die Straße fegen, einfach nur, weil sie Kehrwoche haben, egal, ob es schmutzig ist.«

Cornelius hatte sich verliebt in Jutta, Hals über Kopf, und als er erfahren hatte, dass der bärtige Wortführer, den er für Juttas Freund gehalten hatte, ihr Bruder war, mit dem sie in einer *Kommune* wohnte, warf er seine

Vorstellungen von einer Kommune über Bord und besuchte sie, wollte sich umsehen auf dem Hof und sich ein Bild machen davon, wie sie dort lebten. Gemeinsam um einen Tisch herum zu sitzen und kontrovers zu diskutieren, ohne Ansehen von Person oder Herkunft, das faszinierte ihn. Er saß in der Küche bei den anderen, hatte sich einen Platz gesucht am Kachelofen, am Katzeneck, hörte zu und lernte.

Von einer neuen Ära sprach Rolf schon während der Ölkrise, einer Ära unkontrollierbarer Energiequellen. Eine zivile Verwendung von Kernenergie sei nichts anderes als eine Legitimation der Bombe. So dass man nur darauf zu warten brauche, wann sie – wieder! – eingesetzt werde.

Cornelius sah das anfangs anders. Zuverlässige Energieversorgung, warme Wohnungen, das mache die Leute friedlich. Ja, sie alle seien gegen Atomkraft, aber sie hätten keine Alternative. Strom für alle, billiger zumal, ein Motor für die Wirtschaft, für privaten Wohlstand. Am Ende stehe doch die Befreiung vom Joch körperlicher Arbeit – Demokratie durch Elektrizität.

Rolf nannte ihn einen Idioten deswegen, putzte ihn runter vor allen anderen und bezeichnete ihn zum Schluss als einen glühenden Anhänger der Atomlobby, *oder soll ich lieber sagen, einen strahlenden*?

Nur Jutta setzte sich mit ihm zusammen und interessierte sich dafür, was er zu sagen hatte.

»Zeig ihm, was du draufhast. Schreib das auf. Gib es ihm zu lesen«, sagte sie, und Cornelius schrieb. Rolf las tatsächlich alles, was Cornelius ihm gab, *er hat mich verstanden*, sagte Cornelius, und der Jüngere ließ sich überzeugen, die Sicht derjenigen, die er für seine Sache gewinnen wollte, wenigstens anzuhören. Und Cornelius fing an zu begreifen, was ihn und Jutta beschäftigte, und als Rolf ihn mitnahm zu den Informationsabenden, da wurde er stiller und stiller und begann, die Flugblätter, die Rolf mehr schlecht als recht zusammenschrieb, zu überarbeiten, und er verteilte sie gemeinsam mit Jutta in den Fußgängerzonen und sogar sonntags vor der Kirche.

Demonstrationen waren nicht neu für ihn, im Gegenteil. Er war in den vorhergehenden Jahren in der Friedensbewegung gewesen: Nie wieder Krieg. Nie wieder Vietnam. An den Straßenrändern hatte er überall die Gesichter seiner Eltern gesehen. Die gleichen Blicke, die gleichen Jacken. Die gleichen Regenschirme, alles Knirpse. Dieselben Zweifel, nicht selten dasselbe Entsetzen. Haben die Amerikaner uns nicht beschützt? Was werden die tun, wenn sie euch und euren Undank sehen? Ihr seid nicht dabei gewesen, wir schon, wir haben den Krieg noch ganz tief in den Knochen sitzen.

Mit Jutta und Rolf aber spürte er Rückenwind. Breiten gesellschaftlichen Konsens. Da waren nicht nur die Zottelbärte wie Rolf, die zu den Gründungsabenden der Bürgerinitiativen kamen, da waren die Bauern und die Gemeinderäte aus den christlichen Parteien, da waren Lehrer und Professoren, Geisteswissenschaftler und Physiker gleichermaßen, den Arbeitsgruppen trat sein halbes

Kollegium bei. Deren Sprache beherrschte Cornelius, und er bekam sie an die runden Tische, indem er Rolfs radikale Forderungen zurechtschliff und annehmbar machte, bis seine Zuhörer verstanden hatten, dass es Rolf mit allem, was er sagte, um nichts weniger als ihre Zukunft ging. So gewann Cornelius sie für die Bewegung, ohne dass sie sich auf Baustellen im Matsch anketten mussten. Das machten Rolf und seine Leute – und Jutta.

Ein Teil des Friedens zwischen ihm und Rolf bestand allerdings darin, dass Rolf ihn verantwortlich machen konnte, wenn eine Aktion missglückte oder nur nicht den erwarteten Erfolg hatte, und das lag vor allem daran, dass Rolf das Interesse des Lateinlehrers an seiner jüngeren Schwester nicht entgangen war.

Jutta blieb bei Cornelius, wenn er die Nächte durchschrieb und Rolfs Manuskripte verständlich machte. Manchmal hatte sie einen Joint dabei, ein anderes Mal war es Rotwein.

Dann wieder ignorierte sie ihn, ließ ihn am langen Arm verhungern. Wurde wütend, wenn er in ihr Zimmer kam, schmiss ihn raus und behielt den Wein, den er mitgebracht hatte.

Aber Cornelius gab nicht auf. Er kam wieder, mit teurerem Wein, sie ließ ihn Botengänge erledigen. Cornelius wartete. Und seine Geduld wurde am Ende belohnt.

»Ich hätte es sehen müssen«, sagt Cornelius leise. »Aber ich dachte, das ist Selbstbewusstsein. Eine Frau, die sagt, was sie denkt. Die sich nicht unterkriegen lässt, sich niemandem beugt, erst recht keinem Mann.«

»Du hast sie geheiratet«, sagt Ira und lässt ihn nicht aus den Augen. »Warum?«

Cornelius zögert mit seiner Antwort, er wirkt wieder schwächer, die Worte kommen mit größeren Pausen, seine Stimme wird noch leiser.

»Wir hatten Ziele, Ira. Wir hatten Ziele, und wir waren auf dem richtigen Weg. Als der Reaktor in Tschernobyl in die Luft geflogen ist, hatten wir so viel Angst vor dem, was kommen könnte, dass wir näher aneinandergerückt sind, verstehst du? Keiner von uns hätte sich vorstellen können, alleine zu sein.«

Ira hat augenblicklich die tiefe Stimme ihres Onkels im Ohr, und sie hört ihn sprechen, als wäre er bei ihnen im Raum.

Rolf hatte beruhigend auf sie gewirkt zwischen all den Radiosätzen über Tschernobyl und den Bildern im Fernsehen, den Schlagzeilen in den Zeitungen, die Jutta mitbrachte aus der Redaktion.

Rolf sagte aber auch, dass die Russen die Wahrheit verschwiegen, dass sie *die Fakten unter Verschluss halten*, und Ira dachte an den Großvater und die russischen Soldaten, die er in den Flüssen hatte treiben sehen, im Hochsommer, und sie hatte Angst vor dem Strom aus der Steckdose, der aus Atomkraftwerken kam, und sie war stolz auf ihren Onkel, der zu Demonstrationen aufrief und zu *Boykott*, und auch sie war davon überzeugt, dass er Recht hatte mit seinem Kampf gegen die *Atomkräfte*. So nannte Rolf das, denn eine Kraft, die könnte der Mensch beherrschen, aber Kräfte, die beherrschten den Menschen, und wenn sie so heimtückisch seien wie die Atomkräfte, dann seien sie in der Lage, zu einem Teil zum Nutzen der Menschheit zu sein, während sie ihr wahres Gesicht erst zeigten, wenn der Mensch unvorsichtig und gierig geworden sei.

Und er ballte seine Faust und schüttelte sie in Richtung Osten, weil da dieses Tschernobyl war, vor dessen giftigen Wolken nun alle Angst hatten. »Zu Recht«, sagte Rolf. »Ihr werdet sehen, in zwanzig Jahren sterben unsere Kinder an Krebs, wenn wir überhaupt noch welche bekommen können.«

Ira spürt wieder die Angst, die sechsundachtzig über dem Hof gelegen hatte und über ihrer Familie.

»Wir sind wegen Tschernobyl nicht zum Festival gefahren«, sagt sie, während sie im Album weiterblättert und drei Eintrittskarten in der Hand hält. Sie müssen feucht geworden sein im Laufe der Zeit, die Ränder sind wellig, und an den Ecken sind sie ausgefranst. Ira überfliegt die Namen, *Eric Clapton*, *Chris Rea*, und sie findet das *Wayne Shorter Quartett* und geht hinüber zum Plattenregal, und ihre Finger müssen nicht lange suchen, sie finden die richtige Hülle, und da ist sie, die Platte, die sie sechsundachtzig so oft gehört hat, zusammen mit ihrem Vater.

Und als sie den Tonarm aufsetzt und die ersten Akkorde erklingen, ist sie wieder fünf Jahre alt, und es ist Sommer, und der Garten ist voller Menschen, die Juttas neuen Job beim Sender feiern, und Ira ist allein im Arbeitszimmer ihres Vaters, und sie sucht in den Schubladen nach verborgenen Süßigkeiten. Eine Packung Kekse gibt es bestimmt, und manchmal eine ganze Dose Karamell. Als sie nichts findet, sucht sie weiter, in seinen Regalen, und sie stößt auf ein Buch mit schönen Bildern, die in einem Garten aufgenommen sind, ein kleines Mädchen sitzt da und hat ein wunderschönes Puppengeschirr. Genau so eines hat Cornelius gerade eben erst kaputtgemacht, aus Versehen, als er mit ihr gespielt hat, draußen auf dem Rasen.

Und dann steht ein Mann bei ihr, er nimmt ihr das Buch aus der Hand, spinnendünne Finger hat er, und seine Stimme ist genauso dünn und ganz leise, und er sagt, sie darf das Buch nicht haben, es ist für Erwachsene, sie muss es zurücklegen an den Platz, an dem sie es gefunden hat, und die Hand des Mannes bleibt die ganze Zeit über auf ihrer Schulter liegen und lässt ihr gar keine andere Wahl, als zum Regal zu gehen und zu tun, was er gesagt hat.

Heiß ist ihr Gesicht, feuerrot muss es sein. Seine Finger streichen über ihren Rücken, sie fassen ihren Po und schieben sich zwischen ihre Beine, es ist ihr unangenehm und gleichzeitig kitzelt es, und sie will sich aus seinem Griff befreien, aber er hält sie fest und lässt seine Finger in ihr Unterhöschen wandern, er drückt sie gegen das Regal, und sein Finger tut ihr weh, und dann kommt

Cornelius herein, mit zwei Gläsern in der Hand. »Andreas«, sagt er mit tonloser Stimme, und da endlich lässt der Mann von ihr ab, und sie rennt zur Tür hinaus, so schnell sie kann.

»Du hast Jutta nicht geheiratet, weil ihr dieselben politischen Ziele hattet«, sagt Ira und zittert, sie muss die Musik ausmachen und wartet nicht, bis der Tonarm sich von der Platte gehoben hat, sondern schiebt ihn zurück in die Halterung und zerkratzt dabei die ganze Platte.

»Es war wegen dir«, sagt Cornelius. »Sie war schwanger, verstehst du? Sie ist nur deswegen zu mir gekommen.«

»Obwohl du gewusst hast, wie sie ist?«

»Menschen ändern sich, habe ich gedacht. Eine Frau wird vielleicht sanfter, wenn sie Mutter wird.«

»Jutta nicht.«

»Nein, Jutta nicht. Ich wollte dich, Ira, aber ich konnte dich nicht vor ihr beschützen.«

»Warum nicht?«, fragt sie, und Tränen sind da und Angst vor der Antwort, die er ihr geben wird.

»Das weißt du doch«, flüstert er. »Du weißt es.«

21

Das Tor zum Ashram schließt sich geräuschlos hinter Lew. Es sperrt den Straßenlärm aus und den Staub. Die Eingangshalle ist klimatisiert, in kreisrund angelegten Hochbeeten sprudeln Wasserfontänen über glattgeschliffene Steine.

»Look for the gardener«, sagt der Pförtner und zeigt Lew den Weg hinaus in den Park. Er geht an einem Bach entlang und hält Ausschau nach einem Haus *behind the trees*.

Die Menschen, denen er unterwegs begegnet, tragen farbige Gewänder, blaue und grüne, rote und lilafarbene, es sind die Farben der Blüten, die seinen Weg säumen. Zwei Frauen sitzen auf einer niedrigen Bank an einem Seerosenbecken, die Hände haben sie einander auf die Stirn gelegt. Zwischen schmalen Büschen steht eine Statue, daneben meditiert ein Mann in derselben Haltung.

Simran wäre glücklich hier und Rajesh womöglich auch. Nur ein Katzensprung ist es bis zu dem Cousin des *uncle*, bei dem Lew das Motorrad abgegeben hat.

Was will ich von einem, der sich davongemacht hat? Sie hatten am Zeichentisch gesessen, die breite Arbeitsplatte zwischen sich, und im Büro war längst niemand mehr, der sie hätte hören können. *Hast du vergessen, dass wir neunundachtzig keine Akten gefunden haben über ihn?*

»Ich fahre trotzdem hin«, hatte Lew gesagt. »Er soll mir selber sagen, was er getan hat.«

Unter einem dichten Blätterdach windet sich der Hauptweg in Schleifen zum Meer hinunter, das Wasser in der Bucht ist selbst an den tiefsten Stellen glasklar.

Mit seinem Gepäck und der europäischen Kleidung fällt Lew auf als Gast, viele nicken ihm freundlich zu, manche fragen, wohin er möchte. Sie zeigen auf eine Hütte dicht am Wasser, *the gardener behind the trees.*

Auf dem Weg ist es betriebsamer geworden, dicht nebeneinander gehen die Bewohner des Ashrams in einem ruhigen, beinahe gemächlichen Tempo, so als folgten sie einem gemeinsamen Rhythmus, den Lew nicht spüren kann.

Ein Mann in einem hellen Gewand kommt den Hügel herauf, den Blick hält er gesenkt. Schlohweiß ist sein Haar, aber seine Schritte sind kraftvoll und entschlossen, und es scheint, als schiebe er die Menschen beiseite, die ihm entgegenkommen. Lew sieht ihm nach, und als er sich gerade wieder abwenden will, hält der Fremde plötzlich inne, hebt den Kopf und sieht Lew direkt an. Und dann kommt er langsam auf ihn zu, achtet nicht auf die Ellbogen, die ihn streifen, nicht auf diejenigen, die ihm nicht ausweichen können, sondern breitet seine Arme aus, und es sind seine Augen, die Lew erkennt. Und als er sich löst aus der Umarmung, steht sein Vater vor ihm, kleiner als er, und viel zerbrechlicher, als Lew ihn in Erinnerung hat.

»Gehen wir zum Haus«, sagt Werner Jarnick und wartet auf Lew, der seinen Rucksack geraderücken muss und einen Augenblick braucht, um sich zu sammeln.

Was soll ich anfangen mit der Geschichte eines Mannes, der dreißig Jahre Zeit hatte, um sie sich auszudenken?

Lew hat den Bruder im Ohr und die Skepsis, und sein Vater geht vor ihm her und schaut sich immer wieder um nach ihm, als könnte sein Sohn einfach verschwinden, wenn er nicht oft genug nachsieht. Die Schritte sind kurz und seine Bewegungen fahrig, nur der Blick ist ruhig und will nicht passen zum Aufruhr, von dem sein Körper erzählt. *Ich bin hier*, würde Lew seinem Vater gern sagen, *und ich bleibe.*

Auf der Veranda am Haus *behind the trees* dient ein flacher Stein als Tisch, zwei weitere werden als Sitzgelegenheiten benutzt, Kissen liegen bereit, und es gibt Wasser und eine Schale mit Früchten.

»Wollen wir uns setzen?«, fragt Werner Jarnick, und sie nehmen Platz, nur wenige Meter vom Wasser entfernt. Kinder spielen in den knietiefen Wellen, Mütter sitzen im Schatten und lesen, und sie erinnern Lew an seine eigene Mutter, die zwar mitgekommen ist zum Badesee mit der Birke, aber nie in die Sonne ging, nicht einmal, um zu schwimmen.

»Sie war am liebsten hier«, sagt Werner, als hätte er Lews Gedanken gelesen. »Diese Bäume hat sie geliebt für ihren Duft.«

»Indischer Jasmin«, sagt Lew und lächelt über das Erstaunen im Gesicht seines Vaters, »du bist nicht der einzige Gärtner in der Familie.«

»Möchtest du etwas trinken?«, fragt Werner und hat schon die Wasserkaraffe in der Hand, da fällt Lews Blick auf einen silbernen Rahmen. Ein kleiner, handgeschriebener Zettel steckt darin, und er beugt sich vor und liest:

Wir stolpern und stolpern,
in den Schlingen
unserer Träume,
wenn wir uns
glauben machen wollen,
da seien keine.
Träume.
    (Renate Jarnick, 1976)

»Deine Mutter hat das für mich geschrieben«, sagt Werner, und er steht auf und nimmt den Rahmen, streicht über die Buchstaben und lässt die Hand auf dem Glas liegen.

»Am Neujahrsmorgen sechsundsiebzig. Es war klirrend kalt, die Scheiben in der Küche waren von innen gefroren, und unser Herd, erinnerst du dich an unseren Herd? Der wollte nicht angehen, also haben wir Kerzen aufgestellt und unsere Hände darüber gewärmt. Ihr habt noch geschlafen, sogar du, obwohl du unser Frühaufsteher warst, man musste sich vor dir in Acht nehmen, wenn man ausschlafen wollte. Zu Neujahr haben wir einander unsere Träume erzählt, weißt du das noch? Weil wir dachten, wir könnten im ersten Traum des Jahres ein Zeichen finden, einen Hinweis darauf, was auf uns zukommen wird, erinnerst du dich?«

Lew nimmt nur die Stimme wahr, er hört auf den Tonfall, nicht auf das, was sein Vater sagt. Seine Art, hin und her zu springen zwischen den Themen, das erinnert ihn an einen Kolibri, der von Blüte zu Blüte fliegt und schwirrend in der Luft stehen bleibt, wenn er eine gefunden hat, die ihm schmeckt.

»Für deine Mutter war das ein Ritual, auf das wir nicht verzichten durften. Weißt du, was das Dumme dabei war? Ich hatte nichts geträumt. Ich habe fast nie geträumt. Also habe ich mir etwas ausgedacht. Von einem Wagen gesprochen, weil ich wusste, dass sie gern einen hätte. Von einer größeren Wohnung. Sowas. Möchtest du das überhaupt wissen?«

Lew nickt. Er will alles wissen. Er will hier sitzen bleiben und alles aufsaugen, was er erfahren kann, und das ist ein neues Gefühl für ihn.

»An diesem Morgen habe ich eine Weile zu lange gezögert, und so musste ich zugeben, dass ich bereit gewesen war, sie anzulügen. Sie hat eine Seite aus einem Buch gerissen und darauf diese Worte notiert. Sie hat sie mir in die Hand gedrückt, und dann ist sie zu euch ins Kinderzimmer gegangen und hat euch geweckt. Später beim Frühstück haben wir das erste Mal nicht über unsere Neujahrsträume gesprochen, und ihr habt auch nicht danach gefragt.«

Lew kommt nicht weg von den Worten seiner Mutter. Liest sie wieder und wieder. Hatte es damit begonnen? Mit einem Familienritual und einer aufgedeckten Notlüge?

»Dieses Haus, hast du das gebaut?«, fragt er und kann es aushalten, eine erste Frage an seinen Vater zu richten und abwarten zu müssen, ob der andere den leeren Raum füllt und womit.

Sein Vater zeigt ihm das Flechtwerk für die Wände, den Bewässerungsgraben für die Pflanzen, die Möbel. Lew sieht den Stolz in den Augen seines Vaters und bemerkt noch einmal die Hände, die schwielig sind und braungebrannt und nichts mehr gemein haben mit den Vaterhänden, an die er sich erinnert hat.

»Wir haben die Häuser hier gemeinsam gebaut. War jemand neu, haben die anderen mit ihm zusammen einen Platz ausgesucht«, sagt Werner. »Jedes Haus steht unter einem besonderen Baum, ich kann es dir später zeigen, wenn du möchtest.«

Erzähle mir von deiner Reise, sagen seine Augen, als er sich Lew zuwendet, *und gib uns eine Gelegenheit, darüber zu sprechen, weshalb du gekommen bist,* und Lew sieht und fasst in knappen Worten zusammen, dass er den falschen Bus genommen hat, ein paar Tage in einem Dorf in den Bergen gestrandet ist. Er erzählt von Rajesh und den Comicheften, und sein Vater lächelt und sagt, er sehe den kleinen Lew vor sich, wie er in seinem Zimmer auf dem Boden lag und solche Hefte gelesen hat, und Lew sollte zustimmen und einsteigen in die Gemeinsamkeit dieser Erinnerung. Stattdessen spricht er weiter, spricht über das Bier und die Hitze, die sogar da oben in den Hügeln enorm ist, und sein Blick geht hinaus zum Meer.

»Ja, die Hitze macht dich fertig«, sagt sein Vater. »Jeden Tag, jede Woche, jedes Jahr. Deiner Mutter hat sie allerdings nichts ausgemacht.«

Lew ist unruhig, er kann nicht mehr sitzen, er muss aufstehen und sich bewegen. So tritt er von der schattigen Veranda hinaus in die Sonne, geht zum Wasser, vorbei an den spielenden Kindern. Es umspült seine Knöchel, Lew hat die Schuhe ausgezogen und die Hosenbeine hochgekrempelt, es ist kühl und weich zugleich.

Zuerst war es nur die vertraute Stimme, die sich über das Bild gelegt hat, das er sich fast dreißig Jahre bewahrt hat. Aber je länger er seinen Vater betrachtet, der sitzen geblieben ist im Schatten, desto mehr wird dieses Bild überlagert von einem neuen, und die Zeit, die seither vergangen ist, scheint an Bedeutung zu verlieren, weil Lew nun einen Faden in der Hand hält, an den er anknüpfen kann.

Was hat sein Vater gedacht, an jenem Sommertag, als er im Morgengrauen die Wohnungstür hinter sich zuzog?

Mit welchen Gedanken ist er aufgestanden an diesem Tag im Jahr sechsundsiebzig? Mit welchen Gefühlen hat er das Haus verlassen? Hat er zurückgeschaut?

Hat er an seine beiden Söhne gedacht, die noch in ihren Betten lagen und schliefen und sich auf die Sommerferien freuten?

Diese Freude, sie konnte ihm nicht entgangen sein, Lew hatte seit Tagen von nichts anderem mehr gesprochen. *Er soll mir selber sagen, was er getan hat.*

Lew geht in die Hocke, tastet nach den Muscheln, die er entdeckt hat. Bleibt und schaut auf das Wasser. Er könnte hinausschwimmen, bis zu den beiden Felsen, die aus dem Wasser ragen. Vielleicht hundert Meter, und dann wieder zurück.

»Wenn du hier schwimmen willst, rate ich dir, bis heute Nachmittag zu warten. Am Vormittag sind manchmal Quallen da. Die Begegnung mit ihnen ist äußerst schmerzhaft«, sagt Werner, der neben ihn getreten ist.

»Es sitzt hier«, sagt Werner nach einer Weile. »Du hast Nackenschmerzen, wenn du dich eine Weile nicht bewegt hast, nicht wahr?«

Er legt eine Hand auf Lews Schulter, und durch den Stoff seines Hemdes fließt die Berührung, jeden einzelnen Finger kann Lew spüren, und er sieht das Wasser, er hört die Kinder herumtoben, und dann ist er mit seinem Vater am See, an der Birke, er ist zehn Jahre alt oder zwölf, und er ist kein Wasserspringer geworden und hat keine Pokale gewonnen. Aber Steine kann er über das Wasser werfen, so dass sie siebenmal springen, und das kleine Zelt haben sie dabei, und sie lesen am Abend gemeinsam ein Buch, *eines von einem der Russen, die deine Mutter so liebt, die mit den traurigen Enden*, und sein Vater bringt ihm bei, wie man einer Mundharmonika eine Melodie entlockt, und Lew und Manuel haben Zettel geschrieben für ihn, damit sie wenigstens zusammen spielen können, auch wenn er die Skatregeln immer noch nicht beherrscht.

Etwas sitzt einem im Nacken, und sein Vater hat Recht, da sind Schmerzen, die ihn quälen, seit siebenundachtzig. Seit der Trainer ihn beiseitegenommen hatte, im Frühjahr, und keine Worte gemacht hatte, keine überflüssigen.

Straßburg, das war siebenundachtzig sein Ziel gewesen, sein letztes, das er erreichen wollte vor dem Studium, die Europameisterschaften, *du kannst das Bergmann, wer, wenn nicht du.*
Er hatte noch härter trainiert, noch präziser an seinen Schwächen gearbeitet. Hanno hatte ihn gezwungen, Pausen zu machen, damit er überhaupt rauskam aus der Halle. Er hatte Videoaufnahmen von seinen Konkurrenten gesehen, immer wieder zurückgespult, kannte jede ihrer Bewegungen, sprang sie im Schlaf mit. Er war der Einzige aus seiner ehemaligen Schwimmerklasse, der realistische Chancen auf einen Sieg hatte.

»Bergmann«, hatte der Trainer gesagt, und ihn nicht angesehen dabei. »Bergmann, du kannst nicht mit.«

Zehn Jahre Training. Weggewischt mit fünf Wörtern. Europameisterschaften in Straßburg, Lew Bergmann als Favorit. Fünf Wörter. Und Lew Bergmann schwieg und zog den Kopf ein. Warten wir es ab, dachte er. Vielleicht ändert sich die Lage noch. Vielleicht wird einer krank. Er konnte sich nicht vorstellen, dass ein Ziel außer Reichweite rücken konnte, dass ein Weg, den er Schritt für Schritt gegangen war, ins Leere führte, obwohl er alle Aufgaben bewältigt, ja sogar übererfüllt hatte. *Du kannst nicht mit.*

»Warum nicht?«, fragte er nach einer Woche, und der Trainer hatte keine Antwort für ihn. »Entscheidung von oben«, sagte er. »Sie haben dich aus dem Kader gestrichen, mehr weiß ich nicht.«

Statt zu kämpfen, war er in eine Starre verfallen, und das war die Zeit, als die Kopfscherzen begannen. Wenn er aufwachte am Morgen dachte er, er könnte genauso gut liegen bleiben und abwarten, bis die Dämmerung kam und die Helligkeit wieder mitnahm, den Tag verschwinden ließe, der ihn leersaugen würde, ihm Bleischuhe verpassen, ihm Aufgaben stellen und ihn verhöhnen, wenn er stolperte und wenn er weinte.

Er nahm Tabletten, aber die Schmerzen wurden nicht weniger, und so blieb er tagelang im Bett, hinter geschlossenen Fensterläden, gehalten von der Wärme unter der Bettdecke.

Hanno brachte ihn zum Arzt, der aber nichts fand, und mit dem Trainer sprach er noch ein letztes Mal, doch auch diesmal machte er ihm keine Hoffnungen auf eine neue Chance.

»Die haben dich bewusst gestrichen«, sagte Hanno. »Denen ist es zu heiß, jemanden rauszulassen, dessen Eltern getürmt sind. Seit Januar geht denen doch der Arsch auf Grundeis.«

Der Weg in die Küche wurde ihm zu weit, und die wenigen Minuten, die er warten musste, bis der Kaffee gebrüht war, erschienen ihm wie Verschwendung. Was man tun könnte in vier oder fünf Minuten! Zeitung lesen, aufs Klo gehen, die schmutzigen Tassen vom Vorabend auswaschen, die Weingläser kurz mit dem Tuch polieren, wo war noch mal das Tuch? In der Wäsche, unten im Keller, das dauerte zu lange, um innerhalb des Zeitfensters wieder zurück zu sein – und dann stand einer da und starrte zum Fenster hinaus, und hinter ihm türmten sich die Möglichkeiten, versammelten sich die verpassten Chancen, und er scheiterte sogar daran, vier oder fünf Minuten sinnvoll zu nutzen. Wie sollte er da eine halbe Stunde bewältigen oder eine ganze oder gar einen Tag?

Also blieb er manchmal auf dem Bettrand sitzen und dachte sich zurück zum Kaffee, und am Ende war es so, dass er nicht einmal mehr seine Decke zurückschlagen konnte, ohne jeden Schritt bedacht zu haben, weil alles mit allem verbunden ist, und er zwang sich, präzise zu sein, und ging jeden Handgriff durch und wog die Alternativen ab, und bevor er einen Fuß auf den Bettvorleger setzen konnte, war der Tag vorüber, und Hanno kam und brachte ihm Suppe und Brot.

Wochen hat er so zugebracht, bis Hanno ihm einen Spaten in die Hand drückte und ihn zwang, draußen im Garten ein Beet umzugraben. Die Arbeit gab ihm Struktur, und die körperliche Erschöpfung fühlte sich gut an und richtig, sie vertrieb die Stimmen und linderte ein wenig das Gefühl der Schuld und des Versagens.

»Du willst meine Geschichte hören, Vater?«, sagt Lew und erhebt sich. »Ich bin mir nicht sicher, ob sie dir gefällt.«

22

Um ihn herum ist überall Wasser. Der Fluss ist über die Ufer getreten, er hat die Bank erreicht und den Aprikosenbaum, er hat den Pfad überflutet und das ganze Tal. Er hat die Dornenbüsche mit sich gerissen und ist durch den Vorgarten hereingeströmt, die Haustür hat ihn nicht aufhalten können und der Schrank unter der Klinke nicht, und die Vorhänge in seinem Wohnzimmer haben sich vollgesaugt bis unter die Decke, da hängen sie von ihren Stangen wie tote Leiber. Sein Kind hält ihn und schützt ihn vor dem Wasser und vor der Flut. Du wirst nicht ertrinken, sagt das Kind, das Wasser, das dich umgibt, ist nicht hier in diesem Raum. Du siehst es in deiner Phantasie, sagt das Kind, aber es kann dir nichts anhaben.

Weiße Punkte hat Iras Puppengeschirr, weiße Punkte auf blauem Grund, er sieht es durch das glitzernde Zellophan. Eine Kaffeekanne und vier kleine Tässchen, vier kleine Tellerchen und vier kleine Untertässchen.

»Komm, Papa!«, ruft das Kind, und schon ist es drüben auf dem Rasen, breitet Tücher aus und hat die Puppen

geholt und den Teddy, es verteilt die Tassen und Teller und holt Kuchen vom Erwachsenentisch.

Gäste sind da, es ist ein Fest, für Jutta, eine neue Arbeit hat sie bekommen, das wird gefeiert bis in die Nacht, und nicht einmal Jutta schimpft wegen der Grasflecken auf Iras Kleidchen. Nicht vor den Kollegen, vor denen natürlich nicht.

»Komm, wir spielen Kaffeetrinken«, sagt das Kind und zieht an seiner Hand. »Komm mit, ich habe schon alles vorbereitet«, und die Erwachsenen lachen und sagen: »Geh nur, Cornelius, und spiel mit deiner Tochter, wir kommen zurecht hier«, und Jutta geht hinein, und im nächsten Augenblick erklingt Musik, und sie reißt die Fenster auf, damit alle was davon haben, und klettert direkt über die Fensterbank zurück auf die Terrasse, in der einen Hand ihre Zigarette und in der anderen eine Flasche mit serbischem Schnaps von Evis Mann.

»Wir kommen zurecht«, sagen sie. »Geh ruhig, los geh«, und sein Kind zieht an seinem Arm, und er spürt Iras weiche kleine Hand in der seinen, und ihre samtigen Arme streifen über seine Haut, und er steht auf und lässt sich von ihr führen, von ihr hinunterziehen auf den Rasen, auf ihre Picknickdecke, er setzt sich zu Teddy und Puppe, zu Frosch und Hund und Waschbär, und er darf Kinderkuchen essen und Kinderkaffee trinken, aber selber nehmen darf er nicht, er muss warten. Warten, bis ihm ein Tässchen an die Lippen gehalten wird, er darf erst trinken, als das Kind es erlaubt, und kosten muss er, langsam, langsam, bevor er den nächsten Schluck be-

*kommt, und der Teddy darf ebenfalls trinken und die
Puppe, und vorsichtig sollen sie sein, damit sie sich nicht
verschlucken. Nur der Hund muss aus einem Tellerchen
schlabbern. »Er ist ein Hund, Papa, Hunde machen das
so.«*

Das Wasser strömt um ihn her, sein Kind ist nicht mehr
da, wo ist es hingegangen? Blaues Licht ist um ihn, als
wäre er tief unter Wasser und könnte das Tageslicht jenseits der Oberfläche sehen.

*Er spielt nur mit Ira. Vor aller Augen. Und gleich ist es
vorbei.*

*Aber als der Kuchen zerkrümelt ist und der Kaffee ge-
trunken, da flitzt sie davon und ist in Windeseile zurück,
kniet vor ihm und hat einen Batzen aus feuchtem Sand
in der Hand, mit Blütenblättern verziert. »Nimm das,
Papa«, sagt sie, und sie reicht ihm den matschigen Klum-
pen. »Für dich«, sagt sie.*

*Er sieht ihre leuchtenden Augen und ihren fröhlichen
Mund, und er sollte ihr Geschenk ausschlagen und ihre
Hand wegschieben, er sollte aufstehen, so schnell er
kann, weg von der Decke, weg von der Kanne mit den
weißen Punkten, weg von Iras wuseligen kleinen Finger,
die ihn festhalten wollen. »Schau, was ich habe.« Aber
er beugt sich vor und pustet auf den Matschklumpen,
das ist kein Kuchen, Ira, es ist Lasagne, und sie ist direkt
aus dem heißen, heißen Ofen, wir müssen beide pusten,
und er kitzelt sie am Bauch das ist erlaubt, das darf er,
und er stößt mit seiner Nasenspitze an ihre, das sind Eskimoküsse, nur Eskimoküsse, und ihre Finger klettern
seine Beine hinauf, immer höher, vor aller Augen, und er*

horcht auf das Stimmengewirr vom Erwachsenentisch,
das nicht aufgehört hat, und die Musik ist noch dieselbe
wie vorhin, und Iras Finger klettern und klettern.

Hände greifen nach ihm, drehen ihn, heben ihn aus dem
Fluss, legen ihn ans Ufer und trocknen ihn ab, geben ihm
ein warmes Tuch in die Arme. Halt es fest, Cornelius, so
fest du kannst.

Noch einen Augenblick so bleiben. Es ist nicht verboten,
was er tut, vor aller Augen, er spielt mit seinem Kind,
wie alle Väter mit ihren Kindern spielen sollten. Alle sol-
len sie aus ihren Arbeitszimmern und ihren Büros kom-
men, und nicht nur die Väter, auch die Lehrer, die vor
allem. Sie sollen ihre Podeste verlassen, sie sollen ihre
Klassenzimmer verlassen und den Kindern die Welt an-
fassbar machen. Keine Lehrbücher, kein überkommenes
Wissen, keine längst überholten Methoden mehr, um
Kinder zu Konformisten zu machen. Die bürgerlichen
Fesseln haben sie überwunden, warum denn nicht einem
Schüler die Hand reichen, wenn seine Füße tastend Halt
suchen in einem Bach, der überquert werden muss?

Pädagogen sind Anführer, sie schlagen die Schneisen,
und die Schüler folgen ihnen, aus freien Stücken, weil sie
es wollen, und was ist verwerflich an der Freude, die ein
Lehrer empfindet, wenn er einem Kind beim Wachsen
zusehen darf und vorsichtig korrigiert, wenn es hier und
da noch nicht recht klappen mag?

Nichts, sagt Gerster. Beziehung ist alles. Du machst
alles richtig, Cornelius, dir fehlt nur noch ein bisschen
Mut. Sieh mich an, Cornelius, sieh mich an.

Er liegt am Ufer, zugedeckt ist er, und Schatten ist um ihn, von den herunterhängenden Zweigen einer Weide, er kann die Blätter berühren und die Weidenkätzchen, er sieht die goldenen Wolken aus Blütenstaub aufsteigen, als er sie streichelt. Er schmeckt Blut, und als er die Lippen öffnet, um auszuspucken, sind es rote Früchte, die auf den Sand fallen, und es werden mehr und immer mehr, und er kann es nicht aufhalten, er kann sie nicht zerbeißen und nicht wieder hinunterschlucken. Bitter und scharf sind sie, und ihre Stacheln zerschneiden ihm die Zunge.

Aber da hört Ira die Türglocke, sie lässt von ihm ab und springt auf. »Noch mehr Gäste«, sagt sie und lacht, und die Lasagne ist vergessen und die Eskimoküsse auch, und der Papa, der eben noch die Mitte der Welt gewesen ist, bleibt allein zurück auf dem Rasen – und er zerdrückt ihren Sandkuchen und zerreibt ihn auf der Decke.

Kalt ist es, und er schwitzt, beides zur gleichen Zeit. Jutta ist da, er sieht sie in der Tür, sie hat das Kind in eine Decke gewickelt, sie legt es ihm in den Arm, und dann verschwindet sie, sieht sich nicht um und geht durch die Wand hindurch, verabschiedet sich nicht, und er hat das Kind, und das Kind wärmt ihn, und es sieht ihn an aus großen Augen. Es ist winzig und kahl, nicht ein einziges Haar hat es auf dem Kopf, er wartet, und es wird Nacht und wieder Tag, und Jutta kommt nicht zurück.

Gewitter. Ein Gewitter bricht los. Beim zweiten Blitz schon steht Ira in der Tür zum Arbeitszimmer. Auf dem breiten Ledersofa liegt Gerster, lässig ausgestreckt, Augen wie ein Falke, eine steile Furche zwischen den Augenbrauen. In diesem Gesicht ist nichts Angenehmes, keine Weichheit. Wie aus Stein gehauen, so hält sich der ganze Mann. »Deine Tochter, Keppler?«, und er setzt sich auf und mustert Ira.

Cornelius hätte sie zurückbringen müssen, zurück in ihr Zimmer, er hätte Gerster wegschicken müssen, er hätte bei Ira bleiben müssen, solange das Gewitter draußen tobt, weil er weiß, wie viel Angst sie hat vor den Blitzen, aber er schickt sie hinaus auf den Gang und will die Tür schließen. »Schlafenszeit, Ira«, sagt er, und als sie nicht weggeht, schiebt er sie vor sich her. »Geh jetzt«, sagt er noch einmal und schlägt die Tür zu, und endlich hört er ihre Schritte, wie sie sich entfernen.

»Duckst dich weg, Keppler«, sagt Gerster da, er ist aufgetaucht hinter dem Kind im Schlafanzug, und er hat einen brennenden Stab in der Hand, und Cornelius kann sich nicht rühren, liegt im Sand und kann nicht mehr aufstehen, nicht einmal sprechen kann er, nur seine Finger krallen sich in den Boden.

Gerster legt überall seinen Finger in die Wunden, Kolleginnen putzt er auf Konferenzen runter und lässt sie anschließend die Tabletts holen mit den Kaffeekannen und den Gebäckstücken. Der hat Autorität, sagen die Eltern, der kann sich durchsetzen.

Aber Cornelius sieht die Kinder weinen, wenn sie zu ihm gehen, große Pause, mit dem Klassenbuch unter dem Arm. Gerster sieht sie nur an, und sie sinken in

sich zusammen. Er genießt das, fängt an zu fragen. Nach
den Eltern, besonders dem Vater. Der neuen Freundin
des Vaters – ach, das hattest du gar nicht gewusst? Dass
der sich so durch die Stadt vögelt? Nein?

»Du hättest das Zeug zu mehr gehabt, Keppler, aber
du duckst dich zu schnell«, sagt Gerster und setzt das
Gebüsch in Brand, und die Flammen schlagen hoch an
die Äste, und die ersten Aprikosen platzen auf in der
Hitze, und heißer Kirschsaft tropft auf seine Brust, und
Gerster hält die Fackel und legt Feuer um Feuer, bis
Cornelius eingeschlossen ist von einer Mauer aus Flam-
men.

»Duck dich weiter, Cornelius«, lacht Gerster. »Duck
dich, dann bist du ganz nah am Boden mit deiner Nase,
da gehörst du hin, einer wie du, in den Dreck.«

Kochende Luft raubt ihm den Atem, er drückt sein Gesicht in den nassen Sand, will zum Wasser zurück und
sich abkühlen, will hineintauchen und weg vom Tosen
und Schlingen der Flammen.

Gerster. Tobt sich durch seine Rede. Brüllt und flüs-
tert, rennt über die Bühne, reißt Mikrophonkabel aus
und wirft Blumenkübel um. Gekommen sind fast ein-
hundert Lehrerinnen und Lehrer, und Gerster geht
weiter als jemals zuvor. Er braucht Personal für seine
Neue Schule, wenn er sie nicht bei seinen Reden be-
kommt, bekommt er sie überhaupt nicht. Schreib mir
was, Cornelius, du schreibst mir das, was ich brauche,
dann wird endlich was aus dir, Keppler, dann schon.

»Lehrer wollt ihr sein?«, ruft er gleich zu Beginn. »Lehrer? Ihr? Was habt ihr euren Schülern zu bieten außer Algebra und Latein? Noch immer die alte Leier vom humanistischen Kanon? Glaubt ihr immer noch, der Mensch werde geformt, seine Denkfähigkeit gefördert, wenn er dreizehn Jahre lang lernt, Anweisungen zu befolgen?«

Nicht wenige nicken, so ist es immer. Was sollte ein Schüler sonst tun? Was ein Lehrer?

»Führung überlassen!«, schreit Gerster. »Kinder wissen selber, was sie wollen, sie nehmen sich, was sie brauchen.«

Ungläubige Gesichter. Wartet nur, ihr werdet nachher als Erste auf den Stühlen stehen.

»Kinder lernen voneinander und vom tätigen Vorbild – seid ihr tätige Vorbilder, wenn ihr am Pult steht, mit euren Fibeln in der Hand und dem Unterrichtsmanuskript aus dem letzten Jahrzehnt?«

Getuschel mit dem Nachbarn, die ersten machen sich Notizen. Gerster zieht sein Jackett aus und wirft es achtlos auf den Boden. Unter den Achseln hat er Schweißränder.

»Ist das tätiges Sein, hundertfach angewandte Tafelbilder ein weiteres Mal auszuspucken?«, brüllt er. »Soll ein begabter Junge, ein begabtes Mädchen sich vor Langeweile von der Brücke stürzen?«

*Starke Bilder schaffen. Betroffenheit erzeugen. War-
ten.*

*»Nein!«, donnert Gerster und springt von der Bühne,
rennt die erste Reihe entlang, macht auf dem Absatz
kehrt und erklimmt das Podest wieder. »Beziehung ist
es, was die Neue Schule gibt. Beziehung.«*

*Eine kleine Pause.
Cornelius' Idee.
Runterkommen lassen.
Und noch mal neu ansetzen.*

*»Wie war es bisher?«, sagt Gerster, die Stimme wieder im
Griff. Zurück auf Normalnull.*

*»Kinder lernen aus Furcht vor dem Rohrstock, aus
Furcht vor den Noten, aus Furcht vor der Macht des
Lehrers. Das! Muss! Ein! Ende! Haben!«*

*Vereinzeltes Klatschen.
Aber Gerster hebt die Hand.*

*Keine Unruhe, ich bin noch nicht fertig, heißt das. Cor-
nelius weiß das. Er hat sich die Geste ausgedacht. Für
genau diese Stelle. Die Hand heben. Mit der Handfläche
zum Publikum, den Arm nicht zu sehr strecken.*

*Da wird es ganz ruhig im Saal. Gerster, vorne am Rand
der Bühne. Selbst die Strickerinnen in der letzten Reihe
halten ihre Nadeln still.*

Er senkt die Stimme und fixiert einzelne Zuschauer, am liebsten eine der Frauen aus der ersten Reihe.

»Kinder sollen aus Liebe lernen. Von ganzem Herzen sollen sie ihren Lehrer lieben, und von ganzem Herzen sollen sie wiedergeliebt werden.«

Jetzt die Hand sinken lassen, abwenden. Genau.

Applaus brandet auf. Tosend. Und in der ersten Reihe stehen die Kolleginnen auf den Stühlen.

Gerster steckt das Mikrophon wieder in die Halterung. Er hat sie. Das weiß er. Und er hat jetzt Zeit. Jetzt werden sie ihm alles abnehmen. Cornelius sieht es an seiner Körperhaltung, er hört es am Klatschen, an den Pfiffen und dem Gejohle. Er sieht, dass einige der Frauen Tränen in den Augen haben, und er weiß, im Saal sind es noch mehr, wie immer.

Und danach Vesperplatte und Bier. Nur er und ein aufgedrehter Gerster. Für den er die Blutwurst abschneiden muss, weil ihm die Hand noch zittert. An welcher Stelle haben sie am meisten geklatscht, Keppler? Sollen wir den Schluss noch länger rauszögern, was denkst du?

»Liebe«, sagt Gerster, die Stimme so schmal und zart.

Gerster will ihn vorn an der Front dabeihaben. Unbedingt.
Cornelius zögert. Er hat Jutta, und er hat das Kind.

»Jutta fängt nächste Woche beim Fernsehen an«, sagt Gerster beiläufig. Als sei das eine ganz kleine Sache. Gerster weiß, dass Cornelius nur so tut, als hätte er das bereits gewusst. Dann kannst du mitmachen bei uns, soll das heißen, dann krempeln wir den ganzen verkommenen Betrieb um. Du und ich, Keppler, du und ich.

Jetzt ist Gerster wieder da. Steht im Zimmer, und das Kind ist nicht bei ihm, um ihn zu beschützen. Cornelius zittert. Gerster will ihn holen, dieses Mal wird er kein Nein akzeptieren, dieses Mal wird er ihn mit seinem eigenen Blut unterschreiben lassen, du und ich, Cornelius, wir sind aus demselben Holz geschnitzt, wird er sagen, denkst du, ich habe nicht bemerkt, wie du dein Kind angesehen hast? Alles, was du willst, hättest du haben können, Keppler. Alles. Aber du hast nicht unterschrieben, du hast mich zurückgewiesen. Bist zurückgekrochen in die Höhlen deines katholischen Bürgertums, drei Zimmer, Küche Bad, ist es das, Cornelius? Bist du glücklich geworden damit? Dein Leben lang den Schwanz einziehen, dein Leben lang Lateinübersetzungen desinteressierter Schüler, denen das Feuer fehlt, weil sie die Liebe ihres Lehrers nicht erfahren durften? Denen nie ein Pädagoge begegnet ist, der seinen Namen verdient hätte, die keinen Anführer erleben durften und keine Initiation?

Du hast deine Schüler ohne Kompass von der Schule gestoßen, Keppler. Du hast ihnen die Bildung an Geist und Körper verwehrt, du hast ihre Bedürfnisse negiert, wie es die blutleeren Kirchenaffen seit Jahrtausenden predigen, du bist der Doktrin deiner Vätergeneration gefolgt, hast du denn gar nichts gelernt in deinen Gruppen und deinen Versammlungen? Du hast das bürgerliche Unwesen aufgesaugt, wie ein trockener Schwamm den Schweiß eines Pavians aufsaugen würde, du hast dich entschieden. Für Kontrolle und Entmenschlichung. Für Verbot und Stigma. Für eine Zerstörung, die auch vor den Unschuldigsten, den Kindern, nicht haltmacht. Statt ihnen den Weg in die Freiheit zu weisen, hast du dich für diejenigen entschieden, die ihnen nachts lieber die Hände an die Bettpfosten binden und für sie beten, ist es nicht so? Keppler?

Daedalus hat für seinen Sohn Ikarus Flügel gemacht, um aus dem Labyrinth des Minos zu entfliehen. Aus Gefangenschaft und Unterjochung, Cornelius. Nur Menschen, die Kinder verabscheuen, können es gutheißen, ihnen diese grundlegende Erfahrung umzudeuten in ein Tabu, ein Verbot, in etwas Schmutziges, gar Verdorbenes, und uns bestrafen zu wollen, wo wir aus Liebe handeln und wahrer Hinwendung. Nein, diese Paragraphen müssen fallen, Paragraphen, die Menschen wie uns zu Verbrechern machen.

Fünfundvierzig Minuten in das Grammatikbuch sehen und nicht an die nächste Stunde in der Oberstufe denken, sieben Schüler, Latein Leistungskurs, kein Entkommen. Sollen sie sich lustig machen über ihn, sollen sie sagen, beim Keppler geht das, bei dem kann man die Klausuren an die Jüngeren verkaufen, der traut sich nicht, neue Aufgaben zu stellen, der schaut einem ja nicht einmal in die Augen.

Gerster bietet ihm einen Neuanfang an. Ein Leben, das ihm möglich machen würde, aufrecht in die Klassen zu gehen.

Wir sind einer großen Sache auf der Spur, Cornelius. Wir sind wie Moses, der die zehn Gebote bekommen hat und vom Berg herunterkommt und sehen muss, dass sie um das goldene Kalb tanzen. Cornelius, die Gesellschaft hat sich für Spießertum und religiöse Enge entschieden. Wir aber haben den Schlüssel in der Hand. Wir wissen, dass wir alles über Bord werfen müssen, jede einzelne Regel, jedes Tabu. Wir müssen den Moder loswerden, wir müssen unsere Haut abstreifen, wir müssen uns selbst neu zur Welt bringen – du weißt wofür? Weißt du das?

Cornelius weiß das. Er weiß, welche Worte auf den Blättern stehen, die Gerster ihm gibt. Er weiß, was in den Büchern steht, die Gerster ihn lesen lässt.

Gerster tritt hervor aus der Flammenwand, das Feuer kann ihm nichts anhaben, er schiebt es beiseite, als wären es Zweige mit kühlen Blättern. Der Sand unter seinen Füßen dampft bei jedem seiner Schritte. Cornelius hebt die Hände vor die Augen, Blasen bilden sich auf den Innenflächen, sie platzen auf, und dicke Flüssigkeit tropft auf den glühenden Boden.

Gerster steht direkt vor ihm.

»Bist du dabei, Cornelius?«, fragt er eindringlich. »Bist du dieses Mal dabei?«

»Nein«, flüstert Cornelius, *nein, nein, nein,* und die Flammen aus Gersters Stab schlagen über ihm zusammen.

23

Ein paar Schritte im flachen Wasser, die Hose abstreifen, das Hemd, und weitergehen, bis es zu tief ist, um noch stehen zu können.

Lew lässt die Kinder hinter sich, schwimmt auf die Felsen zu und fühlt die Wassertiefe, die kühlere Strömung, als der Meeresboden steil abfällt.

Das Salzwasser brennt in seinen Augen, und als er auf den Felsen klettert, ist er erschöpft von der kurzen Strecke, die er zurückgelegt hat. Auf seiner Haut bilden sich weiße Schlieren. Seit sechsundsiebzig war er nicht mehr am Meer, seit siebenundachtzig ist er überhaupt nicht mehr geschwommen.

An den heißen Tagen hatte Hanno versucht, ihn zu überreden, *das gehört zu dir, Lew, wirf es nicht weg*, aber wenn Hanno sein Fahrrad belud, um an den See zu fahren, blieb Lew im Haus und schloss die Fensterläden, um die kiefernduftgeladene Hitze draußen zu halten, und er genoss die Stille und konnte sicher sein, bis zum Abend niemanden zu sehen, weil Überraschungsgäste nicht zu erwarten waren und Hanno nicht vor Einbruch der Dunkelheit zurück sein würde.

Im Sommer neunundachtzig war Manuel das dritte Jahr an der Juristischen Hochschule in Potsdam, *du trittst in meine Fußstapfen, sehr gut, Junge*, und Lew war den Tag über mit Katharina allein. Ab und zu kam sie nach einer durchwachten Nacht zum Frühstück und sprach mit ihm über die Arbeit bei Hanno, aber sie begleitete ihn schon lange nicht mehr auf seinem Weg in die Gewächshäuser. Hin und wieder fragte sie ihn nach einer Orchidee für den Salon, *du weißt, was mir gefällt, Lew*, und dann ging er und suchte eine aus für sie und gab sie ihr am Abend, wenn sie aufgestanden war.

Katharinas Anwesenheit in der Villa tagsüber zu bemerken, war ungewöhnlich, jenes schabende Rascheln ihrer feinen Strümpfe auf dem Teppich, das kaum lauter war als das Aneinanderreiben trockener Handflächen.

Als Lew noch kleiner war, war sie oft so durchs Haus gegangen, die Schuhe in der Hand, *auf leisen Sohlen*, tauchte neben seinem Schreibtisch auf wie ein Geist, fragte nach den Hausaufgaben und las seine Aufsätze, und manchmal half sie ihm, wenn er nicht weiterkam, wenn ihm kein Ende einfallen wollte für eine Geschichte. Katharina fand immer eines, das passte und so klang, als wären es seine eigenen Gedanken gewesen.

An einem Morgen im Herbst neunundachtzig hörte er sie durch den Flur gehen. Vor seiner Tür blieb sie stehen, und er wartete auf ihr sachtes Klopfen.

Nichts geschah.

Er horchte an der Tür. Ihre Schritte entfernten sich, und er dachte zunächst, sie sei zur Treppe gegangen, vielleicht hinunter in den Salon, wo ihr Klavier stand.

Lew mochte es, wenn sie spielte, sobald sie glaubte, allein zu sein. Er mochte die Musik, die sie wählte, und hatte unbedingt lernen wollen, die Noten zu lesen. Katharina hatte ihm eine einfache Melodie beigebracht und ihn begleitet, und wenn es gelungen war, dann strahlte sie über das ganze Gesicht, und ihre Hand blieb auf seinem Arm, warm und schwer.

An jenem Septembermorgen aber ging sie nicht zum Klavier. Sie ging nicht die Treppen hinunter, sie ging auch nicht zurück in ihr Zimmer. Stattdessen hörte Lew das Knarzen der Dachbodentür, und als er auf den Flur trat, war sie geöffnet, und Katharinas Schuhe standen auf der untersten Stufe der Holztreppe nach oben, genau in der Mitte, und die Spitzen zeigten zu ihm, als sollten sie den Weg blockieren, als sollten sie sagen, hier kommt keiner durch.

Lew nahm die Schuhe und behielt sie in der Hand, stieg die schmutzigen Stufen nach oben. Seine Augen gewöhnten sich rasch an das Dämmerlicht, und er folgte Katharinas Spuren im Staub.

Seit dem Frühjahr war sie noch stiller, noch unsichtbarer geworden, sie erschrak vor ihrem eigenen Schatten, und Hanno musste die Zeitungen morgens aus dem Kasten holen, damit sie die Schlagzeilen nicht zu Gesicht bekam.

»Dieser Russe macht ihr Angst«, sagte Hanno, der tagsüber mit Arnold Bergmann im schwarzen Auto unterwegs war und an den Abenden immer häufiger in die Kirche ging. *Man muss sich da mal umhören, Lew.*

»Die Leute gehen massenweise auf die Straße, in Leipzig, hier in Berlin, in fast allen größeren Städten. Sie wollen sich das Maul nicht mehr verbieten lassen«, sagte er in den Nächten, wenn er seinen Anzug zum Lüften an den Haken vor der Tür hängte und seine Füße hochlegte. »Und die da drüben haben alle die Hosen voll«, sagte er und wies auf die Villa. »Dieser Russe will Demokratie, Meinungsfreiheit. Womöglich noch Marktwirtschaft. Das ist das Ende ihrer Macht. Aber die anderen haben ebenfalls Schiss, weil sie nicht wissen, ob nicht doch noch Militär aufmarschiert und alles niederschießt, wer weiß schon, auf welche Weise sie auf die Grenzöffnung in Ungarn reagieren.«

Lew fand Katharina, als sie bereits auf den Stuhl gestiegen war, und später, als Arnold bei ihr saß, nahm der Arzt Lew beiseite und legte ihm nahe, Katharinas Mann davon zu überzeugen, eine gute Klinik für sie zu suchen, *weil das nicht das erste Mal gewesen ist, Lew.*

Noch im selben Monat zog Katharina dorthin, und Hanno packte in der Küche Gewehre und Pistolen, die er in der Villa zusammengesammelt hatte, in eine Kiste und vergrub sie im Garten. »Du weißt nicht, auf welche Ideen der jetzt kommt«, sagte er und meinte Arnold, der immer noch Tag für Tag ins Ministerium fuhr, aber seinen Anzug nicht mehr wechselte und auch nicht das Hemd.

Der niemanden mehr ansah und seine Füße beim Gehen kaum noch vom Boden hob, als er im Dezember schließlich zu Hause blieb und sein Arbeitszimmer nur noch für die Mahlzeiten verließ.

Bis Arnold Katharinas schönstes Kleid und ihre Klaviernoten in einen Koffer legte und sie aus der Klinik abholte, im Morgengrauen. Er hinterließ alle seine Schlüssel auf der Schreibtischunterlage und notierte die Zahlen für das Schloss des Tresors. Das schwarze Auto lenkte er zum ersten Mal selbst aus der Stadt hinaus bis in das Dorf, aus dem er stammte.

Einer erzählte später, dass er den Wagen gesehen hatte, oben auf dem Hügel, und eine Frau, die sich ein neues Kleid angezogen und die Haare hochgesteckt hatte, und von der Umarmung sprach er, die er gesehen haben wollte, sogar von einem Kuss war die Rede, und dann waren sie eingestiegen, und der Wagen hatte sich in Bewegung gesetzt und war gleich an der ersten Kurve über die Böschung hinausgeschossen und in den Fluss gestürzt, zwanzig, dreißig Meter in die Tiefe, und die Klaviernoten trieben nur wenig später im Morgenlicht auf dem Wasser.

Die Polizei brachte sie zusammen mit dem Gepäck in die Villa. Lew löste vorsichtig die feuchten Blätter voneinander und trocknete sie auf der Heizung. Nach der Beerdigung setzte er sich an den Flügel und spielte sich Ton für Ton durch das Stück, das Katharina auf ihrer letzten Fahrt begleitet hatte.

Im Arbeitszimmer öffneten die Brüder den Tresor und fanden darin mehrere Kassetten mit Westgeld und eine Mappe mit handschriftlichen Verfügungen über jeden Gegenstand im Haus. Beinahe einhundert Seiten umfasste die Liste, die Arnold Bergmann in den letzten Wochen erstellt hatte, und die Daten, die am Rand notiert waren, zeigten, wie viele Posten er pro Tag geschafft hatte und wie das Wetter gewesen war.

Schweigend saß Manuel am Schreibtisch und arbeitete sich Zeile für Zeile durch die Aufstellungen. Lew fand ihn um Mitternacht, eine halbleere Flasche Wodka neben sich.

Im ganzen Zimmer hatte Manuel die eng beschrifteten Bögen ausgelegt, auf manchen hatte er Fußabdrücke hinterlassen, viele waren geknickt. Der Teppich war übersät mit Brandlöchern, Manuel trat seine Kippen einfach auf dem Boden aus.

»Was suchst du?«, fragte Lew.

»Ich weiß es nicht«, sagte Manuel. »Irgendwas. Eine Erklärung. Eine klitzekleine Erklärung, wenigstens diesmal.«

Und Lew betrachtete den Bruder, der die Uniform angezogen hatte für die Beerdigung, der noch am Nachmittag hinter den Särgen hergegangen war, ohne eine einzige Regung.

Er dachte an den Dreizehnjährigen, der in dieses Haus eingezogen war und sich so rasch angepasst hatte an die neue Umgebung, das neue Essen und die neue Sprache, der mit dem neuen Vater so gern draußen gewesen war, um zu angeln, und der seinen Ekel vor den toten Fischen tapfer verborgen hatte, nur damit es ganz bald einen neuen Ausflug gab.

Und er dachte an den Vierzehnjährigen bei der Jugendweihe, an den Achtzehnjährigen bei der Abiturfeier und an den Stolz der neuen Eltern auf diesen Sohn, und er stellte sich vor, was es für seinen Bruder bedeuten musste, dass der immer so selbstsichere, laute und zupackende Arnold Bergmann diesen Weg gegangen war, und da erzählte er ihm von dem Tag, an dem er Katharina auf dem Dachboden gefunden hatte, und Manuel nahm die Wodkaflasche und goss die Hälfte davon in einen Becher, der Arnold Bergmann als Stiftständer gedient hatte, gab ihn Lew und sagte: »Und hat es genützt, Lew? Dass du sie abgehalten hast, ihren Kopf durch eine Schlinge zu stecken?«

Sie tranken, und als die Flasche leer war, tastete Lew in seiner Hosentasche nach dem Schlüssel, der bei den anderen gelegen, aber bisher nirgendwo hineingepasst hatte, und ging damit durch das ganze Haus, bis er in Katharinas Schlafzimmer eine verschlossene Schublade fand.

Er holte eine mit blauem Samt bezogene Kiste heraus, nahm sie mit in sein Zimmer und stellte sie auf seinen Schreibtisch. *Für meine Söhne* las er, in Katharinas schöner runder Handschrift.

Eine Haarlocke lag darin und ein Totentäfelchen für ein Kind, das lange vor Lews Geburt zur Welt gekommen und gestorben war, und ein besticktes Kleidchen und eine Mütze aus demselben weichen Stoff.

Zeichnungen von Manuel fand er, *unsere ganze Familie*, Katharina ganz schmal neben Arnold, der das halbe Bild ausfüllte, und Manuel auf einem Rad, Lew an der Seite, in Badehose und mit Schwimmflossen an den Füßen. In der Hand hielt er einen goldglänzenden Pokal.

Ein dünner Ordner lag ganz zuunterst, und als Lew ihn öffnete, fiel ihm ein Brief entgegen, der versiegelt war und Manuels und seinen Namen trug.

Als er die Bögen auffaltete, da hielt er eine Urkunde in Händen, und sie war unterschrieben von Werner und Renate Jarnick.

Er rief nach Manuel, und dann lasen sie gemeinsam den Brief und erfuhren, was Katharina und Arnold Bergmann ihnen all die Jahre über verschwiegen hatten: dass die Eltern im Sommer sechsundsiebzig nicht über die Grenze geflohen, sondern gefasst worden waren, und dass es eine Verhandlung gegeben hatte und ein Urteil, *zwei Jahre Haft.*

Katharina hatte die Zeilen offenbar in großer Eile geschrieben, manche Wörter standen nur halb auf dem Papier, und die Zeilen liefen schräg über die Seite. Mitten im Satz brach der Brief ab, und sosehr sie auch suchten, es gab kein zweites Blatt und keine Rückseite, keinen Zettel und keinen Hinweis, und als der Morgen anbrach, zog Manuel seine Uniformjacke aus, hängte sie über den Stuhl und legte seine Manschettenknöpfe zu den restlichen Schlüsseln.

Und dann öffnete er die unterste Schublade des Aktenschrankes und legte die ersten Ordner wieder hinein.

Sorgfältig gestapelt, Ordner für Ordner, in der richtigen Reihenfolge.

»Das sind nicht wir«, sagte er. »Das gehört nicht zu uns.«

Nur den Brief aus Katharinas Kiste behielten sie und die Urkunde, und Manuel fuhr ins Ministerium, um mit den Kollegen von Arnold Bergmann zu sprechen, aber sie wiesen ihn ab und ließen ihm beim zweiten Mal gar nicht erst herein.

Und wenn Manuel nun ebenfalls mitfuhr zu den neuen Baustellen, die Hanno aufgetan hatte in den Gärten der umliegenden Villen, dann fragte er sich, warum er trotz der neuen Einheit keine Spur finden konnte von Renate und Werner Jarnick. Und wenn er Teiche aushob für die neuen Bewohner aus dem Westen, wenn er Hannos Transporter hinter ihren tomatenroten Volkswagen parkte und sich wunderte über Sitzbezüge aus Holzperlen, wenn er mit Lew zusammen im Schatten saß und selbstgedrehte Zigaretten aus Westtabak rauchte, dann begann er, von einer *Lücke* zu sprechen und einem *Hinweis*. Er führte seine Ausbildung in Potsdam ins Feld, *da steckt etwas dahinter*, und es half nichts, dass Lew immer wieder sagte, dass er nicht alles wissen könne, dass er vielleicht nur eine beschränkte Sicht auf die Dinge habe: Je mehr Manuel hörte, was möglich gewesen war vor neunundachtzig, desto überzeugter war er davon, dass die Flucht im Sommer sechsundsiebzig nicht zufällig gescheitert war. Jemand hatte sie verraten, und Manuel glaubte, den Schuldigen gefunden zu haben. *Wer von beiden konnte zufrieden sein mit dem, was er hatte, Lew, und wer nicht?*

24

Iras Hand schmerzt. Es ist ein pochendes Ziehen und ein scharfes Stechen bei der kleinsten Bewegung. Sie hält sie fest umschlossen und weiß nicht, was zuerst war: der Schmerz oder ihre Umklammerung.

Mehr als eine Stunde sitzt sie schon so da, schweigend, und sie hat die Platte nicht weggeräumt und das Album nicht zugeklappt. Die Fenster stehen noch immer offen, es ist kalt geworden im Zimmer und dämmrig.

Cornelius schwitzt, sein Gesicht ist von einem dünnen Schweißfilm bedeckt, und trotzdem ist seine Haut so kalt, dass Ira die zweite Decke nimmt und sie über ihn breitet.

»Nicht«, sagt Ada, als sie das sieht. »Ihm ist heiß von innen. Wir legen ihn auf die Seite, dann kann er besser atmen, du wirst sehen.«

Ira hilft ihr, und für einen Augenblick ist da eine Traurigkeit in ihr darüber, dass sie die notwendigen Handgriffe inzwischen so gut beherrscht. Sie legen die Bettdecken weg und nehmen ein einfaches Laken für ihn, und Ada zeigt Ira die dunklen Flecken, die sich an seinen Beinen gebildet haben.

»Nicht mehr lang«, sagt sie, und dann nimmt sie Ira in den Arm. »Es ist nicht leicht, wenn die Eltern gehen«, sagt sie. »Und wenn sie so kämpfen wie dein Vater, dann ist es doppelt so schwer.«

Sie trägt die Wasserschale hinaus und die Handtücher, die brauchen sie nicht mehr für ihn.

»Leg ihm deine kühlen Hände auf die Stirn«, sagt sie. »Und lass ihn gehen.«

Nicht mehr lang.

Ira sucht nach Sätzen, nach einem Bild, über das sie sprechen kann mit ihm, und ihr kommen die Lieder in den Sinn, die sie abends für John singt. *Breit aus die Flügel beide*, sie summt es für ihn, und ihre Stimme wird stärker, und dann erzählt sie Cornelius von John und seinen Fragen nach dem Himmel, in den sein Großpapa reisen wird, und davon, wie sie nach Antworten sucht für die Fragen ihres Kindes.

Ich sage ihm, dass ich nicht weiß, wo dein Weg dich hinführen wird. Dass ich nicht weiß, ob noch etwas dableibt, ob es mehr ist als das Bild, das wir uns voneinander gemacht haben. Ob überhaupt mehr von dir bleiben kann als das, was ich mir vorstellen kann. Vielleicht wollen wir deshalb so genau wissen, was wir geteilt haben miteinander, damit wir sicher sein können, dass wir alles erfasst und verstanden haben, wenn jemand geht.

Ich höre dein Lachen, Cornelius, immer hast du gelacht, wenn ich so mit dir gesprochen habe. *Du bist zu klein für die Gedanken, die du hast*, hast du ganz früher gesagt. *Vielleicht ist es doch nicht so gut für dich, so viel zu lesen,* hast du später gesagt, und einmal hast du dich darüber mit Tadija unterhalten, und ihr seid euch einig gewesen. Du und er, ausgerechnet.

Ich weiß nicht, wo du im Augenblick bist und was du fühlst. Ob du mich noch wahrnehmen kannst und hörst, was ich dir erzähle?

Tadija hat es gekonnt, sagt Evi.

Tadija ist in seinen letzten Tagen zurück gewesen in seinem Dorf, glaubt Evi. Er hat das Haus wiedergesehen, in dem er geboren wurde, in dem seine Tochter aufgewachsen ist und das er für Fido zurückgelassen hat. Seine Eltern waren dort, sein Vater kam zum Hoftor, um es für ihn zu öffnen, und die Mutter hat Nudelteig über die Leine gehängt. Alles war so, wie er es als Kind viele Male gesehen hat. Seine Geschwister haben in den ausgetrockneten Pfützen Murmeln gespielt, und er hatte schon einen Fuß hineingesetzt, aber dann hat er innegehalten und ist die Landstraße hinuntergegangen bis zur Wegkreuzung.

Und dort hat seine Frau auf ihn gewartet, an der Wegkreuzung, an der sie sich das erste Mal küssten.

Er hat ihren Namen gesagt, geflüstert, gehaucht, und Evi hat seine Hand losgelassen und ist bei ihm geblieben, bis er sich verabschiedet hat.

Er wollte nach Hause, hat sie gesagt, *und zu Hause, das war dort, wo er mit ihr gelebt hat.*

Kannst du meine Hände spüren, Cornelius? Ich lasse sie auf deiner Stirn liegen, wenn du einverstanden bist, und ich lasse die Fenster geöffnet, bis es dunkel geworden ist und die Nacht kommt. Dann werde ich sie schließen, weil es mir unheimlich ist, mit dem Rücken zum offenen Fenster zu sitzen und in der Dunkelheit nicht sehen zu können, was dort draußen ist.

Weißt du noch, dass du immer als Erstes den Vorhang schließen musstest, weil ich mein Zimmer nicht betreten konnte, solange er offen war und das Licht brannte? Du hast nicht ein einziges Mal über mich gelacht, Cornelius. Du bist für mich da hineingegangen, ohne zu zögern und ohne meine Sorgen kleinzureden.

So viele meiner Erinnerungen sind mit dir verknüpft und mit deiner Stimme. Du hast mir das Lesen beigebracht, erinnerst du dich? Ich stand vor deinem Bücherregal und wollte wissen, wie sich das anfühlt, wenn man lesen kann.

Da hast du ein Buch aus dem Regal genommen, es aufgeschlagen und mir den ersten Satz vorgelesen, und danach hast du mir jeden einzelnen Buchstaben erklärt. Du hast in der Küche Zucker auf einen Teller gekippt und mir gezeigt, wie ich meine Buchstaben hineinzeichnen kann, wir mussten extra zur Großmutter gehen, weil es in unseren Schränken keinen gab. Dieses erste Buch, das war *Robinson Crusoe*, ich habe es aufgesaugt, ich sehe noch heute den Strand und Robinsons Höhle vor mir, und immer, wenn wir eine lang geplante Ferienreise absagen mussten, war ich heimlich froh darüber, weil ich lieber zu Hause bleiben und in meinen Büchern verreisen wollte.

Aber es sind nicht nur die Bücher gewesen, die du mir gegeben hast. Später haben wir beim Frühstück zusammen die Zeitung gelesen, und du bist es gewesen, der mir erklärt hat, was Politik ist und warum es wichtig ist, darüber Bescheid zu wissen. Von dir habe ich gelernt, was ein transatlantisches Bündnis ist und warum Rolf mit Jutta nach Mutlangen gefahren ist, und trotzdem hast du dich schützend vor mich gestellt und ihnen verboten, mich mitzunehmen. Wie lange hat sie danach nicht mit dir gesprochen? Tage? Wochen?

Du bist meine Zuflucht gewesen, Cornelius, in diesem Haus, an den Abenden, in den Nächten. Wenn ich nicht hinauskonnte, zu Fido und Evi, wenn es Winter war und die Dunkelheit schon früh hereinbrach, und noch mehr, als Fido weggegangen ist. Es war im Herbst, wir standen am Fluss und haben den Menschen zugesehen, die sich auf der Brücke versammelten, am dritten Brückenpfeiler, genau dort, wo Fido sein erstes Geld verdient hat als Straßenmusiker. Wir sind zusammen hingegangen und haben unser ganzes Kleingeld in seinen Koffer geworfen, aber das war bald nicht mehr nötig, weil die Touristen ihm reichlich gaben. Es war genug, um für den Rest der Sommerferien nach Prag zu fahren und dort auf einer anderen Brücke Musik zu machen.

An seinem achtzehnten Geburtstag sah ich mit Fido den Liebespaaren zu, wie sie an seinem Platz standen und

Münzen ins Wasser warfen, die sie vorher geküsst hatten. *Sie wollen die Liebe festhalten*, hat Fido gesagt.

Liebe kann man nicht festhalten, habe ich gesagt, *Liebe kommt einfach so.*

Was weißt du schon über die Liebe, hat er gesagt, *du bist doch erst dreizehn.*

Fast vierzehn, habe ich gesagt, und dann wollte ich mit ihm dorthin und ebenfalls eine Münze werfen, aber er hat mich zurückgehalten, und wir haben Kastanien gesammelt und gegen die Pfeiler geworfen, so wie in jedem Herbst davor auch. Dieses Mal hat Fido mich gewinnen lassen und ist stiller geworden, als die Dämmerung kam und mit ihr die beleuchteten Touristenschiffe. Auf manchen spielte eine Band, wir haben zugehört und versucht, schon beim ersten Ton das Lied zu erkennen.

Liebe kommt einfach so, kleine Ira, aber man kann nicht wissen, wann sie anklopft, hat er gesagt, und da wusste ich, dass etwas an diesem Geburtstag anders war.

Wie lange wirst du weg sein?, habe ich ihn gefragt.

Länger als sonst, hat er gesagt, und er hat mich nicht angesehen dabei. Auf den Boden hat er gesehen, seine Locken haben sein Gesicht verdeckt, und ich wusste, dass es dieses Mal nicht um ein paar Wochen ging.

Also für immer, habe ich gesagt und übers Wasser gesehen, und ich habe die Schiffe gezählt und die Lichterket-

ten und die Lampen an den Lichterketten, so lange, bis
ich ihn ansehen konnte, ohne zu weinen, und da endlich
hat er mich in den Arm genommen, so wie früher, und
ich dachte, ich hätte mich geirrt. Ich dachte, ich hätte ihn
falsch verstanden und er wollte gar nicht sagen, dass er
weggeht, vielleicht wollte er mir etwas anderes sagen, als
er über die Liebe gesprochen hat.

Aber als ich ihn küssen wollte, hat er mich weggescho-
ben, *nicht kleine Ira*, hat er gesagt, *das ist nicht das, was
wir beide miteinander tun sollten*, und er hat meine
Hand genommen und ist mit mir zum dritten Brückenpfeiler gegangen, hat eine Münze aus der Tasche geholt
und sie geküsst, und er hat mir die andere Seite hingehal-
ten, und dann hat er sie über seine Schulter ins Wasser
geworfen.

Als ich nach Hause kam an diesem Abend, hast du an der
Haustür auf mich gewartet. Du hast sofort gesehen, was
passiert war, und du hast keine Fragen gestellt. Du hast
nicht einmal geschimpft, weil ich viel zu spät war. Du
hast mir Tee gemacht, in der Küche, und eine Decke für
mich geholt, und dann haben wir uns in dieses Zimmer
hier gesetzt, und du hast eine Flasche Wein aufgemacht.
Als mein Tee leer war, hast du mir keinen neuen gekocht.

Wie alt bist du jetzt?, hast du gefragt, und ich habe
gesagt, *fast vierzehn*.

Dann verträgst du das, hast du gesagt und Wein in
meinen Becher gegossen, und dann wolltest du ganz genau wissen, was an diesem Tag geschehen war.

Als ich dir von Fido erzählt habe, da hast du mich
lange angesehen, und dann hast du mich vorsichtig in

den Arm genommen. *Länger als sonst*, hast du gesagt, *länger als sonst ist nicht für immer*, und dann haben wir uns zusammen auf dem Flokati eingerollt, und am nächsten Morgen bin ich mit Kopfschmerzen aufgewacht, und du warst draußen auf der Terrasse mit deinem Caro-Kaffee, barfuß wie immer, und durch die Fliegengittertür hast du mir gesagt, dass Jutta ausziehen wird, schon am nächsten Tag, und der Flokati hatte einen dunkelvioletten Fleck, weil uns die zweite Flasche Wein irgendwann in der Nacht umgefallen war.

Nach diesem Abend sind unsere Gespräche kürzer geworden, Cornelius, und deine Geschichten sind verschwunden. Deine Tür war immer öfter verschlossen, und am Morgen gab es keinen Kaba mehr und keine frischen Brötchen.

Wenn ich aufgestanden bin, warst du schon aus dem Haus, und am Abend hast du bis spät in die Nacht am Computer gesessen. Ich sehe noch das grüne Leuchten vor mir und den bernsteinfarbenen Bildschirm, den du später hattest.

Ich muss arbeiten, hast du gesagt, wenn ich am Abend bei dir sein wollte, wie früher.

Geh rüber zu Evi, hast du gesagt, wenn ich mit dir sprechen wollte, so wie früher, als wir noch nicht allein miteinander gewesen sind.

Warum fragst du nicht einen anderen?, hast du gesagt, wenn ich dich um deine Meinung gebeten habe.

»Ich habe nicht verstanden, warum du dich so verändert hast, Cornelius«, sagt Ira leise, und sie beugt sich noch einmal über ihn und küsst ihn auf die Stirn. »Ich konnte nicht sehen, womit du kämpfst.«

Cornelius atmet nur noch langsam, die Pausen dazwischen sind länger geworden als am Nachmittag, und sein Körper ist eiskalt.

Und als Ira seinen Puls tastet, ist er kaum noch zu spüren.

»Du hast mich doch beschützt, Cornelius«, flüstert sie, »aber der Preis dafür war, dich zu verlieren.«

Und dann bleibt nichts mehr zu tun, als zu warten, und es ist, als hielte auch das Haus den Atem an. Kein Geräusch ist mehr zu hören, kein Knarzen und Knacken mehr, selbst der kalte Aprilwind hat sich gelegt, und dann kommt Ada herein, löscht das Licht und zündet die Kerze an, die sie ein paar Tage zuvor schon gemeinsam aufgestellt haben.

25

Lew muss seinem Vater nicht sagen, wo der Schmerz in den Schultern sitzt, behutsam finden Werners Hände die richtigen Stellen von allein, und während Lew zusieht, wie am Steg die Boote ablegen und Kurs nehmen auf die Klippen, die am anderen Ende der Bucht steil zum Meer hin abfallen und ebenso rötlich schimmern wie die Felsen oben in den Hügeln, da will er wissen, welches Unglück geschehen ist, sechsundsiebzig schon und neunundachtzig vielleicht auch und ebenso im vergangenen Januar.

Und er spürt die Anwesenheit des Jungen, den er abgeholt hat auf den Stufen der Treppe vor der Villa, die eine Zeitlang sein Zuhause gewesen ist, und unter den Berührungen seines Vaters wächst die Angst des Kindes vor dem, was da lauern könnte auf der anderen Seite des Tores, sobald es den Garten verlassen hat, den es so genau kennt.

Aber es ist Lew selbst, der sich schützend vor das Kind stellt, der nun aufsteht und sein Hemd wieder überstreift, der ein Glas Wasser trinkt, sich bedankt und seinen Vater darum bittet, ihm die Stelle zu zeigen, an der seine Mutter gestorben ist, und der nicht zurückweicht, als er das Zögern bemerkt, sondern wartet, bis der Ältere so weit ist.

Und als er mit ihm den Strand hinuntergeht, sich umwendet und die Spuren im Sand sieht, die eine tief und regelmäßig und daneben eine zweite, die vom nächsten Windstoß verweht werden wird, da erkennt er unter dem hellen indischen Gewand seines Vaters den schmal gewordenen Körper, und in den kurzen Schritten liest er nicht mehr nur die Freude über ein Wiedersehen, sondern die Furcht vor dem, was am Ende des Weges auf ihn wartet, und noch einmal will er ihm sagen, *ich bin da, ich bleibe, und es spielt keine Rolle mehr, was es ist, was du mir sagen wirst.*

Als sie zu der Pyramide kommen, die aus Steinen aufgeschichtet ist, neben der frisch geschnittene Blüten in einer Wasserschale schwimmen, kniet sich sein Vater in den Sand und legt seine Hände auf die warmen Steine, und Lew kniet sich neben ihn, so nah, dass sie einander berühren.

»Du bist gekommen, um unsere Geschichte zu hören, Lew, und vielleicht ist es wirklich noch nicht zu spät, die Vergangenheit ans Licht zu holen«, sagt sein Vater, und Lew hält den Neunjährigen fest, der zurückwill in die Sicherheit seines Gartens, und den Zwanzigjährigen, der sich einschließen will in seinem abgedunkelten Zimmer, und den Dreißigjährigen, der sich klammert an die klaren Strukturen eines übervollen Arbeitstages, der früh morgens mit der Fahrt ins Büro beginnt und erst mit der Rückkehr nach Hause gegen Mitternacht endet.

Er hält sie alle bei sich, weil sie hören sollen, was ihr Vater ihnen erzählen will, über die Mutter und über den Weg, den sie gemeinsam mit ihrem Mann gegangen ist, fort aus einer Wohnung in einem Land, das es nicht mehr gibt, an ein Meer, das auch im Januar warm genug ist, um darin zu schwimmen.

Ihr Herz hat aufgehört zu schlagen, so hat es der Arzt gesagt, und was eine Erleichterung hätte sein können, *eine körperliche Ursache, ein Unglück*, das hat eine solch große Unruhe gebracht über den Mann, den sie allein in einem Haus am Meer zurückgelassen hat, dass dieser an einem Morgen zum Wasser ging, als noch die Nebel über den Hügeln hingen und nur die Fischerboote über das spiegelglatte Wasser glitten, und den Entschluss fasste, selbst nach seinen Söhnen zu suchen, damit er ihnen endlich erzählen konnte, was geschehen war.

Nur einer ist gekommen, hat Werner gedacht, als Lew ihm entgegenkam auf dem Weg zu seinem Haus.

Nur einer, und es ist der, den die Mutter so sehr geliebt hat, der, den er einmal auf einem Foto in einer Zeitschrift gesehen hat, wobei er sich nicht sicher gewesen ist, ob es wirklich sein Kind war auf dem winzigen Bild oder ob seine Augen ihn täuschten und sein Herz ihm vorgaukelte, dass wenigstens für den Jungen in Erfüllung gegangen war, was er sich so sehnlich gewünscht hatte. Den unbekannten Namen hat er gelesen und gezweifelt, und in der grobkörnigen Abbildung hat er so lange nach einem Anhaltspunkt gesucht, nach etwas, das er wiedererkennen könnte, bis das Papier von seinen Berührungen dünn wurde und die Farben vom Licht auszubleichen begannen. Da legte er das Heft ganz unten in den Schrank und vergaß es, und erst an jenem nebeligen Morgen am Wasser hat er sich daran erinnert.

Als er fragt, warum Manuel nicht da ist, sieht er, dass sein Sohn ihm auch dieses Mal ausweicht. Er sucht rasch nach etwas anderem, das sicheren Boden verspricht, und als er von *Bergmann&Bergmann* hört, mischt sich Stolz in das Lachen über den Zufall, dass auch die Söhne Gärtner geworden sind, und er wundert sich nicht mehr darüber, dass Lew die Namen der indischen Pflanzen kennt und erst schweigt, als es nichts mehr zu sagen gibt über die neue Rosenhalle und den Fuhrpark und die Kunden in den Villenvierteln der Stadt am Fluss.

»Dreißig Jahre«, sagt sein Sohn, »dreißig Jahre sind eine lange Zeit für die Wahrheit«, und Werner sieht ihn an und will antworten, dass es vielleicht zu viel sein könnte, eine einzige Wahrheit zu verlangen, aber da merkt er an der Stimme, dass es um etwas Bestimmtes geht, und er hält dem Blick seines Sohnes stand, auch dann noch, als er Lews Frage hört: »Hast du etwas zu tun gehabt mit eurer Verhaftung?«

»Nein«, sagt er. »Nein, das habe ich nicht.«

»Vielleicht wolltest du Renate nur aufhalten«, sagt Lew, geht ein paar Schritte zum Wasser und kommt wieder zurück. »Wolltest du das?«

»Ja«, sagt Werner, denn er hatte sich immer gewünscht, dass alles so blieb wie es war, weil er nicht glauben konnte, dass auf der anderen Seite der Grenze das Leben besser sein könnte.

Einundsechzig, als die Nachbarn verschwanden und die Professoren an der Fakultät, einer nach dem anderen, und Renate fragte, mit der Hand auf ihrem Bauch: *Sollen wir auch rübergehen*, da war es leicht, sie abzuhalten. *Denkst du wirklich, drüben ist es besser?*, sagte er. *Ich glaube an dieses neue Deutschland, lass uns abwarten, wie es sich entwickelt.*

Als wenige Monate später Manuel auf der Welt war und eine Mauer die Stadt in zwei Hälften teilte, da fragte sie wieder: *Sollen wir nicht doch besser gehen?*

Und dann bekamen sie vom neuen Staat eine Wohnung für sich und das Kind, und Renate konnte ihr Studium beenden, sie hatten Arbeit und Auskommen, für ein paar Jahre.

Achtundsechzig aber, als Lew geboren war und schon seine ersten Schritte machte und wieder geschossen wurde, diesmal in Prag, da gab seine Frau sich nicht mehr zufrieden mit seinen Beschwichtigungen, sondern führte ihn nachts in das Zimmer der schlafenden Kinder und fragte, *wie denkst du dir die Zukunft, für dich und für mich und für die Kinder?*, und gemeinsam stellten sie den Antrag auf Ausreise.

Sie warteten lange auf eine Antwort, es war eine Zeit im Zwischenraum, ohne Pläne für die Zukunft, *das lohnt ja doch nicht, Werner, wenn wir bald weg sind*, und trotzdem wurden die Kinder größer.

Manuel wurde eingeschult und war bald der Beste in seiner Klasse, dennoch bekam er kein Lob von der Lehrerin und durfte nicht mitmachen, wenn die anderen Kinder ihren Eltern während der Schulfeier zeigten, was sie gelernt hatten in den vergangenen Monaten.

Bald, sagte Renate, immer wieder, und der Junge wurde stiller und blasser.

Zwei Jahre sind es schließlich gewesen, und als die Ablehnung kam, war Lew schon im Kindergarten.

Weil du Arzt bist, hatte Renate gesagt. *Ärzte lassen sie nicht raus.*

Aber in die Enttäuschung über die Ablehnung mischte sich für Werner auch Erleichterung. Darüber, dass damit eine Entscheidung gefallen war. Weil nun nicht mehr gelten konnte, *das lohnt nicht.* Es war, als hätte jemand ein neues Instrument in ein schon bestehendes Stück hineingeschrieben, eine neue Stimme in ein bekanntes Lied, die es endlich fröhlicher machte und leichter und ihn dazu brachte, aus vollem Hals mitzusingen und die Melodie zu fühlen, im ganzen Körper.

Doch dann, im Herbst vierundsiebzig, sagte Renate plötzlich: *Wir gehen anders, Werner, es gibt da jemanden, der uns helfen kann.*

Werner nimmt seine Hände von den warmen Steinen, die er die ganze Zeit über berührt hat, und er packt Lews Arme und zwingt ihn, ihm in die Augen zu sehen, und dann sagt er mit fester Stimme: »Ja, ich habe gezögert. Ich hatte Angst. Aber wäre ich hier, wenn ich versucht hätte, deine Mutter zu verraten? Wäre ich den ganzen Weg bis nach Indien mit ihr gegangen, hätte ich sie begleitet bis zu ihrem letzten Tag, wenn ich vorgehabt hätte, sie im Stich zu lassen? Sind all diese Jahre vergangen, nur weil ihr das geglaubt habt?«

Lew nickt und setzt sich wieder zu ihm in den warmen Sand, er gräbt tief hinein und lässt ihn durch die Finger rinnen, wie er es als Kind immer getan hat, und dann erzählt er seinem Vater von Katharina und dem Brief, den sie den Brüdern hinterlassen hat, und davon, dass Manuel vor dem Umzug zweiundneunzig nichts gefunden hat in den Stasi-Archiven und dass er dachte, er wüsste, was es bedeutet, wenn etwas fehlt in einem Vorgang, eine einzige Information in einem System, das nichts unbeobachtet gelassen hat und nichts undokumentiert. »Was hätten wir denken sollen?«

»Das Naheliegende, Lew«, sagt Werner. »Er hat nichts finden können, weil es zu früh war. Über jeden gibt es eine Akte, Lew, über jeden Einzelnen von uns. Ihr seid zu früh dort gewesen, genau wie wir zu früh auf euch gewartet haben«, und dann erzählt er seinem Sohn von neunundachtzig und davon, wie Renate und er gedacht hatten, *jetzt kommen sie, die beiden, jetzt lassen sie sie gehen*, und bei jedem Neunankömmling im Ashram hatten sie sich erkundigt, *kennt ihr jemanden aus Ostberlin? Kennt ihr jemanden, der nach uns gefragt hat?*

Und sie hatten in der klimatisierten Eingangshalle gesessen und Gesichter studiert und Namen notiert, und nach Wochen des Wartens an den kreisrunden Becken sahen sie einander am Abend nicht mehr an und lagen wach mit denselben Gedanken an die vergangenen dreizehn Jahre und fragten sich, ob es nicht doch möglich gewesen wäre zu bleiben, dreizehn Jahre, sie wären womöglich wie im Flug vergangen.

»Wir sind verraten worden, Lew. Vielleicht werden wir den Grund nie erfahren, vielleicht aber finden wir eines Tages in Berlin die fehlenden Unterlagen und erfahren die Namen derjenigen, die uns das angetan haben.

In erster Linie, Lew, in erster Linie sind aber wir selber verantwortlich, deine Mutter und ich.

Wir haben nur dieses eine Leben, und manchmal haben wir auch nur diese eine Liebe. Die uns herausfordert, die uns an unsere Grenzen bringt. Die von uns verlangt, miteinander zu kämpfen, einander womöglich immer und immer wieder zu verletzen, solange wir einander nicht verstanden haben, und die erst hilft, uns zu versöhnen, wenn etwas Unumkehrbares geschehen ist. Dann erst zwingt sie uns, mit den Augen des anderen auf das eigene Leben zu sehen.

Deine Mutter hat geliebt, mit jeder Faser ihres Körpers, mit ihrer ganzen Seele. Sie hat mich geliebt, sie hat euch geliebt, dich besonders, und sie hat nichts mehr gewollt, als dass wir zusammenbleiben.

Es ist die Liebe, die einen am Ufer stehen lässt, wenn

der andere in See sticht, auch dann, wenn man nicht wissen kann, ob er zurückkommen wird.

Liebe bedeutet Zuversicht, Lew, und es war diese Zuversicht, die man uns in der Haft genommen hat, jeden Tag aufs Neue. An jede Hoffnung haben wir uns geklammert, auch dann noch, als wir längst geahnt haben, dass nichts von dem wahr sein konnte, was man uns vorgelegt hatte während der unzähligen Vernehmungen.

Deine Mutter und ich, wir haben festgehalten an unserer Liebe, daran, dass wir einander nie angelogen haben und keine Geheimnisse voreinander hatten und keinen Grund, dem anderen zu misstrauen.

Renate hat man gesagt, dass ich alles gestanden hätte, und mir, dass wir die Kinder zurück bekämen, sobald wir die Papiere unterschrieben hätten, die uns vorgelegt wurden.

Schließlich hat man mir ein Formular gezeigt, auf dem Renates Unterschrift zu sehen war, darunter eine Linie für mich, sauber mit dem Lineal gezogen. Ich habe den Füller liegengelassen, viele Tage lang, und mir vorgestellt, wie Renate wartet in ihrer Zelle, die sich sicher nicht unterschied von meiner, in der es nur ein Waschbecken gab mit kaltem Wasser und eine Pritsche, die tagsüber hochgeklappt werden musste.

Ich habe ihr Leiden verlängert, mit jeder Stunde, die ich gezögert habe, ein Verbrechen zu gestehen, das keines war.

Und dann, an einem jener dunklen Novembertage, die ich nur erahnen konnte hinter den Glasbausteinen, nach weiteren Verhören, die ganze Nächte andauerten, habe ich doch unterschrieben. Weil ich geglaubt habe, dass wir das Richtige taten, indem wir den Weg frei machten für eure Zukunft, eine Zukunft, die ein besseres Leben versprach. Wir haben gedacht, für eure Freiheit unterschrieben zu haben.

Nach all den Jahren, Lew, hat ihr Herz keine Kraft mehr gehabt, und ich kann dir nicht sagen, wann es anfing, schwächer zu werden.

Wir haben einen Weg genommen, auf dem wir nicht mehr umkehren konnten, und ich will dir erzählen von unserem Leben, solange du mir zuhören kannst, von Anfang an.

Ich will dir erzählen von unserer Wohnung mit den feuchten Wänden, erinnerst du dich an die feuchten Wände und die Matratzen, die wir am Morgen aufgestellt haben, damit sie am Abend nicht nass waren?«

Die Feuchtigkeit hat Lew nicht vergessen, und die Heizung nicht, die ausfiel, wenn es klirrend kalt war, und den Geruch im Treppenhaus nicht, nach Lauchgemüse und zu häufig getragenen Schuhen.

»Erinnerst du dich an den See und die Birke?«, fragt Lew.

»Und das Klettergerüst«, sagt sein Vater, »unten im Hof, das so rostig war, dass Manuel sich einmal eine Blutvergiftung geholt hat, weißt du das noch?« Und Lew nickt und sagt: »Ja, ich erinnere mich.«

Werner Jarnick wird seinem Sohn später erzählen von dem Morgen, an dem sie die Wohnung verlassen haben, ohne noch einmal nach den Kindern zu sehen, weil draußen, am Nachbarhaus, das Kinderfahrrad stand, das vereinbarte Zeichen. Davon, wie sie auf Zehenspitzen

hinausschlichen, weil sie nichts riskieren wollten im allerletzten Moment und weil sie dachten, *wir sehen sie
doch sowieso am Nachmittag wieder*, denn das ist der
Plan gewesen, ausgedacht mit der Kontaktfrau während
der vielen Spaziergänge im Park und im Wald und am
Seeufer entlang und einmal sogar in einem Café, das zu
teuer war für Renate und Werner. Grün, wird Werner
sich erinnern, die Kontaktfrau war immer in Grün ge-
kleidet.

Und er wird seinem Sohn erzählen von der Zugfahrt in
den Westen, zwei Jahre danach.

Er wird ihm vielleicht die Hoffnung begreiflich machen
können, die sie achtundsiebzig noch einmal hatten, ihre
Kinder zu sich zu holen, und den Abgrund, der sich auf-
tat, als sie entdeckten, dass sie betrogen worden waren
um alles, was sie geplant hatten, weil es Unterlagen gab
mit Unterschriften darauf und weil die Schriftproben keinen Zweifel ließen: Sie hatten dem Staat erlaubt, die Kinder in eine neue Familie zu geben. Keiner von beiden
konnte sich erinnern, die Urkunden gesehen oder auch
nur geahnt zu haben, was sie da unterschrieben, weil sie
überzeugt gewesen waren, dass die Menschen, die so viel
Geld bezahlt hatten für sie, unzweifelhaft in der Lage
waren, auch alles andere zu bewerkstelligen.

Das ist doch der Westen, hatte Renate im Zug gesagt
und ihre Stirn an das kühle Glas gelegt.

26

Adas Schritte in der Küche, die der Ärztin bei Cornelius, Evis in Iras Kinderzimmer, wo sie John zum Schlafen hingelegt hat, Ira kann sie alle hören.

Still sitzt sie auf der Treppe und wartet auf die Männer vom Beerdigungsinstitut, die kommen werden, um Cornelius aufzubahren, ihre Fingerspitzen suchen die ausgeschabten Mulden, den Pegasus, die Europakarte, den Dämon, von dem John sagt, er sähe aus wie ein kniender Engel, still zwischen *drinnen* und *draußen*.

Hell brennen die Lampen im Haus, selbst aus dem sonst so dämmerigen Flur fällt warmes Licht durch die Glasscheiben der Wohnungstür.

Ada bringt ihr eine Tasse Tee, und als es klingelt, ist sie es, die zur Tür geht und den Besuchern in ihren grauen Jacken den Weg zeigt, und dann gehen sie zurück in die Wohnung, setzen sich gemeinsam in die Küche und horchen schweigend auf die neuen Geräusche.

Und Ira trinkt den Tee und hört Ada zu, die erzählt, wie sie Abschied nehmen von den Toten, zu Hause in ihrer

Stadt, und Evi kommt und nimmt Ira in den Arm und hält sie, sie hat ein Brot gebacken, das sie nun gemeinsam brechen und essen, und ein Stück davon legt sie für Cornelius an sein Bett und stellt ein Glas Wasser dazu, so wie sie es für Tadija gemacht hat, damit er versorgt ist auf seiner Reise, die vor ihm liegt.

Als sie Iras Hand sieht, die dick geworden ist und entzündet, da schickt sie sie ins Bad, die Wunde zu versorgen, und Ira geht und ist dankbar, einen Augenblick allein sein zu können.

Der *Allibert* ist leer, bis auf eine Tube Rasierschaum, die noch aus Metall ist, silbern glänzen die Falze im Neonlicht, dort, wo die Farbe abgeblättert ist.

Der Deckel sitzt fest und lässt sich erst lösen, als Ira ihn unter das warme Wasser hält, und gleich fängt der Boiler an zu schnaufen und schafft neues warmes Wasser heran. Sie drückt eine letzte, gelbliche Erbse aus der Tube, vermengt die ölige Creme mit einem Tropfen Wasser und lässt festen, weißen Schaum in ihrer Handfläche wachsen, wie Cornelius das früher gemacht hat, und bald ist es, als würde er neben ihr stehen und das Messer aufklappen und am Leder schleifen und sie warnen davor, die Klinge zu berühren. Aber sie hatte ihm nicht geglaubt und sich einmal so tief geschnitten, dass Evi mit ihr zum Arzt fahren musste, wo sie genäht wurde mit feinen Stichen.

Als John die Narbe entdeckt hat an ihrem Arm, hat sie ihm schnell eine Geschichte erzählt, in der keine Messer und keine scharfen Klingen vorkamen, weil er noch

nichts erfahren muss über Schmerz und Verletzung, weil
seine Kinderphantasie bevölkert bleiben soll von Gno-
men und Wichteln und von den Baumfeen, die in der alten Eiche auf dem Spielplatz leben.

Fido, der dabei gewesen ist, hat sie schweigend angesehen, und dann ist er mit John hinausgegangen, an den
Fluss hinunter, um Drachen steigen zu lassen.

»Der Wind ist gut, Ira, komm doch mit«, hat er gesagt, aber sie hat rasch nach Evis Block für die Bestellungen gegriffen und ist in die Vorratskammer gegangen,
um nach dem Mehl zu sehen.

Geht ihr nur, ich komme vielleicht nach.

Aber wie immer ist sie zu Hause geblieben, sie hat es
an Fidos Blick gesehen, während er John die Jacke anzog
und die Schuhe band, dass auch ihm auffiel, was es zu tun
gab, dass noch immer eine Maschine nicht blank genug
war, die Blumen noch gegossen oder die Bestellungen für
den nächsten Tag zusammengetragen werden mussten.

»Warum belügst du dein Kind, Ira? Eine harmlose Verletzung?«, hat er später am Abend gesagt, als John bereits
schlief, den Bär fest im Arm, und er sich über den Jungen
beugte und ihn zudeckte. »Warum tust du das?«

»Er ist noch zu klein«, hat sie gesagt und ihm zugesehen, wie er die Stiefel auszog, und als er sie vor die Tür
stellen wollte, hat Ira ihn zurückgehalten und mit den
Fingerspitzen über das staubige Leder gestrichen.

»Erinnerst du dich, Fido?«

»An die trockene Prärie?«

»Steppe«, hat Ira gesagt und ihm seine Stiefel wieder-
gegeben.

»Kasachstan«, hat er lächelnd gesagt und sie in den Nacken geküsst. »Fünftausend Kilometer von hier, zu weit für eine, die nie in ein Flugzeug steigt, meinst du nicht auch?«

»Wenn du mir davon erzählst, dann bin ich mit dir dort«, hat sie gesagt. »Deine Worte sind meine Augen.«

»Nicht für immer, Ira«, hat Fido gesagt und sein Hemd ausgezogen und sein T-Shirt.

»Diesmal vielleicht länger als sonst«, hat Ira geflüstert und die Decke zurückgeschlagen, und er hat sich zu ihr gelegt, und sie sind vorsichtig und leise gewesen, um John nicht zu wecken, und dann haben sie sich an das geöffnete Dachfenster gesetzt und den Rauch hinausgeblasen, so wie früher, und Ira hat eine Flasche Wein geöffnet und noch ein kleines bisschen Gras geholt. Sie haben hinaufgesehen in den Nachthimmel und sich an die Namen erinnert, die sie den Sternbildern gegeben hatten, und Ira hat sich an ihn geschmiegt und seine Locken um die Finger gewickelt und an den Sommer gedacht, in dem sie ihn begleitet hatte auf seiner Reise.

In dem er sie nicht mehr zurückgewiesen hatte und sie bei ihm geblieben war und jeden Abend neben der Bühne gestanden hatte, um ihn spielen zu sehen, und die Mädchen in der ersten Reihe, die ihm zujubelten, und er hielt die Augen geschlossen, so, wie er es tat, wenn er mit ihr schlief.

Und dann sind sie hinausgeklettert auf das Dach und haben sich gegenseitig ermahnt, nicht hinunterzusehen in den Garten, und auch das war wie früher, und als der Wind sich erhob und rüttelte am Zwetschgenbaum vor dem Haus, dessen Äste alt geworden waren, so alt, dass sie kein Kind mehr tragen würden, das sich versteckt vor jemandem, der es in die Schule schicken will, da waren auch die alten Sätze wieder da, die sie in diesem Herbst noch nicht ausgesprochen hatten:

»Wir wollten sicher sein vor den Herbststürmen in unserer Jurte«, hat Ira in den kalten Wind gesagt und Fido den Joint weitergegeben. »Und wir wollten vergorene Stutenmilch trinken, die schmeckt wie Joghurt mit Bier.«

»Du hast dir alles gemerkt, kleine Ira«, hat Fido gesagt und die Glut hinaus aufs Dach geschnippt. »Du hast es dir so gut gemerkt, dass es mir Angst macht, wie wir hier sitzen und an die Stürme denken, während der Wind durch die Äste bläst und John in seinem Bett schläft, und dass du ihn belogen hast, über eine unerhebliche Narbe an deinem Arm.«

Da ist Ira aufgestanden und hat in den dunklen Garten hinuntergesehen, ganz nah an die Kante ist sie geklettert, wo sie sich nicht mehr festhalten konnte.

»Soll ich dir sagen, wovor ich Angst habe?«, hat sie gesagt. »Vor dem Tag, an dem du deine Sachen packst und verschwindest, ohne mir vorher zu sagen, dass es so weit ist.«

Im Herbst danach, da zog Fido seine Stiefel schon unten vor der Haustür aus, *um den Schmutz nicht bis in die Wohnung zu tragen*, und er saß bis spät in die Nacht mit Evi in der Küche, während Ira im Nebenzimmer ihr Kind ins Bett brachte und einschlief, wie so oft, noch bevor seine Gutenachtgeschichte zu Ende war.

Fido schlief auf dem Sofa im Wohnzimmer, und wenn

John aufwachte, dann schlüpfte er nicht zu Ira unter die Decke, sondern tapste hinaus zu Fido.

Tagsüber reparierte Fido die Regale im Vorratsraum und sprach von der Beleuchtung im schummerigen Flur und darüber, dass die Holztreppe zu steil sei für Evis alte Knie, *wir müssen uns darum kümmern, Ira.*

Und am Nachmittag baute er mit John einen neuen Drachen und erklärte dem Jungen, wie er das Messer halten musste, um die Stangen schnitzen zu können, die sie brauchten, damit das Papier straff gespannt war und den Wind aushalten konnte, den der Drache zum Fliegen brauchte, und er ging mit John an den Fluss hinunter, wie immer, aber er warf das Kind nur ein einziges Mal in die Luft, und Fidos Lachen war leiser als in den Jahren davor.

Und nachdem er sie nicht berührt und keine Nacht mehr bei ihr verbracht hatte, da holte er das Notizbuch aus seiner Tasche, in das er seine Noten schrieb. Er schlug es auf, und auf der Seite, die er ihr hinhielt, stand in seiner ungelenken Handschrift die Adresse eines Golfplatzes in Norddeutschland.

»Was wirst du ihm sagen, wenn er dich eines Tages nach seinem Vater fragt?«

Da verstand Ira, dass er vorhatte, zu Milena zu gehen, dass er keinen Bogen mehr schlagen würde um die Stadt im Norden, dass er mehr wissen wollte als das, was Tadija und Evi ihm erzählt hatten.

»Ich werde ihn nicht anlügen für dich, Ira, auch wenn du eine Geschichte für ihn erfindest, die ihm gefällt. Ich

werde es nicht tun, weil mein Herz ebenso an ihm hängt
wie deins.«

Sie sah ihn nicht an in diesem Moment, obwohl kein
Vorwurf lag in seiner Stimme.

»Niemand liebt so wie du, Ira«, sagte er, »so bedingungs-
los. Niemand wartet ein halbes Jahr auf einen Mann, der
nicht bleiben wird. Niemand kennt mich so gut wie du,
und nirgendwo habe ich mich mehr zu Hause gefühlt als
bei dir. Mit niemandem bin ich so gern zusammen gewesen, aber das, was wir versucht haben, war nicht richtig.
Das hier ist keine von Tadijas Geschichten, die immer
gut ausgehen, wie man sie auch dreht und wendet. Unsere Geschichte handelt von mehr Menschen als nur von
uns beiden, habe ich Recht? Als du zu mir gekommen
bist im Frühjahr zweitausend, wovor bist du da wirklich
weggelaufen?«

»Vor jemandem, der keinen Platz hatte für John und
mich«, sagte sie leise, und Fido küsste sie auf die Stirn,
und seine Tränen vermischten sich mit ihren.
    »Was macht dich so sicher, Ira? Was ist, wenn du dich
irrst? Was dann?«

Der Schaum in Iras Hand ist zusammengefallen und
tropft zwischen ihren Fingern hindurch auf den Boden,
und da spült sie ihn ab und dreht den Wasserhahn so fest
zu, als wollte sie ihn nie wieder öffnen. Sie sieht auf und
betrachtet ihr Spiegelbild und die Tränen, die da sind,
und sie denkt an Fidos Worte, die den ganzen Winter
über bei ihr geblieben sind, die sie hineingeknetet hat

in den Teig für die Apfeltaschen und Tadijas Zuckerkuchen. *Was ist, wenn du dich irrst?*

Einen ganzen Winter und ein Frühjahr lang hat sie keine
Antwort gehabt für ihn, weil Fido nicht wissen soll, dass
Lew für Ira ein Kapitän gewesen ist, der sein Schiff nicht
festmachen wollte im Hafen, der lieber im tiefen Wasser
ankerte und mit einem Beiboot an Land ging und der keinen Weg nehmen konnte, bei dem das offene Meer außer
Sicht geriet.

Weil Fido nicht wissen kann, dass Ira zu Lew hinausschwimmen wollte, viele Male, weil sie gesehen hat, dass
seine Segel zerrissen waren vom Sturm, nach dem sie ihn
nicht fragen durfte und auch nach dem Mast nicht, dessen abgebrochene Spitze vielleicht nur deswegen nicht
auf das Deck gestürzt ist, weil sie sich verfangen hatte
im Tauwerk.

Weil Fido nicht wissen soll, dass sie an Land geblieben
ist und Lews Ruderschläge gezählt hat, bis er bei ihr war,
und sie ihm zusehen konnte, aus sicherer Entfernung.

Und dann ist da noch ein anderer Satz und das Wissen
um das Unrecht darin, das hinauswollte aus den Träumen
in der Nacht und ihr Bilder schickte, wenn sie dachte, es
wäre vielleicht nur der Wind in den Büschen vor dem
Fenster, und wenn sie am Morgen in der Backstube die
Augen noch einmal schloss, für eine einzige ruhige Minute, die Hände am Ofen: *Du hast es Lew nicht einmal
gesagt, Ira.*

epilog

Die Bettdecke ist klamm, als Lew erwacht.

Leise steht er auf, um seinen Vater nicht zu wecken, und geht hinaus vor die Tür. Nebel liegt über der Bucht, und feiner Niesel knistert auf den Blättern der Bäume. Außer ihm scheint niemand unterwegs zu sein, die Morgenmeditation beginnt erst in einer Stunde.

Drei Wochen ist er jetzt hier und hat seinen Vater durch die Tage begleitet, er hat gemeinsam mit ihm meditiert und sich an Schweigetage gehalten, hat am Morgen mit ihm über die Träume der vergangenen Nacht gesprochen und vormittags das Krankenhaus der Gemeinschaft besucht, das manchmal noch einen Zahnarzt aus *Germany* brauchen kann, und er hat über die Bleischuhe gesprochen, die er an seinen Füßen spürt, sobald er stillhält, und über das Gefühl, hinabgesaugt worden zu sein in einen Abgrund, von einer Frau, die ihn liebt.

»Du bist Turmspringer, Lew«, hat sein Vater geantwortet. »Meinst du nicht, dass es einen Unterschied macht, ob du springst oder fällst?«

Im Kühlschrank gibt es Tee und die Reste vom Abendessen. Er packt sich etwas davon ein und macht sich auf den Weg zum Meer, er will den Pfad hinauf zu den Klippen nehmen, die zehn oder fünfzehn Meter steil zum Wasser hin abfallen. Schon ein paar Mal ist er dort hinaufgeklettert, und als er sich an diesem Morgen aufmacht, weiß er, weshalb.

Der Nebel ist dicht, er kann den Pfad kaum erkennen. Behauene Stufen führen hinauf, rutschig sind sie und schmal. Unter sich hört er das Gluckern der Wellen in den Felsspalten und Höhlen.

Er hält einen sicheren Abstand zur nass geregneten Kante, und bald taucht vor ihm die Felsspitze auf, und das Blut rauscht in seinen Ohren vom anstrengenden Aufstieg.

Eine Minute braucht das Herz, um das Blut einmal durch den ganzen Körper zu pumpen, eine kurze Minute nur.

Lew genießt den weichen Regen auf seiner Haut, und obwohl es noch so früh ist am Tag, ist es bereits wärmer als im Hochsommer in Europa. Er packt das Essen aus und schiebt es mit einem Stück Fladenbrot in der Schale zusammen, formt aus dem Reis einen Ring um das Gemüse, und er lächelt über sich selbst, weil er das so macht seit den Mittagessen mit Ira, im Sommer neunundneunzig auf dem Dach einer stillgelegten Fabrik.

Er hatte den Auftrag damals nicht annehmen wollen und mit Manuel über den Kunden gestritten, der Immobilienmakler war und sich von *Bergmann & Bergmann* eine Bepflanzung wünschte, damit die Objekte sich schneller und teurer verkaufen ließen.

Arbeit für die Tonne, nannte Lew diese Aufträge, weil nach dem Verkauf solcher Industrieanlagen stets die Bagger kamen, sei es für einen Abriss, sei es für einen Umbau, und die Arbeit von Tagen in Minuten vernichtet war.

»Solange es bezahlt wird«, hatte Manuel gesagt und ihm die Pläne in die Hand gedrückt.

Müde stieg Lew die engen Treppen empor, auf der Suche nach einem hochgelegenen Punkt, um das Gelände besser überblicken zu können. Ganz vorn an der Dachkante stand er, obwohl er von unten die abgebrochenen Betonstücke der Balustrade gesehen hatte, zerschellt auf dem Asphalt, Wochen oder Monate zuvor. Er genoss den Wind und die Aussicht auf den Fluss, der sich träge durch die Vororte wand, um jenseits der Stadt jäh seine Richtung zu ändern. Er mochte diese Stelle wegen der Stromschnellen in der engen Schlucht, hinter der sich das Wasser in die Ebene ergoss und behäbig durch fruchtbare Äcker schob, deren Böden es vor Millionen von Jahren schon angeschwemmt hatte.

Er entdeckte sie, als sie mit ihrem Transporter auf den Parkplatz fuhr. Er sah die Ausrüstung auf der Ladefläche, die Schnüre in ihrer Tasche, die kleinen Pflöcke unter dem Arm.

Schnurgerade und in gleichmäßig langen Schritten ging sie über die Wiese bis zur Straße, schlug einen Pflock ein und wandte sich um neunzig Grad nach links. Sie folgte einem Graben, und ihre Hosenbeine waren bald nass und schlammverschmiert. Nicht ein einziges Mal sah sie auf von ihren Notizen.

Sie vermisst den Platz. Mit ihren Schritten. Wie exakt sie das tut.

Sie schien den Raum um sich herum zu fühlen, und während er ihr zusah, dachte er daran, wie er selbst einen Garten betrat, wenn er das erste Mal bei einem Kunden war. Genau wie sie brauchte er weder Werkzeug noch Instrumente.

Lew wollte hinuntergehen und fragen, wozu sie das tat, aber als er bereit war aufzustehen, dachte er an die schmale Treppe und daran, wie lange es dauern würde, bis er unten war, und dann gab es noch die Tür, die er hinter sich abgeschlossen hatte, und er würde den Schlüssel nicht so schnell finden an dem dicken Bund, den er vom Makler hatte. Vielleicht wäre sie bereits aufgebrochen, so schnell verschwunden, wie sie aufgetaucht war.

Es war Ira, die den Anfang machte. »Wie kommt man denn da rauf?«, rief sie, mit der Hand über den Augen.

»Archäologie, drittes Semester«, sagte sie und zeigte ihm die Linien auf der Wiese, wo er vorher nur Gras und Disteln gesehen hatte. Sie wies ihn auf den Graben hin, den er für einen gewöhnlichen Entwässerungskanal gehalten hatte, und auf die gleichmäßigen dunkelgrünen Streifen, die womöglich ein Hinweis waren auf den ehemaligen

Zufahrtsweg, den sie parallel zur heutigen Straße vermutete.

»Die Menschen haben vor zweitausend Jahren dieselben Wege genommen wie wir heute. Sie haben damals schon an denselben Stellen den Fluss überquert und ihr Holz aus den Wäldern hier geholt. Vielleicht hat es sogar genau gleich gerochen, weil die gleichen Pflanzen geblüht haben, wer weiß das schon.«

»Botaniker«, sagte Lew, und sie stieß ihn leicht in die Seite, zog ihre Hand schnell wieder zurück und vergrub sie tief in ihrer Hosentasche, aber ihr Lächeln war ihm nicht entgangen, auch wenn sie so tat, als würde sie unten auf dem Hof nach den abgebrochenen Stücken sehen.

Ira nahm ihn mit hinunter und zeigte ihm Steine, die für ihn lediglich Steine waren, für sie aber Teile einer römischen Befestigung.

»Man kann tagelang ein Gelände begehen, ohne die Bodenformen wahrzunehmen oder die veränderte Wuchsrichtung eines Baumes. Von einem Turm oder einem Flugzeug aus erkennt man die Linien aber sofort, und dann wundert man sich, wie deutlich sie hinterher im Gelände erkennbar sind, sobald man weiß, wonach man suchen muss.«

Danach verbrachten sie ihre Pausen zusammen, jeden Tag, oben auf dem Dach, im Windschatten der ehemaligen Lüftungsschächte, und Iras Ausgrabungen wurden tiefer, und der Investor kaufte die Fabrik, um sie zu sanieren, und *Bergmann&Bergmann* hatte volle Auftragsbücher.

Ira brachte belegte Brote mit und Tütensuppe, die sie aufgoss mit lauwarmem Wasser aus einer Thermoskanne, und reichlich Kuchen. Als er das sah, bot er ihr von seinem Essen an, das er jeden Abend frisch zubereitete, und er konnte sich nicht genug darüber wundern, dass sie seine Gewürze nicht kannte und noch nie von den Märkten gehört hatte, auf denen er einkaufte.

Er nahm sie mit auf seine Wege, ging mit ihr dieselben Straßen entlang, die er beinahe zehn Jahre zuvor mit Manuel gegangen war, und er entdeckte sie noch einmal neu, zusammen mit Ira.

Er wollte mit ihr in den Süden fliegen und in den Norden, er wollte ihr das Meer zeigen, das sie noch nie gesehen hatte, aber dann hatte sie Prüfungen oder musste Evi im Laden helfen.

»Du bist zu unruhig für mich, Lew Bergmann«, sagte sie lachend, und so fuhr er alleine und war nach wenigen Tagen schon wieder zurück, saß tagsüber in der Bäckerei, aß Evis Kuchen und trank ihren Filterkaffee, und nachts lag er bei Ira, und sie taten so, als würden sie die Sternbilder kennen, die über ihren Köpfen glitzerten, und er ließ sich ihre Fragen gefallen und ihre Neugier.

»Ich will dich verstehen, Lew«, sagte sie, »nichts weiter.«

Er erzählte ihr von Hanno und Manuel, sogar von der Sportschule und davon, dass er siebenundachtzig qualifiziert gewesen war für die Europameisterschaften in Straßburg, und Ira hörte ihm aufmerksam zu.

Aber als der Herbst schon beinahe vorbei war und der Winter die ersten Spuren auf den umliegenden Hügeln hinterließ, da veränderten sich ihre Fragen.

»Was ist mit deiner Familie?«, wollte sie wissen, und er dachte zuerst an die Regentropfen auf dem Zeltdach an der Ostsee und dann an das schwarze Auto, das sie aus dem Fluss gezogen hatten, und er versuchte, für Ira eine Geschichte zu bauen aus dem, was dazwischen lag, eine Geschichte, die er erzählen konnte, und er merkte, wie er ihr auszuweichen begann.

»Was wirst du deinen Kindern erzählen von ihren Großeltern?«, fragte sie und legte eine Hand auf ihren Bauch, aber er schwieg, und als sie wieder und wieder fragte, da stand er auf und sagte, er hätte keine Eltern gehabt, nach sechsundsiebzig nicht und vielleicht auch davor nicht, und er könne kein Vater sein, nicht mit ihr und auch nicht für ein Kind.

Es hat aufgehört zu regnen. Da fühlt er den rauen Felsen unter den Fußsohlen, er legt seine Kleider ab, breitet seine Arme aus und spürt den Wind auf der Haut und die Wärme, und das Wasser ist dunkelgrün und tief.

*

Winzig klein scheint der Umzugswagen, der zwischen Spielplatz und Gartentor parkt, und die Männer, die das Haus ausräumen, sehen aus wie Ameisen, und Ira hebt John auf die Mauer am Schlosshof, damit er selber schauen kann.

Evis Backstube hat nur noch diesen Monat geöffnet, dann wird Ira wieder zurück sein an der Universität, und John wird tagsüber bei Evi bleiben, und in ein paar Wochen, wenn die Bäume am Spielplatz ihre Blätter abgeworfen haben, werden sie alle zusammen auf Fido warten, der wie immer im Herbst zu Besuch sein wird für ein paar Tage, und sie werden Drachen steigen lassen auf der Wiese am Flussufer.

Aber jetzt wird sie mit John hinuntergehen in die Stadt, sie werden im Betonpark mit den Schachfiguren spielen und ein Eis kaufen, und wenn er müde geworden ist, werden sie zur Haltestelle gehen und auf die Straßenbahn warten, und er wird die Münzen, die sie extra für ihn in der Hosentasche hat, in den Schlitz am Fahrkartenautomat stecken, und stolz wird er das Ticket in der Hand halten während der gesamten Fahrt.

Sie werden über die Brücke fahren und Ausschau halten nach den Musikern und den Paaren, die noch immer ihre Münzen über die Schulter ins Wasser werfen, und dann werden sie sieben weitere Stationen lang sitzenbleiben, und wenn John sie fragt, wohin sie fahren, wie er sie jedes Mal fragt, seit Lew zurück ist aus Indien, dann wird sie sagen *nach Hause.*

dank

Dank gilt an allererster Stelle Ulrike Ostermeyer, die vom ersten Gedanken an diese Geschichte bis heute mit mir zusammen, nein, mir voraus, durch viele Täler mit hell scheinender Laterne gegangen ist, die hinter mir geblieben ist, wenn es allzu steil bergauf gehen musste, und den Vorstieg übernommen hat, wenn ich vor lauter Nebel die Haken nicht mehr gesehen habe, in die ich meine Seile hätte einhängen können. Ohne sie hätte es dieses Buch nie und nimmer gegeben.

Dank gilt aber auch dem gesamten Arche-Team, einer wunderbaren Crew, um im Bild zu bleiben, Hanne Reinhardt für ihr Begleitlektorat, Elke Benesch und Elsbeth Müller für Adleraugen im Korrektorat, und natürlich meiner Agentin Christine Koschmieder, in deren Küche Lew Bergmann zum ersten Mal Konturen bekam und auf deren Veranda er sich entschieden hat, nach Indien zu fahren und seinen Vater nach dessen Geschichte zu fragen.

Dank gilt besonders meiner Timeline bei *twitter*, all den Menschen, mit denen über die Jahre ein so inniges und gutes Dortsein gewachsen ist, er gilt den Erstlesern und

Erstleserinnen für ihren Zuspruch und ihre Auseinandersetzung mit Stoff und Thema in einem frühen und rohen Stadium, insbesondere Heiko Kuschel, Frauke Watson und Ute Weber, und er gilt den unfassbar klugen und liebevoll zugewandten Frauen aus dem *texttreff* (vor allem Susi Ackstaller, die ihn gegründet hat), er gilt Klara und Hans, für ein Dach über dem Kopf während der ersten Entwurfsphase (und für hervorragenden Wein!), und er gilt Sanela, ohne die ich gnadenlos untergegangen wäre in den letzten Monaten, und nicht zu vergessen denjenigen, die schon bei *Suna* mit an Bord gewesen sind und die mir auch bei diesem Buch mehr zur Seite gestanden haben, als ihnen vielleicht bewusst ist.

Danke hundertfach an meine Kinder, die so geduldig sind und so viel Verständnis haben für meine Arbeit, die mit mir zusammen nach passenden Namen gesucht haben und die mehr von Rajesh hören wollten und so einem kleinen indischen Jungen in die Geschichte verholfen haben, und an meinen Mann, an ihn ganz besonders.

Und dann:

Johnny Cash für seine Version von *One*, Stephan Eicher für *L'Envolée*, insbesondere für *Donne moi une seconde*, Sophie Hunger für *The Danger of Light* und vor allem für *Holy Hells*, natürlich Calexico für *Para*, Philipp und Thomas für ihre Version von *Desperado*, Max Herre für seine Version von *Halt dich an deiner Liebe fest* auf *MTV Unplugged Kahedi Radio Show*, Nick Cave für *Push the Sky away*, Pink Floyd für *Atom Heart Mother*, den Puhdys für *Geh dem Wind nicht aus dem Weg*, Blixa Bargeld und Meret Becker für *Stella Maris*, noch einmal Sophie Hunger für *Rise and Fall*, Dorothea Mihm und Annette Bopp für *Die sieben Geheimnisse des guten Sterbens* und John Irving für *Witwe für ein Jahr*.

Und zuletzt danke ich aus ganzem Herzen all den Menschen, die mir ihres geöffnet haben, die mich teilhaben ließen an ihrem Leben, an ihren Erinnerungen, ihren Lebensgeschichten, die mir Augenblicke gezeigt haben, die schmerzhaft gewesen sind, und Brüche, die Wunden verursacht haben, die nicht heilen können, und die es mir durch ihr Vertrauen und ihre Offenheit möglich gemacht haben, Lew, Ira und Fido zum Leben zu erwecken und sie überhaupt erst auf ihre Reisen zu schicken – und sie ankommen zu lassen.

quellennachweis

S. 7: *Halt dich an deiner Liebe fest* (Text: Rio Reiser),
aus dem Album *Wenn die Nacht am tiefsten* (1975),
von Ton Steine Scherben; Abdruck mit freundlicher Genehmigung:
© David Volksmund Verlag und Produktion

S. 113: der »Schlager des Jahres« in der DDR im Jahr
1972: *Geh dem Wind nicht aus dem Weg* (Text: Wolf-
gang Tilgner; Komposition: Dieter Birr) von den Puhdys;
Abdruck mit freundlicher Genehmigung.

S. 130: *Bitte, bitte weck' mich nicht, solang ich ich
träum' nur gibt es dich:*
Die Zeile stammt aus dem Song *Stella Maris* (Text: Blixa
Bargeld und Meret Becker), auf dem Album *Ende Neu*
(erschienen 1996), von den Einstürzenden Neubauten;
Abdruck mit freundlicher Genehmigung:
© Blixa Bargeld (*Stella Maris* 1996)

Pia Ziefle
SUNA
Roman

»Der beste Familienroman, den ich dieses Jahr gelesen habe.«
Angela Wittmann, BRIGITTE

ISBN 978-3-548-61165-5

Sie schläft nicht. Nicht im Arm, nicht in der Wiege. Also trägt die junge Mutter Luisa Nacht für Nacht ihr waches Kind durchs Haus und erzählt: von ihrer serbischen Mutter, ihrem türkischen Vater und ihren deutschen Adoptiveltern. Von Liebe, die gefunden wurde und wieder verlorenging. Von der Zeit, als sie erfuhr, dass ihre Eltern nicht ihre leiblichen Eltern sind. Und davon, weshalb sie Suna genannt wird und ihre türkische Familie es für ein Wunder hält, dass es sie gibt.

www.list-taschenbuch.de

List